AF795115

भारतीय त्योहार एवं पर्व

(संस्कृति के स्वर)

प्रकाशक / लेखक की अनुमति के बिना इस पुस्तक को या इसके किसी अंश को संक्षिप्त, परिवर्धित कर प्रकाशित करना या फ़िल्म आदि बनाना कानूनी अपराध है।

भारतीय त्योहार एवं पर्व

लक्ष्मेन्द्र चोपड़ा

श्रृंखला सम्पादक

लीलाधर मंडलोई

वाणी प्रकाशन ग्रुप

भारतीय ज्ञानपीठ

वाणी प्रकाशन : भारतीय ज्ञानपीठ की पुस्तकों के एकमात्र प्रकाशक एवं वितरक

सजिल्द दूसरा संस्करण : 2019
सजिल्द तीसरा संस्करण : 2024

शिक्षोदय ग्रन्थमाला : ग्रन्थांक 043

प्रकाशक
वाणी प्रकाशन ग्रुप
4695, 21-ए, दरियागंज, नयी दिल्ली-110 002
फ़ोन : 011-23273167, 23275710
ईमेल : sales@vaniprakashan.in

ISBN 978-93-263-5530-8

भारतीय त्योहार एवं पर्व
(संस्कृति के स्वर)
लक्ष्मेन्द्र चोपड़ा

© लक्ष्मेन्द्र चोपड़ा

BHARATIYA TYOHAR EVAM PARVA
(Sanskriti Ke Swar)
by Laxmendra Chopra

मुद्रक : आर. टेक ऑफ़सेट प्रिंटर्स, दिल्ली-110 032

Price: 295

भारत के भविष्य : युवा साथियों के लिए

मेरी बात

भारतवर्ष विविधताओं से भरा देश है। इसमें अनेक धर्म हैं और अनेक जातियाँ। इसलिए पर्व और त्योहार भी अलग-अलग हैं, लेकिन उनमें प्रेम और भाई-चारे का भाव एक जैसा है। यही शायद भारतीय पर्व और त्योहारों की मुख्य विशेषता है।

इस पुस्तक में यह प्रयास किया गया है कि भारतवर्ष में मनाये जाने वाले सभी पर्वों और त्योहारों की जानकारी हो, जिसे देश की युवा पीढ़ी रुचि के साथ पढ़ सके। एक समुदाय में मनाया जाने वाला त्योहार, दूसरे समुदाय में जाकर किस तरह का रूप अख्तिवार करता है, यह देखना बहुत दिलचस्प है। इसलिए प्रदेश, परिवेश और समाज के व्यवहार के अनुसार उसके बदले हुए रूप को समाज सहर्ष स्वीकार कर लेता है, क्योंकि उद्देश्य एक ही रहता है—हर्ष, उल्लास और सबकी खुशी।

निश्चित रूप से यह पुस्तक बच्चों के लिए बहुत उपयोगी सिद्ध होगी।

—**लक्ष्मेंद्र चोपड़ा**

अनुक्रम

भारतीय संस्कृति में पर्व एवं त्योहार

समाज में आदमी परम्परागत तरीकों से ही जीवन जीता आया है। कालखंड के अनुसार कुछ नयी चीजें, रहने का तौर-तरीका और परस्पर भाषा-व्यवहार ही संस्कृति का रूप अख्तियार कर लेता है। संस्कृति सामाजिक विरासत है। यह विरासत पीढ़ी-दर-पीढ़ी स्थानन्तरित होती रहती है। विरासत की इस परम्परा में ज्ञान, विश्वास, कला, नियम, प्रथाएँ शामिल हैं।

पारम्परिक उत्सव, पर्व अथवा त्योहार भी ज्ञान, विश्वास, कला, नियम और प्रथाओं के समन्वित रूप हैं। इसी कारण ये उस समाज की संस्कृति का परिचय बन जाते हैं, जिनमें वे साँस ले रहे होते हैं। इनमें समाज विशेष की जीवन शैली तथा आस्थाएँ भी शामिल हो जाती हैं, जो अनेकता में एकता के संस्कृति सूत्र को बचा कर रखती हैं।

भारतीय त्योहारों के अध्ययन में हम पाते हैं कि ये मात्र देश की दिशाओं से ही सम्बद्ध नहीं हैं, बल्कि भारत के अनेक प्रान्तों की उप-संस्कृतियों का भी प्रतिनिधित्व करते हैं। ये उप-संस्कृतियाँ देश के भौतिक विज्ञान तथा भूगोल से ज्यादा इतिहास की सामाजिक घटनाओं से आयी हैं।

इन त्योहारों को इस देश के मौसम चक्र, फसलों से जुड़ी अर्थव्यवस्था तथा अपनी मिट्टी से जुड़े लोक संस्कार समृद्ध बनाते हैं।

भारतीय समाज को एकता और समानता का संदेश देने वाले इन त्योहारों की जड़ों में एक अद्भुत बात है—

समाज के सभी वर्गों की रोजी-रोटी और प्रसन्नता की चिन्ता।

दीपावली पर माटी के दीपक
कच्ची घानी का तेल
कपास की बातियाँ
धान की लाई
शक्कर के देशी बताशे
त्योहारों पर लोक-भजन
इनकी संगति करते ढोल-नगाड़े-करताल।

पूर्वी भारत के त्योहार

बिहार तथा झारखंड

गंगा नदी के कछारों में गाये जाने वाले एक पारम्परिक लोकगीत के भाव हैं:-

हे धरती मैया;
सूरुज पूजूँ, चंदा पूजूँ;
पूजूं गंगा माता,
ध्याऊँ तुलसी श्यामा,
नीला नभ मंडल पूजूँ,
चमके जहाँ अटल ध्रुव तारा।

सूर्य और चन्द्रमा की गतिमान उज्ज्वलता ने भारतीय लोकमानस को सदा प्रसन्नता दी है। हमारी लोककलाओं के प्रत्येक प्रारूप में सूर्य और चन्द्रमा उपस्थित हैं। ये प्रारूप भाषा और अविष्कारों से भी सदियों पुराने हैं। इनमें भीम बैठका जैसी ईसा पूर्व सदियों पुरानी गुफाओं के मित्तिचित्र भी हैं, जो गुफाओं के गहन अन्धकार में भी चाँद-सूरज की गोल आकृतियों के प्रतीक प्रस्तर चित्रों में उजाला बिखेर रहे हैं। वे लोकगीत भी हैं जिनमें अपने प्रिय आत्मीय के लिये

चाँद–सूरज के माध्यम से स्नेह की दुनिया रची गयी है। ऐसे लोकपर्व भी हैं जिनमें पारिवारिक मंगल की भावना और कामना से सूरज और चाँद की उपासना की जाती है।

छठपूजा

पूर्वी भारत में छठ पूजा लोक–आस्था तथा सूर्य उपासना का त्योहार है। चार दिनों के इस त्योहार को "सूर्य–षष्ठी" भी कहा जाता है। यह त्योहार बिहार, झारखंड, पूर्वी उत्तरप्रदेश के साथ–साथ नेपाल की तराई अंचल में भी मनाया जाता है।

परिवार के मंगल तथा मन की समस्त मनोकामनाओं की पूर्ति के उद्देश्य से कार्तिक मास के शुक्ल पक्ष की षष्ठी को निर्जला व्रत तथा सूर्य देवता की विधिवत पूजा के साथ छठ पूजा का पर्व मनाया जाता है। जनश्रुतियों के अनुसार सूर्य देवता तथा छठ मैया का सम्बन्ध भाई बहन का है। यह भी मान्यता है कि छठ मैया की पहली पूजा स्वयं सूर्य देव ने की थी। पौराणिक मान्यताओं में कहा जाता है कि छठ मैया ब्रह्मा की मानस पुत्री हैं। षष्ठी देवी सन्तान की रक्षिका देवी मानी जाती हैं। छठ मैया सूर्य देवता की बहन हैं। इसी कारण

छठ पूजा पर सूर्य देवता को अर्घ्य

छठ पूजा पर छठ मैया के साथ सूर्य देवता की भी उपासना की जाती है।

प्राचीन मान्यताओं के अनुसार रामायण तथा महाभारत में भी छठ पूजा का वृतान्त है। त्रेता युग में प्रभु श्रीराम ने लंका विजय के पश्चात आयोध्या लौटने के बाद अपनी पत्नी सीता तथा प्रजाजनों के साथ कार्तिक शुक्ल पक्ष की षष्ठी को सूर्यदेव की उपासना की थी।

इसी प्रकार द्वापर युग के महाभारत काल में कुमारी कुन्ती द्वारा सूर्य के समान तेजस्वी पुत्र की कामना से सूर्य देव की उपासना की गयी थी। इसी उपासना के प्रतिदान में उन्हें तेजस्वी कर्ण की प्राप्ति हुई थी। इसी क्रम में महाभारत काल में पांडवों की पत्नी द्रौपदी द्वारा छठ पूजा की कथा कही जाती है। इस मिथक के अनुसार जब पांडव धूत क्रीड़ा में पराजित हो कर निराश और दरिद्र हो गये, प्रभु श्रीकृष्ण के परामर्श पर द्रौपदी ने पुनः वैभव प्राप्ति की कामना से छठ देवी तथा सूर्यदेव का पूजन-व्रत किया था। इसी व्रत के कारण उनकी मनोकामनाएँ पूरी हुईं तथा पांडवों को पुनः पारिवारिक सुख प्राप्त हुआ।

इन मिथ कथाओं के पात्रों की झलक आज भी छठ पूजा के अवसर पर गाये जाने वाले लोकगीतों में मिलती है। छठ मैया से मनोकामना प्रगट करने का एक सुन्दर लोक गीत है—

रात छठिया मैया गवनै आईली,
आज छठिया मैया कहवा बिलम्बली,
बिलम्बली-बिलम्बली कवन राम के अँगना,
जोड़ा कोशियवा भरत रहे जहवाँ जोड़ा,
नारियल थईल रहे जहवाँ,
दुरितयाँ के खम्बा गड़ल रहे तहवाँ।

छठ पूजा-विधान

● कार्तिक शुक्ल चतुर्थी को पारम्परिक स्नान तथा विशेष प्रकार की रसोई का आयोजन होता है। इस दिन घर तथा आसपास की स्वच्छता, गंगा जल से स्नान का विशेष महत्व है। इस अवसर पर शुद्ध शाकाहारी भोजन पकाया जाता है। इस भोजन में शुद्ध घी में पके चावल तथा सेंधा नमक में चने की दाल के साथ काशीफल की सब्ज़ी बनायी जाती है।

● पंचमी को निर्जला व्रत रखा जाता है। शाम को ईख के रस में दूध तथा चावल के साथ खीर पकायी जाती है। इसके साथ घी पगी रोटियाँ बनाकर भगवान भास्कर को अर्पित कर वितरित की जाती है।

● कार्तिक शुक्ल षष्ठी छठ पूजा का प्रमुख दिवस है। इस दिन भी निर्जला व्रत का विधान है। षष्ठी की ही शाम को अस्ताचलगामी सूर्य को संध्या अर्घ्य अर्पित किया जाता है। संध्या अर्घ्य विदा लेते सूर्य को सरोवर अथवा नदियों के जल में देने का नियम है। यह अर्घ्य बाँस से बने सूप में केला, फल, ईख तथा चावल से बने अलोना व्यंजन के प्रसाद, पीला वस्त्र तथा दीपक जलाकर अस्त होते सूर्य की वन्दना के साथ अर्पित किया जाता है।

रात्रि में ईखों का छत्र बनाकर उनके नीचे सुन्दर दीप युक्त हाथी की मूर्तियों की ज्योति के साथ चावल का हलुआ, पूड़ी, केला इत्यादि छठ माता को अर्पित कर लोकगीतों द्वारा उनकी वन्दना की जाती है।

● पर्व की सम्पूर्णता चौथे दिन कार्तिक शुक्ल सप्तमी को प्रात:काल ऊगते सूर्य की उपासना में प्राप्त होती है। इसे उषाकालीन अर्घ्य कहा जाता है। इसमें पत्थर की सिलपर पिसे गेहूँ के आटे की

कुरकुरी तली हुई सुनहरी गोलाकार ठेकुआ, अंगूर, नारियल, केला तथा मसूर की दाल, फूल तथा धूप-दीप को बाँस की टोकरी-सूप में रख कर सूर्य की वंदना की जाती है।

बुद्ध जयन्ती

बौद्ध धर्म के संस्थापक भगवान बुद्ध की जयन्ती वैशाख पूर्णिमा को मनायी जाती है। इसी कारण वैशाख मास की पूर्णिमा बुद्ध पूर्णिमा भी कहलाती है। भगवान बुद्ध का जन्म, ज्ञान प्राप्ति तथा महापरिनिर्वाण ये तीनों ही वैशाख पूर्णिमा को हुए थे।

गौतम बुद्ध का जन्म 563 ईसा पूर्व में नेपाल के लुम्बिनी में हुआ था। उन्हें बिहार के बोधगया में ज्ञान की प्राप्ति हुई। वे राजकुमार सिद्धार्थ गौतम से गौतम बुद्ध बन गये।

बुद्ध जयंती के अवसर पर दुनिया भर से बौद्ध धर्म के अनुयायी बोधगया आते हैं। इस दिन बौद्ध घरों तथा बौद्ध मन्दिरों को फूलों से सजाया जाता है तथा दीप जलाकर भगवान बुद्ध की उपासना की जाती है।

इस अवसर पर बोधि-वृक्ष पीपल की भी पूजा की जाती है। इस अवसर पर भगवान बुद्ध की महापरिनिर्वाण स्थली कुशीनगर में एक माह का मेला लगता है। इस मेले में सभी समुदायों के लोग शामिल होते हैं।

बौद्ध धर्म में धर्म-ग्रंथों को धम्मपद कहा गया है। बुद्ध पूर्णिमा को इन ग्रंथों का पाठ करना बहुत अच्छा माना जाता है। वस्तुतः बौद्ध दर्शन का एक सूत्र वाक्य है—स्वाध्याय के लिये।

ओड़ीसा तथा बंगाल

ओड़ीसा प्रान्त में 'विशुभ संक्रान्ति' अथवा 'पना संक्रान्ति' ओड़िया नववर्ष के आगमन का पर्व है। इस दिन नया ओड़िया पंचांग आरम्भ होता है। इस अवसर पर पुरी के जगन्नाथ मन्दिर में विशेष पूजा का आयोजन किया जाता है। कच्चे आम तथा चीनी से बना खट्टा-मीठा शर्बत 'पना' इस पर्व की विशेषता है। सामान्यतः यह पर्व भी अप्रैल माह में मनाया जाता है।

पोएला बोईशाख

'पोएला बोईशाख' बंगाली समुदाय का नववर्ष दिवस है। यह प्रतिवर्ष 14 या 15 अप्रैल को बंगाल में मनाया जाता है। 'पोएला' का अर्थ है प्रथम और 'बोइशाख' बैसाख मास का अपभ्रंश है। यह बंगाली कलेंडर का पहला मास भी है।

बंगाल में पोएला बोइशाख के साथ व्यापारिक लेखा खाता-बही तथा व्यापारिक प्रतिष्ठानों के नए कार्यों का शुभारम्भ किया जाता है। नववर्ष पर सुन्दर पुष्प सज्जा की जाती है। इस अवसर

नव वर्ष पर नृत्य

पर सुबह से ही बड़ी संख्या में जनसमूह दक्षिणेश्वर तथा काली घाट के मन्दिरों में सुख-समृद्धि की प्रार्थनाएँ व पूजा-पाठ के लिये एकत्र होते हैं। छैने के बंगाली व्यंजनों की मिठास के साथ सभी एक-दूसरे का—“शुभो नबबर्षो” की मंगलकामना के साथ अभिनंदन करते हैं।

दुर्गापूजा

भारत के पूर्वी क्षेत्र बंगाल में नवरात्रों की अद्‌भुत भव्यता होती है। वहाँ भव्य पंडालों में सार्वजनिक दुर्गा पूजा का नौ दिवसीय आयोजन होता है। बंगाली दुर्गोत्सव में पाँचवे दिन से विशेष पूजा आरम्भ होती है जो दसवें दिन विजयादशमी तक चलती है। बंगाली दुर्गा पूजा में महिलाएँ दुर्गा माता की मूर्ति के समक्ष सिन्दूर की होली भी खेलती हैं। इसे ‘होली खेला’ कहा जाता है।

ओड़ीसा तथा बंगाल में लक्ष्मी के स्थान पर शौर्य की देवी महाकाली की पूजा की जाती है। इसी कारण पूर्वी भारत के प्रान्तों में इस त्योहार को काली पूजा कहा जाता है।

बंगाल की दुर्गापूजा

पश्चिम भारत के त्योहार

गुजरात

भारतीय त्योहार धर्म की अपेक्षा हमारी लोक संस्कृति के अधिक निकट हैं। इनकी उत्सवधर्मिता में लोकमानस की प्राकृतिक रुचियाँ शामिल हैं। भारतीय समाज के आमजनों की सामूहिक चेतना तथा मधुरता हमारी लोक परम्पराओं में स्नेह और परस्पर प्रेम के रस की अनुभूति को अधिक प्रसन्नता प्रदान करती हैं।

गुजराती नववर्ष दीपावली के पश्चात अन्नकूट पूजा के दिन प्रारम्भ होता है। इसे गोवर्धन पूजा भी कहते हैं। इस प्रकार गुजरात में नववर्ष कार्तिक माह में शुक्ल पक्ष की प्रतिपदा को प्रारम्भ होता है, जो आमतौर पर अक्टूबर-नवम्बर माह में आता है।

गुजराती नववर्ष में पुरानी खाता-बही को बंद कर नई खाता-बही का शुभारम्भ किया जाता है। गुजरात में 'चोपड़ा' कही जाने वाली इन हिसाब-किताब की खाता-बही को धन की महादेवी लक्ष्मी की उपासना के पश्चात आरम्भ किया जाता है। यह कहा जा सकता है कि गुजरात का नववर्ष दीपावली के प्रकाश पर्व का ही भाग है।

नवरात्र पर्व पर गुजरात के डांडिया रास तथा गरबा की

गुजरात, राजस्थान तथा मुम्बई में विशेष धूम रहती है। नवरात्र में इनके सार्वजनिक आयोजनों में हर आयु वर्ग के पुरुष, महिलाएँ, बच्चे पारम्परिक पोशाक में नृत्य करते हैं। देवी माता की प्रतिमा के समक्ष उत्साहपूर्वक डाँडिया किया जाता है।

तिल संक्रान्ति

गुजरात में इसे उत्तरायणी कहा गया है। उत्तरायणी गुजरात में पतंगों के त्योहार के लिये प्रसिद्ध है। केरल; आँध्रप्रदेश तथा कर्नाटक में यह त्योहार संक्रांति कहलाता है। पूरे भारत में इस अवसर पर नदियों में स्नान; दान-पुण्य तथा मेलों की परम्परा है। तिल के व्यंजन इसकी विशेषता हैं। तमिलनाडु में यही उत्सव पोंगल के रूप में तथा असम में माघ-बिहु के नाम से मनाया जाता है।

गरबा

'गरबा' गुजरात की नवदुर्गा आराधना उत्सव की पहचान बन गया है। देवी की उपासना के लिये अश्विन मास की शुक्ल पक्ष की प्रतिपदा को घट स्थापना की जाती है। गुजरात में एक रंग-बिरंगे छोटे-छोटे छेद वाले घड़े के भीतर अखंड ज्योत प्रज्वलित की जाती है। इस घड़े को ही 'गरबो' कहते हैं।

इसके पास ही दूसरे मिट्टी के घड़े में सात धान्यों (अन्नादि) के बीज बो कर 'जवारा' उगाया जाता है। देवी प्रतिमा के समक्ष इसे रख कर उसके चारों ओर तालियों की लय के साथ पारम्परिक वेश-भूषा तथा श्रृंगार में गरबा किया जाता है। कई स्थानों पर 'गरबा' के आग के स्थान पर जल, सुपारी और चाँदी

गरबा नृत्य

का एक सिक्का रखा जाता है। इस मटके के ऊपर एक नारियल रखा जाता है। इस कुम्भ के चारों ओर भी महिलाएँ गायन तथा ढोलक की थाप पर गोल-गोल घूम कर नृत्य करती हैं।

एक मान्यता के अनुसार 'गरबा' का अर्थ है—गर्भदीप, तात्पर्य मटके के अन्दर रखा हुआ दीपक।

रक्षाबन्धन

नीले आसमान की तारों जड़ी रात्रि में अपने घटती-बढ़ती कलाओं के साथ प्रकाशित चन्द्रमा के सम्बन्ध में विद्वान पंडित विद्यानिवास मिश्र ने विलक्षण कल्पना प्रस्तुत की है:-

"चन्द्रमा मनसो जातः"

चन्द्रमा विराट पुरुष के मन से उत्पन्न हुए हैं।

भारतीय त्योहारों में चन्द्रमा से सम्बन्धित पर्व मन की कोमल भावनाओं की माँगलिक अभिव्यक्ति प्रस्तुत करते हैं। ये दो प्रमुख पर्व हैं— भाई-बहन के स्नेहिल धागों का त्योहार "रक्षाबन्धन" तथा अपने जीवनसाथी पति के प्रति पत्नी के प्रेम तथा त्याग का व्रत पर्व

है—'करवाचौथ'।

प्रतिवर्ष श्रावण मास की पूर्णिमा को भाई-बहन के पावन भावनात्मक रिश्तों का त्योहार रक्षाबन्धन में प्रसन्नतापूर्वक मनाया जाता है। प्राचीन मान्यताओं के अनुसार यह भारत की गुरु-शिष्य परम्परा का त्योहार है जिसमें ऋषि गुरु अपने आश्रमवासी शिष्यों की कलाई पर रक्षासूत्र इस आहवान के साथ बाँधते थे कि—"हे रक्षासूत्र, हर प्रकार से शिष्य की रक्षा करना।"

हमारे देश के इतिहास तथा साहित्य में रक्षाबन्धन का उल्लेख वचनबद्धता के रूप में भी मिलता है। मान्यता है कि जिसकी कलाई में रक्षासूत्र बाँधा जाएगा वह बाँधने वाले की रक्षा का वचन देगा। एक ऐतिहासिक प्रसंग में राजपूत रानी ने मुगल बादशाह हुमायूँ को राखी भेजकर रक्षा का वचन लिया था।

रक्षाबन्धन के पावन पर्व पर बहनें अपने भाई के दाहिने हाथ पर रक्षासूत्र का जोड़ा बाँधकर उसके दीर्घायु व सुख की मंगलकामना करती हैं। प्रतिदान में भाई बहन को रक्षा के वचन के साथ उपहार भेंट करते हैं। रक्षाबन्धन हमारी सामाजिक-सांस्कृतिक तथा पारिवारिक एकता का अनूठा पर्व है। रक्षा बन्धन उत्तर भारत में तो खूब धूमधाम से मनाया जाता है।

सिन्धु संस्कृति : 'चेटी चंड'

सिन्धी समाज की संस्कृति में जल के देवता वरुण देव का विशेष स्थान है। 'चेटी चंड' सिन्धु संस्कृति का उल्लास पर्व है। चेटी चंड से ही उनका नव वर्ष आरम्भ होता है।

चैत्र शुक्ल प्रतिपदा से भारत के सांस्कृतिक तथा धार्मिक

संत झूलेलाल

वर्ष 'विक्रम सम्वत' का आरम्भ होता है। चैत्र शुक्ल द्वितीया पर सिन्धु संस्कृति का पर्व 'चेटी चंड' उमंग तथा उत्साहपूर्वक मनाया जाता है। 'चेटी चंड' का शाब्दिक अर्थ है चैत्र मास की चंद्र तिथि।

यह पर्व सिन्धी सम्प्रदाय के इष्टदेव श्री झूलेलाल की जयंती के रूप में श्रद्धापूर्वक मनाया जाता है।

यह मान्यता है कि जल देवता वरुण देव के आशीर्वाद से ईस्वी सन् 951 विक्रम संवत 1007 के चैत्र शुक्ल द्वितीया को श्री झूलेलाल का जन्म हुआ था। उन्होंने तत्कालीन सिन्धी समाज को क्रूर शासक मिरखशाह के अत्याचारों से अपने चमत्कारों द्वारा मुक्ति दिलाई। श्री झूलेलाल की मेल-मिलाप, भाईचारे, सहिष्णुता, सौहार्द्र, एकता तथा सद्भाव के देवता के रूप में उपासना की जाती है।

चेटी चंड पर सिन्धी समुदाय के लोग शोभायात्रा आयोजित करते हैं। जिसमें आकर्षक झांकियों तथा सिन्धी लोकनृत्यों व संगीत का प्रदर्शन होता है। अंत में किसी जलाशय में संत झूलेलाल जी की पावन ज्योति को विसर्जित कर पूजा व स्तुति की जाती है।

पंजाब

मकर संक्रान्ति एवं लौहड़ी

पंजाब तथा हरियाणा में लौहड़ी त्योहार उत्सव के रूप में मनाया जाता है। यह उत्सव परिवार के बच्चों के अच्छे स्वास्थ्य तथा उनके दीर्घायु होने की कामनाओं का पर्व है। सामूहिक रूप से मनाये जाने वाले इस त्योहार में रात के समय आग जलाकर उसकी परिक्रमा करते हुए मूँगफली; मक्की के भुने हुए दाने तथा रेवड़ियों की आहुति दी जाती है। लौहड़ी के गीत-संगीत तथा उल्लास के साथ इनका वितरण भी किया जाता है। इस त्योहार पर मक्की की रोटी, सरसों का साग तथा ईख के रस की खीर बनायी जाती है।

देश के कुछ उत्तरी तथा मध्य भाग में इसे तिल संक्रांति भी कहा जाता है।

बैसाखी

''फसलां दी मुक गयी राखी,
जट्टा आयी बैसाखी।''

भावार्थ है—अब रबी फसलें सुनहरी हो कर पक चुकी होती हैं अब इनकी रखवाली का समय बीत गया है।

बैसाखी पंजाब की कृषि प्रधान संस्कृति का सबसे लोकप्रिय

त्योहार है। यह सिख धर्म के महान सन्देश का भी पर्व है। यह जालियाँवाला बाग के शहीदी पर्व के रूप में भी मनाया जाता है।

पंजाब के किसानों के लिये बैसाखी श्रम के पहले उल्लास का पर्व है। यह प्रतिवर्ष 13 अथवा 14 अप्रैल को मनाया जाता है। इस समय पंजाब और हरियाणा के लम्बे-चौड़े मैदानी खेतों में खड़ी गेहूँ फसलें पककर सुनहरी हो जाती हैं। यानी खेत में फसल पककर तैयार हो गयी है। इससे सभी ग्रामीण स्त्री-पुरुष और बच्चे उत्साहित हैं। सभी का मन नृत्य संगीत और खेल-कूद में रम गया है। भाँगड़ा तथा गिद्धा नृत्य इस त्योहार के रंगारंग आकर्षण होते हैं। भाँगड़ा पंजाब का प्रमुख लोकनृत्य है। भाँगड़ा नृत्य में ढोल की थापों पर पंजाबी बोलियों पर पुरुष जोश भरकर नृत्य करते हैं। इस नृत्य की पारम्परिक वेशभूषा में पगड़ी, कुर्ता, तहमत तथा रुमाल का उपयोग होता है।

गिद्धा नृत्य में महिलाएँ भाग लेती हैं। प्रसन्नता को व्यक्त करने वाले इस लोकनृत्य में तालियाँ बजाते हुए पंजाबी बोलियों के साथ नृत्य किया जाता है। नृत्य में भाग लेने वाली महिलाएँ आकर्षक रंग-बिरंगी पोशाकों में रहती हैं।

13 अप्रैल 1699 को बैसाखी के दिन ही सिखों के दशम गुरु, गुरु गोविंद सिंह जी ने आनन्दपुर साहब में खालसा पंथ की स्थापना की थी। खालसा पंथ का मूल उद्देश्य धर्म तथा नेकी के आदर्श की रक्षा के लिये सर्वोच्च बलिदान के लिये सदैव तत्पर रहना था।

वैसे तो बैसाखी पर्व का समारोह आनन्दपुर साहब में धूमधाम से आयोजित किया जाता है, जहाँ दुनिया भर से श्रद्धालु

भाँगड़ा नृत्य

अरदास करने आते हैं। शबद सिख गुरुओं तथा संतों की पवित्र बानी है, जिन्हें परम्परागत रूप से भारतीय शास्त्रीय रागों में ही प्रस्तुत किया जाता है।

पंजाब में गुरु हरगोविंद सिंह साहब के सम्मान में स्वर्ण मन्दिर अमृतसर में विशेष प्रकाशोत्सव का आयोजन होता है।

श्रीगुरुनानक देव जयंती

गुरुनानक देव जी का जन्म कार्तिक पूर्णिमा के दिन वर्ष 1469 को लाहौर से करीब चालीस मील दूर तलवंडी गाँव में हुआ था। नानकदेव का जन्म अंधविश्वास तथा पाखंडों में जकड़े भारतीय समाज को ज्ञान का प्रकाश देने के लिये हुआ था। एक उक्ति है—

"सुनी पुकार दातार प्रभु गुरु नानक
जग महि पठाइया।"

गुरु नानक देव ने सभी तरह के आडम्बरों तथा भेदभाव

का विरोध किया। उनके उपदेशों में—"एक पिता एकस के हम बारिक" की समानता का संदेश था। महान मानवतावादी गुरुनानक देव कहते हैं—

"डंडा डेरा इन नहीं,
जह डेरा तह जान।
उह डेरा का संजमो
गुरु का शबद पछाण॥"

भावार्थ—जिसे तू अपनी जागीर समझ मनमानी कर रहा है, वो तेरी है ही नहीं, वो तेरे साथ नहीं जाएगी। केवल एक ईश्वर का नाम और किए कर्म साथ जाऐंगे। गुरुनानक देव सिक्ख धर्म के प्रथम गुरु थे। सिक्ख अर्थात् शिष्यों के बारे में उनके उद्‌गार थे—

"कुड़ियार कुड़ियाली जाए रले,
सचियार सिख बैठे सतगुरु के पास।"

भावार्थ—बुरा मनुष्य मित्रता के लायक नहीं होता, वो दूसरों अपना जैसा बना लेता है। लेकिन अच्छा मनुष्य सतगुरु को भाता है, सतगुरु की संगत में रहता है।

हरियाणा

दीपावली एवं अहोई

हरियाणा में दीपावली पर बच्चों के कल्याण के लिये अहोई माता की तस्वीर दीवार पर बना कर पूजा की जाती है। दीवाली पर रंगोली बना कर मध्यरात्रि में महाकाली की पूजा की जाती है। इस अवसर पर गाय और बछड़ों के पूजन का विशेष विधान है। कई स्थानों पर धनतेरस के दिन यमराज के नाम पर भी

दीपदान किया जाता है। यह दीपक घर के मुख्य द्वार पर मृत्यु के निषेध की कामना से रखा जाता है।

दीपावली पर्व का चौथा दिन गोवर्धन पूजा का होता है। पौराणिक कथाओं के अनुसार श्रीकृष्ण ने इसी दिन ब्रज के निवासियों को इन्द्र के स्थान पर गोवर्धन पर्वत की पूजा का सन्देश दिया था। मूल रूप से यह सामाजिक एकता तथा प्रकृति-पूजा का दिन है।

दीपावली महोत्सव का समापन भाई-बहन के स्नेह पर्व भैया दूज से होता है। इसे यम द्वितीया भी कहा गया है। यह यम तथा उनकी बहन यमुना के स्नेह सम्बन्धों की याद दिलाता है।

जैन मत के अनुसार चौबीसवें तीर्थंकर महावीर स्वामी को इसी दिन मोक्ष की प्राप्ति हुई थी। इसी दिन उनके प्रथम शिष्य गौतम गणधर को ज्ञान प्राप्त हुआ था।

करवाचौथ

पंजाब; हिमाचल; हरियाणा में यह त्योहार, महिलाएँ शृंगारिक उत्सव के साथ मनाती हैं। इस अवसर पर व्रत करने वाली महिलाओं को ससुराल पक्ष द्वारा उपहार भी प्राप्त होते हैं।

चन्द्रमा की उपासना तथा जल से अर्घ्य अर्पित करने का एक मनमोहक पर्व शरद पूर्णिमा भी है। पूरे भारत में प्रतिवर्ष अश्विन मास के शुक्ल पक्ष की भरे-पूरे चाँद की रात को ही शरद पूर्णिमा कहा जाता है। आमतौर पर यह पर्व सितम्बर/अक्टूबर में आता है। शरद पूर्णिमा की रात चन्द्रमा पृथ्वी के सबसे निकट अपनी समस्त कलाओं के साथ स्नेहिल चाँदनी की वर्षा करता है। इसे श्रीकृष्ण

की महारास की पूर्णिमा भी कहा गया है। शरद पूर्णिमा को कोजागिरी पूर्णिमा का उत्सव भी मनाया जाता है। 'कोजागिरी पूर्णिमा' को रात्रि जागरण कर देवी लक्ष्मी की आराधना करने का विधान है। इस त्योहार पर दूध तथा चावलों की खीर के साथ देवी लक्ष्मी तथा चन्द्र देवता की उपासना की जाती है।

राजस्थान

गणगौर

गौर गौर गोमती, ईसर पूजे पार्वती
म्हे पूजा आला गिला
गौर का सोना का टीका
म्हारे है कंकू का टीका।''

पार्वती भगवान शिव की पत्नी हैं। उमा, गौरी, अम्बिका, भवानी, शक्ति आदि भी पार्वती के ही रूप हैं। भारतीय लोक संस्कृति में प्रकृति स्वरूपा पार्वती सुखद गृहस्थ जीवन की आदर्श पत्नी हैं। शास्त्रों के अनुसार वे भारतीयता के सम्पूर्ण नारी सद्‌गुणों तथा अखंड सुहाग की देवी हैं।

गणगौर होली के पन्द्रह दिन बाद मनाया जाता है। मान्यता के अनुसार पार्वती गणगौर पर्व में ही अपने माता-पिता के घर लौटी थीं तथा अपनी सखियों को सुखी गृहस्थ जीवन का आशीर्वाद दिया था। शिव स्वयं उन्हें विदा करा अपने घर ले जाने आये थे। इस प्रकार 'गणगौर' उनकी विदाई का त्योहार है।

इस त्योहार पर महिलाएँ व्रत रखती हैं। सुन्दर श्रृंगार करती हैं। शिव-पार्वती की सुन्दर झाँकियाँ सजायी जाती हैं। लोकसंगीत

गणगौर की झाँकी

तथा लोकनृत्यों में गौरी माता की महिमा गायी जाती है।

गणगौर पर्व पर राजस्थान की प्रसिद्ध मिठाई घेवर का आदान-प्रदान करने की भी प्रथा है। इस प्रकार गणगौर गौरी माता से सुखी गृहस्थ जीवन का वरदान प्राप्त करने का महात्त्वपूवर्ण पर्व है।

महाराष्ट्र तथा गोवा

गुड़ी पड़वा

चैत्र मास की शुक्ल प्रतिपदा को गुड़ी पड़वा या वर्ष प्रतिपदा कहा जाता है। यह चंद्रकला का प्रथम दिवस है। महाराष्ट्र में 'गुड़ी पड़वा' को नव वर्षरम्भ का उत्सव मनाया जाता है।

ब्रह्मपुराण के अनुसार चैत्र शुक्ल प्रतिपदा को ही सृष्टि का आरम्भ हुआ था। इसी दिन भारतवर्ष में काल-गणना प्रारम्भ हुई थी।

"चैत्र मासे जगद्‌ब्रह्म समग्र प्रथमे अनि
शुक्ल पक्षे समग्र तु सूर्यादये सति।

—ब्रह्मपुराण

महाराष्ट्र में 'गुड़ी-पड़वा' अत्यन्त उल्लासपूर्वक मनाया जाता है। इस दिन घरों के आगे एक 'गुड़ी' अर्थात पताका रखी जाती है। पताका के साथ एक रेशम का वस्त्र तथा स्वस्तिक चिह्न अंकित पात्र भी रखा जाता है। 'गुड़ी-पड़वा' के दिन प्रत्येक घर में गुड़ी अर्थात विजय पताका सजायी जाती है। हल्दी-कुमकुम से उसका अभिनन्दन कर उसे शक्कर के बने खाँड खिलौनों की माला पहनाई जाती है। उल्लास पर्व के इस त्यौहार पर घरों के समक्ष रंगोली अंकित की जाती है। प्रकृति के मंगल की प्रार्थनाएँ की जाती हैं। इस पर्व पर नीम तथा आम की पत्तियों तथा गेंदे के पीले पुष्पों का आराधना तथा गृह-सज्जा में उपयोग किया जाता है। महाराष्ट्र में गुड़, नमक, नीम के फूल, इमली तथा आम की कैरी मिला

गुड़ी पड़वा का त्योहार मनाती स्त्रियाँ

कर पारम्परिक मीठी रोटी "पूरनपोली" बनायी जाती है। यह "पूरनपूली" जीवन के खट्टे-मीठे प्रसंगों की दार्शनिकता की प्रतीक व्यंजन है, जो जीवन में समरसता का सन्देश देती है।

महाराष्ट्र में इस अवसर पर शुभकामनाओं के सन्देशों का आदान-प्रदान किया जाता है—

"शांत निवांत शिशिर सरला
सलसलता हिरवा वसंत आला
कोकिलेच्या सुखाती सोबत
चैत्र" गुड़ी-पाड़वा दारी आला
नूतन वर्षाभिनंदन।"

इस संदेश में वसंत में कूकने वाली कोयल का सन्दर्भ लिया गया है। इसी प्रकार एक और शुभकामना सन्देश देखिये—

"वर्षामागून वर्ष जाती,
बेत मनीचे तसे राहती,
नव्या वर्षी नव्या भेटी,
नव्या क्षणाशी नवी नाती,
नवी पहाट तुमच्या साठी
शुभेच्छांची गाणी गाती।
गुड़ीपाडव्याच्या शुभेच्छा॥"

गणेश उत्सव

"म्हारा कीर्तन में रस बरसाओ, बरसाओ
आओ जी गजानन आओ...
रणत भंवर से आओ जी गजानन,

रिद्धि सिद्धि ने संग प्रभु लाओ।
आओ जी गजानन आओ...
पार्वती के पुत्र गजानन,
भोले शंकर के मन भाओ।
सकल बुद्धि के देवता
आओ जी गजानन आओ... ॥

शिव–पार्वती के छोटे पुत्र गणपति की बुद्धि तथा शुभ मंगल के देवता के रूप में मान्यता है। गणेश पुराण के अनुसार गणेश का अवतरण भाद्रपद शुक्ल की चतुर्थी को हुआ था। उनकी उपासना शिव के गणों के नायक के रूप में की जाती है।

शिव पुराण की एक कथा के अनुसार माता पार्वती ने शिव की अनुपस्थिति में एक बालक का निर्माण कर उन्हें अपना द्वारपाल का दायित्व सौंप दिया। जब शिव ने गृह प्रवेश करने की चेष्टा की तो उस बालक ने उनका रास्ता रोक लिया। जब शिव के गण युद्ध में उस बालक को पराजित नहीं कर पाये तो शिव ने अपने त्रिशूल से बालक का सिर काट लिया।

इससे भगवती पार्वती अत्यन्त दुःखी और क्रोधित हो उठीं। सभी देवताओं ने शिव की स्तुति कर उन्हें शान्त किया। शिव की प्रार्थना पर विष्णु उत्तर दिशा से एक शिशु हाथी का मस्तक लेकर आये। रुद्र ने यह मस्तक बालक के धड़ पर लगाकर उसे पुनर्जीवित कर दिया। पार्वती ने प्रसन्नता तथा ममता से उस गजानन बालक को अपने पुत्र के रूप में हृदय से लगा लिया और प्रथम देवता का वरदान दिया। शिव ने गणपति को वरदान दिया कि गिरिजानंदन गणेश उनके गणों के अध्यक्ष भी होंगे तथा

गणेश महोत्सव

सभी विघ्नों का नाश कर लोक का कल्याण करेंगे।

भारत में प्रतिवर्ष भाद्र मास की चतुर्थी से चतुर्दशी तक गणेशोत्सव का आयोजन किया जाता है। एक मान्यता के अनुसार पेशवाकाल में लोकमंगल की भावना से महाराष्ट्र में गणपति उत्सव को राज्याश्रय प्राप्त हुआ। पुणे में कस्बा गणपति की स्थापना महाराज शिवाजी की माता जीजाबाई जी ने की थी।

भारतीय स्वतंत्रता के इतिहास में सार्वजनिक गणेशोत्सव का विशेष महत्व है। वर्ष 1893 में सामाजिक एकता के उद्देश्य से लोकमान्य तिलक ने महाराष्ट्र में सार्वजनिक गणेशोत्सव का आरम्भ किया। उनके प्रयासों से गणपति, घरों तथा मन्दिरों से बाहर एक ऐसे सार्वजनिक मंच पर आये जहाँ सभी जातियों धर्मों की भागीदारी की। गणेशोत्सव ने ब्रिटिश शासन के विरुद्ध भारत की स्वतंत्रता का वातावरण बनाने में विशिष्ट योगदान दिया।

आज महाराष्ट्र कर्नाटक, मध्यप्रदेश, छत्तीसगढ़, आन्ध्रप्रदेश, राजस्थान तथा दिल्ली में सार्वजनिक गणेशोत्सव बहुत धूमधाम से मनाया जाता है। इस पर्व पर गणपति की मिट्टी की मूर्ति

स्थापित कर उसकी उपासना की जाती है। कई धार्मिक तथा सांस्कृतिक आयोजन होते हैं। बाद में इस मूर्ति का शोभायात्रा में जल विसर्जन कर दिया जाता है।

भारतीय संस्कृति में संगीत, मूर्तिकला, चित्रकला तथा साहित्य में गणपति का विशिष्ट महत्व है। एक शास्त्रीय प्रार्थना है—

"वक्रतुंड महाकाय। सूर्यकोटि समप्रभ।
निर्विघ्न कुरु मे देव। सर्वकार्येषु सर्वदा॥"

भावार्थ—जिनकी सूँड वक्र है, जिनका शरीर महाकाय है, जो करोड़ों सूर्यों के समान तेजस्वी हैं, ऐसे सब कार्य बनाने वाले, पूर्ण सक्षम शक्तिमान गणपति जी सदैव मेरे विघ्न हरें।

पारसी नववर्ष : नवरोज़

पारसी धर्म दुनिया के कुछ सबसे पुराने धार्मिक समुदायों में से एक है। इनका सम्बन्ध ईरान के प्राचीन ज़रथुष्ट्री धर्म से है, जिसके पैगम्बर संत ज़रथुष्ट्र हैं। अग्नि पूजक पारसी शुचिता, सुबुद्धि, शान्ति तथा सद्व्यवहार के लिये विख्यात हैं। 'अवेस्ता' नामक धर्मग्रंथ इनका मार्गदर्शक है।

पारसी समुदाय लगभग एक हज़ार वर्ष पूर्व समुद्री मार्ग से आकर भारत के पश्चिमी तट के नगरों में आकर बस गये। आज दुनिया भर में इनकी जनसंख्या लगभग सवा लाख है, जिनमें से सत्तर प्रतिशत से अधिक भारत के निवासी हैं।

पारसी धर्मावलम्बी नववर्ष दिवस को 'नवरोज़' कहते हैं। 'नव' अर्थात नया और 'रोज' यानी दिन। 24 अगस्त को पैगम्बर ज़रथुष्ट्र का जन्मदिवस होता है। नवरोज पर्व इसके पाँच दिन

नवरोज़

पूर्व अगस्त माह में मनाया जाता है। इसे खौरदाद वर्ष कहा जाता है। पारसी समुदाय में एक वर्ष 360 दिन का होता है शेष पाँच दिन अपने पुरखों को याद करने के लिये होते हैं।

पारसी धर्मावलम्बियों के लिये नवरोज बड़े महत्त्व तथा प्रसन्नता का त्योहार है। इस दिन घरों के द्वारों को रंगोली तथा पुष्पों से सजाया जाता है। चन्दन से घर को महकाया जाता है। पारसी लोग मन्दिर अगियारी में जाकर विशेष प्रार्थनाओं में ईश्वर का आभार व्यक्त किया करते हैं। घरों में सुबह सूजी, दूध तथा चीनी मिलाकर 'रावो' व्यंजन तैयार किया जाता है। जीवन में सादगी के प्रतीक भोजन मूँगदाल और चावल को अनिवार्यत: बनाया जाता है। नववर्ष के शुभागमन की कामना के साथ अतिथियों का स्वागत सेवइयों से तैयार फालूदा नामक व्यंजन से किया जाता है। इस उत्सव में परिवार के सभी सदस्य समान रूप से शामिल होते हैं।

उत्तर भारत के त्योहार

जम्मू-कश्मीर

''नवरेह''—अर्थात् नई चिंगारी। ऊर्जा और उत्साह का कश्मीरी नववर्ष का त्योहार, हेमन्त के समापन तथा वसन्त के आगमन के साथ कश्मीर में मनाया जाता है।

हिमालय की छाँव में बसी कश्मीर की घाटी में वसन्त के आगमन का अर्थ भारत के मैदानी क्षेत्रों से अधिक ऊर्जावान है। कश्मीर घाटी में जाड़े की बर्फ में आम जनजीवन में विराम-सा आ जाता है। इनके जीवन में चावल तथा केसर का विशेष महत्त्व है। शरदऋतु की हिम में पनपी केसर की कलियाँ वसन्त के स्वागत में कश्मीर के खेतों में बैंगनी रंग धारे अद्‌भुत खुशबू से ''नवरेह'' का स्वागत करती हैं। नवरेह के स्वागत गीत की पंक्तियाँ हैं—

''नोव नवरेह सोंत हय आवय''

कश्मीरी, नववर्ष के स्वागत हेतु चैत्र मास के शुक्ल पक्ष की प्रथमा की प्रतीक्षा करते हैं। यह चैत्र नवरात्र की पहली तिथि है। इसके साथ कश्मीरी नववर्ष का आरम्भ होता है। इसे नवचन्द्र भी कहा गया है। यह इसका शास्त्रीय अर्थ है। घनघोर शीत से

नवरेह पर पूजा-अर्चना

मुक्ति दिलाने आये वसन्त को कश्मीरी लोकमानस "नई चिंगारी" कहते हैं। नवरेह पर्व का सम्बन्ध कश्मीर की मातृदेवी शारिका देवी से है।

श्रीनगर की प्रसिद्ध डल झील के समीप हरि पर्वत की ऊँचाई पर शारिका देवी का पुरातन मन्दिर स्थित है। पौराणिक मान्यताओं के अनुसार 'शारिका देवी' शिव की पत्नी पार्वती का रूप है। उनकी अट्ठारह भुजाएँ हैं। उन्होंने जलोद्भव नामक दैत्य का वध किया था। नवरेह के दिन मन्दिर में देवी को पीले चावलों की मीठी खीर का भोग लगाया जाता है।

नवरेह पर्व पर जारी होने वाले नववर्ष के कश्मीरी पंचांग को "नेची पत्री" कहा जाता है। इस पंचांग पर शारिका देवी का कश्मीरी परिधान में चित्र अंकित होता है।

यह नेची पत्री एक सुन्दर पात्र में धान, अखरोट, सुगंधित फूल तथा सिक्कों के साथ सजाई जाती है। परिवार के सभी सदस्य

अभिनन्दन करते हैं। नये परिधान पहने जाते हैं। स्वादिष्ट कश्मीरी व्यंजनों का आदान-प्रदान होता है।

नवरात्र

कश्मीर में नवरात्र पर खीर भवानी की उपासना का विशेष महत्त्व है। इनका मन्दिर जम्मू व कश्मीर राज्य के गान्दरबल जिले में तुलमुला गाँव में एक पवित्र जलाशय के ऊपर स्थित है। यह श्रीनगर से 14 किलोमीटर पूर्व में स्थित है। पारम्परिक रूप से यह महारज्ञा देवी का मन्दिर है, जिन्हें वसंत ऋतु में खीर का भोग चढ़ाया जाता है। इसीलिये इन्हें 'खीर भवानी' कहा जाता है। ये शारदा देवी का रूप है। एक मंत्र है—

"नमस्ते शारदा देवी, कश्मीर पुर्वासिनी,
प्रार्थये नित्यं विद्यादानं य दे ही मे।"

अर्थात—"हे शारदा देवी, कश्मीर में रहने वाली, मैं प्रार्थना करता हूँ मुझे विद्या दान करें।"

हिमाचल प्रदेश

दशहरा

हिमाचल प्रदेश की हरी-भरी आकर्षक घाटियाँ अपने प्राकृतिक सौन्दर्य के लिये विश्व विख्यात हैं। कुल्लू को देवताओं की घाटी कहा जाता है। कुल्लु अंचल में हजारों मन्दिर हैं। यह माना जाता है यहाँ गंधर्व भी इन मन्दिरों के देवताओं के लिये नृत्य-संगीत प्रस्तुत करते हैं।

कुल्लू घाटी के मन्दिरों में सुल्तानपुर के रघुनाथ मन्दिर का

विशेष महत्त्व है। दशहरा के शुभ पर्व पर घाटी के सभी देवी-देवता झाँकियों में अपने भक्तों के साथ कुल्लू के ढालपुर मैदान आते हैं। यहाँ रघुनाथ जी भी अट्ठाइस पहियों के काष्ठ-रथ में विराजमान हो पूर्ण साज-सज्जा व श्रद्धालुओं के साथ पहुँचते हैं। सभी ग्राम देवता रघुनाथ जी के देव-दरबार में उपस्थित रहते हैं, जिनके साथ सभी ग्रामों के वासी भी रहते हैं। सप्ताह भर चलने वाले इस दरबार में लोक भजनों और पारम्परिक लोकनृत्यों का अद्भुत भक्ति रस प्रवाहित होता रहता है। इस भक्ति मेले में रघुनाथ जी के रूप में श्री राम तो होते हैं, लेकिन रावण नहीं। देवताओं की घाटी के इस दशहरा उत्सव में भारत के पर्वतीय ग्रामीण संस्कृति की मनमोहनी छटा देखने को मिलती है। हिमाचल प्रदेश में दशहरा दीपावली तथा होली आदि त्योहार धूमधाम से मनाये जाते हैं।

उत्तर प्रदेश, मध्य प्रदेश तथा उत्तराखंड

मकर संक्रांति

हेमन्त ऋतु के सूर्य के स्वागत का पर्व है। यह पूरे भारत के चौदह जनवरी को पौष मास में सूर्य के दक्षिणी गोलार्द्ध से उत्तरी गोलार्द्ध में प्रवेश की प्रसन्नता का उत्सव है। इस पर्व का भौगोलिक तथा वैज्ञानिक महत्व भी है।

हमारी पृथ्वी उत्तरी तथा दक्षिणी गोलार्द्ध में बँटी हुई है। भारत उत्तरी गोलार्द्ध का भाग है। सूर्य के उत्तरापण होने की दशा में उत्तरी गोलार्द्ध में प्रकाश के परिमाण में वृद्धि होती है। सूर्य का भी आंशिक झुकाव पूर्व से उत्तर के ईशान कोण में होता है। प्रकाश और ऊर्जा

की वृद्धि के साथ उत्तरापण का सूर्य हमारे देश में हेमन्त ऋतु की प्रसन्नताएँ लेकर आता है। भारतीय ज्योतिष के अनुसार इसी दिन सूर्य मकर राशि में प्रवेश करता है। इसके साथ शुभ कार्यों का भी आरम्भ होता है। सूर्य के मकर राशि में आने के कारण ही यह त्योहार मकर संक्रांति कहलाता है। देश के कुछ भागों में इसे तिल संक्रांति भी कहा जाता है। मुख्यतः यह ऋतु परिवर्तन का उत्सव है।

महाशिवरात्रि

महाशिवरात्रि भारत का एक प्रमुख पर्व है। फाल्गुन मास के कृष्ण पक्ष की चतुर्दशी को पूरे भारत में यह पर्व मनाया जाता है।

भगवान शिव का भारत के सभी भागों में उल्लेख मिलता हैं। इनके बारह ज्योर्तिलिंग मन्दिर गुजरात, आन्ध्र प्रदेश, मध्य प्रदेश, महाराष्ट्र, उत्तराखंड, उत्तर प्रदेश, झारखंड, तमिलनाडु प्रान्तों में स्थित हैं। इससे भारत में शिव की व्यापक उपस्थिति की गणना की जा सकती है।

शिव तत्व की एक विशेषता यह भी है कि इसकी विवेचना वेदों के गूढ़ दर्शन में तथा ग्रामीण व आदिवासी लोक संस्कृति के मौखिक साहित्य में भी की जाती है। महाकवि कालिदास के शास्त्रीय संस्कृति ग्रंथों से लेकर ग्रामीण लोक कथाओं व लोक गीतों में शिव परिवार का उल्लेख मिलता है। शिव की एक और विशेषता है। ये समस्त विषमताओं को एक साथ संतुलित दशा में धारण करने वाले महादेव हैं। शिव के गले में विष है। माथे पर चंद्रमा के रूप में सोम। हाथ में अग्नि है सिर पर गंगा। इनकी सवारी नन्दी बैल है, इनकी पत्नी की सवारी सिंह है। इनके गले

में नाग है, पुत्र गणपति का वाहन मूषक है और बड़े पुत्र कार्तिकेय का वाहन मोर है।

शिव को शौर्य के महादेव के साथ-साथ संगीत व नृत्य का भी ईश्वर माना गया है। इन्हें नटराज कहा गया है। आदिवासी संस्कृति में शिव को बारह लिंगों का देवता माना गया है। शिव पुराण के अनुसार शिव का डमरू ही नाद-साधना की ध्वनि तथा संगीत का कारक है। शिव के त्रिशूल में ही सत, रज और तम के प्रतीक निहित हैं। इसी प्रकार शिव सहज प्रसन्न होने वाले भगवान भोलेनाथ रूप में भी लोकमानस में व्याप्त हैं। जो बेलपत्र, आक, धतूरा तथा कनेर जैसी वन्य वनस्पतियों से ही प्रसन्न हो जाते हैं। इस प्रकार भारतीय त्योहारों में शिव की उपस्थिति सर्वाधिक लोकप्रिय व लोकमंगलकारी है।

नवरात्र

मातृ-शक्ति उपासना के रूप में नवरात्र पर्व का पूरे भारत में विशेष धार्मिक महत्त्व है। पौराणिक ग्रंथों में 'शुभ' को 'शिव' कहा गया है और 'शक्ति' को 'शिव' के आत्मीय प्राणों की संज्ञा दी गयी है। नवरात्र इसी शक्ति के मातृरूप में उपासना के पर्व की छवियों के साथ पूरे भारत में मनाया जाता है—

"या देवी सर्वभूतेषु मातृरूपेण संस्थिता
नमस्तस्यै नमस्तस्यै नमस्तस्यै नमो नमः।"

भावार्थ : समस्त जीवों में व्याप्त जो, मातृ-शक्ति रूप महान।
नमन, नमन, उनको नमन दिव्य रूप जिनका ज्ञान।

भारतीय संस्कृति की तीन प्रमुख मातृ देवियों में लक्ष्मी,

सरस्वती तथा काली के रूप को शक्ति की देवी माना गया है। नवरात्र महोत्सव में देवियों के इन्हीं रूपों की पारम्परिक विधि-विधान से घरों तथा मन्दिरों में उपासना होती है।

नवरात्र के दो रूप अधिक प्रचलित हैं।

1. **चैत्र की नवरात्र**—जो मार्च अथवा अप्रैल माह में आती है।

2. **शारदीय नवरात्र**—जो अक्टूबर माह में आती है।

हिन्दू शास्त्रों के वर्ष में पाँच नवरात्र आते हैं। अन्य तीन हैं—

माघ गुप्त नवरात्र—जनवरी माह में।

आषाढ़ गुप्त नवरात्र—जुलाई माह में।

पौष गुप्त नवरात्र—दिसम्बर माह में।

शारदीय नवरात्र—शारदीय नवरात्र का आरम्भ आश्विन शुक्ल पक्ष की प्रथमा तिथि से होता है। यह महापर्व नौ दिनों तक चलता है। इन नौ तिथियों में माता भगवती के नौ रूपों की उपासना की जाती है। ये नौ रूप हैं—

शैलपुत्री, ब्रह्मचारिणी, चंद्रघंटा।

कूष्माँडा, स्कंदमाता, कात्यायनी।

कालरात्र, महागौरी, सिद्धिदात्री देवी।

नवरात्र की प्रथमा को देवी के पूजा-स्थल पर कलश की स्थापना की जाती है। इसी दिन मिट्टी में जौ के बीज बोये जाते हैं। ये बीज इन नौ दिनों में शक्ति के प्रतीक 'जवारों' की बालियाँ बन जाते हैं। जिन्हें स्त्रियाँ श्रद्धापूर्वक नदी में विसर्जित कर देती हैं। नवरात्र के इन नौ दिनों में शुचितापूर्वक उपासक व्रत रखते हैं तथा देवी के नौ रूपों की पूजा करते हैं। कई स्थानों पर दुर्गा देवी के विभिन्न रूपों की मिट्टी

की मूर्तियाँ भी स्थापित की जाती हैं, जिन्हें बाद में समारोहपूर्वक जलाशयों में विसर्जित कर दिया जाता है।

नवरात्र के अन्तिम तिथि नवमी को कन्या भोज कराया जाता है। इन कन्याओं को माँ का स्वरूप माना जाता है। भोज के पश्चात उन्हें उपहार तथा दक्षिणा देने की भी परम्परा है। इस भोज में काले चने तथा हलवा-पूड़ी शामिल रहते हैं। कन्या भोज के बाद उपासक स्वयं का व्रत खोलते हैं।

चैत्र नवरात्र—चैत्र नवरात्र मार्च के महीने में मनायी जाती है। चैत्र माह की प्रतिपदा से नवमी तिथि तक वसंत ऋत्तु में पूरे भारत में नवरात्र पर्व मनाया जाता है। शारदीय नवरात्र की तरह चैत्र नवरात्र में भी नौ रात्रियों में तीन देवियों महालक्ष्मी, महा सरस्वती और दुर्गा के नौ स्वरूपों की पूजा की जाती है जिन्हें नवदुर्गा कहा जाता है। दुर्गा का अर्थ जीवन से दुखों का नाश करने वाली देवी है।

नवरात्र के पहले देवी दुर्गा की पूजा की जाती है। देवी दुर्गा सभी बुरी प्रवृत्तियों पर विजय प्राप्त करने के संकल्प की प्रतीक हैं। नवरात्र के चौथे, पाँचवें तथा छठे दिन समृद्धि, धन, शान्ति और सम्पन्नता की देवी लक्ष्मी की पूजा को समर्पित हैं। नवरात्र के सातवें दिन कला और ज्ञान की देवी सरस्वती की उपासना की जाती है। आठवें तथा नवें दिन माता दुर्गा के नौ रूपों की आराधना की जाती है।

विजय दशमी

विजय दशमी भारत के सबसे बड़े त्योहारों में से एक है।

इसे दशहरा, बिजोया तथा आयुध पूजा भी कहा जाता है। शारदीय नवरात्र के दसवें दिन यह सार्वजनिक रूप से आयोजित किया जाता है। दशमी तिथि को मनाये जाने के कारण इसे विजयादशमी अथवा दशहरा कहा गया।

दशहरा

विजय दशमी की मूलकथा में लंका नरेश रावण पर भगवान श्रीराम की विजय तथा रावण वध का प्रसंग मिलता है। पौराणिक कथाओं में रावण का विद्वान, लेकिन अहंकारी चरित्र निरूपित किया गया है। वह श्रीराम की पत्नी सीता का छल से अपहरण कर लंका ले गया था। तब श्रीराम ने वनचरों हनुमान, सुग्रीव तथा रावण के छोटे भाई विभीषण की सहायता से लंकापति रावण का वध कर अपनी पत्नी सीता को मुक्त कराया। इस प्रकार अहंकार और असत्य पर धर्म की विजय का यह प्रसंग विजय दशमी कहलाया। धार्मिक मान्यताओं के अनुसार श्रीराम शौर्य की देवी दुर्गा के उपासक थे। उन्होंने युद्धकाल में नवरात्र के नौ दिनों में देवी की उपासना की। इस उपासना से प्राप्त शक्तियों से दसवें दिन उन्होंने रावण तथा लंका पर विजय प्राप्त की। यही कारण है कि विजय दशमी का रामलीला मंचन से निकट का सांस्कृतिक सम्बन्ध है।

रामलीला

रामलीला प्रसिद्ध लोकनाट्य है। यह रामचरित्र पर आधारित है तथा रामायण के चरित्र यथा राम, सीता, हनुमान, लक्ष्मण, रावण इत्यादि अनेकों पात्र इसमें भाग लेते हैं। अलग-अलग लोक

शैलियों में रामलीला का देश के विभिन्न भागों में अक्टूबर माह में नवरात्र तथा विजय दशमी के अवसर पर मंचन किया जाता है। उत्तर भारत के अयोध्या, बनारस, मथुरा, दिल्ली, ग्वालियर, अल्मोड़ा, मधुबनी की रामलीलाएँ प्रसिद्ध हैं।

विजय दशमी की शाम सार्वजनिक रूप से रावण, रावण के भाई कुम्भकर्ण तथा पुत्र मेघनाद के बड़े-बड़े पुतलों का दहन किया जाता है। रामलीला में राम, लक्ष्मण तथा हनुमान की भूमिकाओं का निर्वाह करने वाले कलाकार भी इस दहन पर्व में भाग लेते हैं। सूर्यास्त के बाद राम-लक्ष्मण के धनुष अभिनय के साथ इन पुतलों को भारी जनसमुदाय के समक्ष जला दिया जाता है। यह दहन अधर्म पर धर्म की विजय के प्रतीक रूप में किया जाता है।

उत्तराखंड के कुमायूँ अंचल की रामलीला की लगभग 150 वर्ष प्राचीन मौखिक लोक गायकी परम्परा है। पारम्परिक रामलीला के संवादों, धुनों, सुरों व अभिनय पर पारसी थियेटर तथा नौटंकी की झलक देखने को मिलती है। साथ ही दंतकथाओं में प्रचलित लोक विश्वास भी। यह माना जाता है कि रावण दशानन था अर्थात् उसके दस सिर थे, लेकिन इन दस सिरों के मुखौटे पर गधे का सिर लगाया जाता है। सन्देश यह है कि रावण विद्वान पंडित था, लेकिन उसकी विद्वता पर मूर्खतापूर्ण अहंकार हावी था,जो उसके वध का कारण बना।

दीपावली

धार्मिक तथा पौराणिक मान्यताओं में दीपावली सम्पन्नता की देवी विष्णु पत्नी लक्ष्मी की उपासना का उत्सव है। बहुप्रचलित

इस मान्यता के अनुसार दीपावली की रात्रि में घर-घर धन और समृद्धि की देवी लक्ष्मी की—विघ्न विनाशक तथा बुद्धि के देवता गणपति तथा ज्ञान व विद्या की देवी सरस्वती की उपासना की जाती है। वैसे मान्यता के अनुसार वस्तुतः दीपावली लक्ष्मी का जन्मोत्सव है, जोकि देवताओं तथा दैत्यों के सागर मंथन में प्रगट हुई थीं। उन्होंने दीपावली की रात विष्णु पति के रूप में चुना था। इसी कारण दीपावली का त्योहार सब जगह धूमधाम से मनाया जाता है।

धनतेरस

उत्तर भारत में दीपावली उत्सव का आरम्भ कार्तिक मास की धनतेरस से होता है। धनतेरस आयुर्वेद के देवता धन्वन्तरी तथा मुद्रा के कुबेर देवता का दिन माना जाता है। धन्वन्तरी समुद्र मन्थन में प्राप्त औषधियों के जानकर देवता थे। कुबेर यक्षों के धनेश माने जाते हैं। धनतेरस आयुर्वेद प्रतिष्ठानों की पूजा, सोने-चाँदी के आभूषणों तथा वस्त्रों की खरीद के लिये शुभ माना जाता है।

नरक चतुर्दशी

दूसरा दिन नरक चतुर्दशी श्रीकृष्ण द्वारा नरकासुर वध कथा से सम्बद्ध है। चरक संहिता के अनुसार यह दिन तेल-स्नान तथा शाम को दीपदान का पर्व है।

होली

भारतीय पंचांग के अनुसार होली फागुन मास की पूर्णिमा को मनाया जाता है। होलिका दहन के साथ होली पर्व का आरम्भ होता है। पुराणों के अनुसार होलिका अत्याचारी असुरराज

हिरण्यकश्पु की बहन थी। उसे वरदान था कि वह अग्नि में जल नहीं सकती। अपने भाई के आदेश पर वह असुरराज के ईश्वर भक्त पुत्र प्रहलाद को गोद में लेकर आग में बैठ गयी, जिसमें ईश्वरी चमत्कार से प्रहलाद तो बच गया, लेकिन होलिका भस्म हो गयी। मान्यताओं के अनुसार प्रहलाद के सुरक्षित बचने की प्रसन्नता में होली का आरम्भ हुआ।

होलिका दहन का दूसरा दिन धूलिवंदन अथवा धुलेंहडी कहलाता है। सुबह से ही रंग–गुलाल खेलने के लिए दल निकल पड़ते हैं। रंगों से सभी एक–दूसरे का अभिनंदन करते हुए मंगल–कामनाएँ देते हैं। इस अवसर पर कई स्थानों में टेसू के फूलों को गरम जल में उबाल कर प्राकृतिक रंग तैयार किया जाता है। इस रंग से होली खेली जाती है। होली के रंग–पर्व पर हर घर में व्यंजन बनते हैं। जिनका आदान–प्रदान किया जाता है। होली के रंग खेलने की परम्परा उत्तर भारत में अधिक लोकप्रिय है, लेकिन देश के कुछ अन्य प्रान्तों में भी इसे मनाने की परम्परा है।

होली का त्योहार

छत्तीसगढ़

दशहरा

छत्तीसगढ़, बस्तर का दशहरा इस आदिवासी अंचल की कुलदेवी माता दंतेश्वरी को समर्पित है। माता दंतेश्वरी का मुख्य मन्दिर दंतेवाड़ा में है। इनका एक विशाल मन्दिर छत्तीसगढ़ राज्य के बस्तर अंचल के मुख्यालय जगदलपुर के मध्य में भी है। दशहरा पर्व के अवसर पर बस्तर के दूर-दराज़ के ग्रामों से आदिवासी जन जगदलपुर आते हैं। बस्तर के दशहरा की तैयारी लगभग तीन माह पूर्व श्रावण मास की हरेली अमावस्या से आरम्भ हो जाती है। इसका श्रीगणेश दंतेश्वरी माई के रथ के निर्माण से आरम्भ होता है। बस्तर के कई ग्राम रथ के लिये लकड़ियाँ देते हैं। इन लकड़ियों से एक विशाल दुमंज़िला रथ बनाया जाता है। यह दंतेश्वरी माई का रथ कहलाता है। बस्तर के पारम्परिक दशहरा में राम-रावण के प्रसंग का कोई स्थान नहीं। यह विशुद्ध रूप से यहाँ की आदिवासी संस्कृति का उत्सव है, जो संभवतः देश में अपने-आप में अकेला और अनूठा पर्व है।

बस्तर दशहरा का प्रथम चरण काछिनगादी है। काछिनगादी का अर्थ होता है काछिन देवी को गद्दी देना। काछिन देव युद्ध रण की देवी हैं। यह काँटों की गद्दी पर बैठकर जीवन की कठिनाइयों को जीतने का साहस प्रदान करती हैं। यह धन-धान्य की वृद्धि तथा रक्षा करती हैं। बस्तर दशहरा का आरम्भ इन्हीं की स्वीकृति से होता है।

अश्वनी शुक्ल प्रतिपदा को जगदलपुर के दंतेश्वरी मन्दिर में कलश

ज्योति की स्थापना की जाती है। इसके साथ ही इस आयोजन की सफलता की कामना के साथ हल्बा समुदाय से एक व्यक्ति सिरासार भवन में नौ दिनों के योगासन पर बैठता है। यह व्यक्ति 'जोगी' कहलाता है तथा यह रस्म 'जोगी बिठाई' कहलाती है।

अश्वनी शुक्ला की द्वितीया अर्थात दूसरी नवरात्र से दंतेश्वरी माई के छत्र से सज्जित रथ नगर परिक्रमा के लिये निकल पड़ते हैं। ये रथ फूलों, कौड़ियों, शिल्प से सजाये जाते हैं। आदिवासी वाद्य मृदंग-तुरही की धुनों के साथ गाँव के आये आदिवासी युवक-पुरुष इन रथों को खींचते हैं। जिसका सभी अभिनन्दन करते हैं। नवमी को दंतेवाड़ा से दंतेश्वरी माई की डोली सजाई जाती है। इस डोली में चन्दन से सृवासित नए वस्त्रों में पुष्पों से सजी मावली माता की मूर्ति होती है, जो बस्तर के दशहरे में दंतेश्वरी माई का प्रतिनिधित्व करने के लिये आमन्त्रित की जाती हैं। विजयदशमी के दिन यह रथ दो मील दूर कुम्हड़ा कोट ले जाया जाता है। बाद में इसे पुनः सिंह द्वार लाया जाता है। रथ को आदिवासी ही लम्बी रस्सियों की सहायता से खींचते हैं।

अन्नकूट

दीपावली उत्तर भारत का प्रमुख त्योहार है। इसका श्री कृष्ण के जीवन से घनिष्ट सम्बन्ध है। पहले दिन दीप जलाकर यह त्योहार मनाया जाता है। और फिर इसके दूसरे दिन गोवर्धन पूजा तथा अन्नकूट का त्योहार मनाया जाता है। इस त्योहार में श्रीकृष्ण को छप्पन व्यंजनों का भोग लगाया जाता है। भारत की कृषि प्रधान अर्थव्यवस्था में यह इस बात का प्रतीक है कि दीपावली प्रत्येक

परिवार के लिये अन्न, फल तथा दूध, दही, घी के भंडार ले के आती है। कपास तिलहन तथा ईख की फसल भी तैयार हो जाती है। ग्रामीण अर्थव्यवस्था के सहयोगी मित्र पशुधन को भी कुछ अवकाश रहता है। यह सारी खुशियाँ मिलकर दीपावली के उज़ाले की सृष्टि करती हैं। स्कंदपुराण, पद्मपुराण, भविष्यपुराण, मार्केंड्य पुराण तथा उपनिषदों में इस त्योहार सम्बन्धी विभिन्न मान्यताएँ मिलती हैं।

जैन मत के अनुसार चौबीसवें तीर्थंकर महावीर स्वामी को इसी दिन मोक्ष की प्राप्ति हुई थी। इसी दिन उनके प्रथम शिष्य गौतम गणधर को ज्ञान प्राप्त हुआ था। बौद्ध धर्म के प्रवर्तकगौतम बुद्ध जब सत्रह वर्ष बाद अपने अनुयाइयों के साथ अपने गृह नगर कपिलवस्तु लौटे तो उनके स्वागत में लाखों दीप जलाकर दीपावली मनायी गयी थी। महात्मा बुद्ध ने अपने उपदेश में 'अप्पो दीपो भव' का उपदेश दे कर दीपावली को नया आध्यात्मिक स्वरूप दिया था।

अन्नकूट का त्योहार

दक्षिण भारत के त्योहार

आन्ध्र प्रदेश तथा कर्नाटक

दक्षिण भारत के एक बड़े भू-भाग में हिन्दू नववर्ष का त्योहार—"उगाड़ी" के नाम से मनाया जाता है। उगाड़ी शब्द "युगादि" का अपभ्रंश है। युगादि का अर्थ है युग का आरम्भ।

आन्ध्रप्रदेश की तेलुगु संस्कृति में नववर्ष चैत्र शुक्ल की पहली तिथि को ही आता है। यह तिथि आमतौर पर मार्च-अप्रैल के मध्य में आती है। कर्नाटक की कन्नड़ संस्कृति में भी ऐसा ही लोकविधान है। धर्म में एक पौराणिक मान्यता है कि चैत्र मास के शुक्लपक्ष की प्रतिपदा तिथि को ब्रह्मा ने विश्व- निर्माण का कार्य आरम्भ किया था। संसार रचना का यही कार्य "युगादि" कहलाया जो कालान्तर में "उगाड़ी" कहलाने लगा। इस मान्यता के अनुसार हमारी पृथ्वी की आयु 1,95,58,85,116 वर्ष प्राचीन है।

आन्ध्रप्रदेश तथा कर्नाटक में "उगाड़ी" के स्वागत में आम्रवृक्ष तथा श्वेत सुगन्धित मोंगरे के फूलों से घरों तथा उपासना गृहों की साज-सज्जा की जाती है। ईश्वरीय प्रतिमाओं के साथ-साथ स्त्रियाँ भी फूलों से स्वयं का श्रृंगार करती हैं। इन दोनों ही प्रदेशों में उल्लास के इस पर्व में भविष्य पंचाग के सुखद होने की कामना

के साथ विशेष प्रार्थनाएँ की जाती हैं। इन प्रार्थनाओं में पारम्परिक विधिविधान अनुसार सांगीतिक अनुष्ठान किये जाते हैं। दक्षिण भारत की पौराणिक संस्कृति में गणपति तथा कार्तिक की पूजा-पाठ का विशेष स्थान है। अच्छे स्वास्थ्य, सम्पन्नता, समृद्धि तथा सफलता के लिये गणपति तथा कार्तिक का मंत्रोच्चारण के साथ विशेष प्रातःकालीन अभिषेक किया जाता है। देश के अन्य भागों की तरह उगाड़ी भी मूलतः कृषि का उल्लास पर्व है। इस कारण इस पर्व पर फसलों तथा विशेष रूप से आम के पत्तों, फूलों तथा फलों का विशेष प्रयोग होता है।

उगाड़ी पर्व पर कच्चे आम के नए फलों से विशेष व्यंजन बनाये जाते हैं। इनमें कच्चे आम, नयी इमली तथा गुड़ व नमक को पीसकर 'उगड़ी-पछड़ी' नामक एक चटनी बनायी जाती है। इस चटनी में नीम के ताज़ा फूलों तथा कोपलों का भी प्रयोग किया जाता है। यह व्यंजन स्वास्थ्य के लिये तो लाभकारी है ही, लेकिन इसके साथ इसका एक संदेश जीवन की उस दार्शनिकता से भी सम्बद्ध है जिसके सम्बन्ध में श्रीकृष्ण ने गीता में संदेश दिया है—"कर्मण्येवाधिकारस्ते माँ फलेषु कदाचने।" जीवन के दुःख-सुख में कर्म योग की स्थिरता का यह संदेश वर्ष भर प्रेरणा देता रहता है।

विजय दशमी

दक्षिण भारत में विजयदशमी राम-रावण प्रसंग से इतर मनाया जाता है। दक्षिण भारत में दशहरा नवरात्र की दशम कड़ी में आदिशक्ति देवी उपासना का पर्व है। तमिलनाडु, आन्ध्रप्रदेश

तथा कर्नाटक में महालक्ष्मी, महासरस्वती तथा महादुर्गा की पूजा का विधान है। यह क्रमशः धन-सम्पन्नता, ज्ञान-विद्या तथा शुभ-शक्ति की महादेवियों की उपासना है। दक्षिण भारत में विजयदशमी पर्व को शास्त्रीय कलाएँ सीखने का आरम्भ करने के लिये भी बहुत शुभ माना गया है। केरल में बालकों के अक्षरज्ञान का श्रीगणेश इसी दिन होता है। दक्षिण के सभी प्रान्तों में पारम्परिक रंगोली तथा दीपकों की सज्जा की जाती है। इस अवसर पर नारियल का आदान-प्रदान शुभ माना जाता है।

हमारे देश में विजयादशमी की तीन रथयात्राऐं बहुत प्रसिद्ध हैं। इन पारंपरिक यात्रा उत्सवों को देखने देश-विदेश से पर्यटक जुटते हैं। इनमें शामिल हैं कर्नाटक के मैसूर का दशहरा, कुल्लु की रघुनाथ रथयात्रा तथा छत्तीसगढ़ प्रांत के बस्तर अंचल के जगदलपुर नगर में माता दंतेश्वरी की रथयात्रा

मैसूर का दशहरा देश में सबसे भव्य माना जाता है। यहाँ तीन दिवसीय दशहरे का आरम्भ चामुंडी शिखर पर चामुंडेश्वरी देवी की शास्त्र सम्मत उपासना से आरम्भ होता है। यह महिषासुर मर्दिनी दुर्गा का पावन मन्दिर है, जहाँ देश-विदेश से उपासक आते हैं। दूसरे दिन शस्त्र पूजा होती है।

दशहरे वाले दिन विशाल जुलूस निकाला जाता है। इस भव्य जुलूस में सुसज्जित छत्रधारी हाथी व घोड़े शामिल होते हैं जो बैंड की धुनों के साथ हर्षित जनसमुदाय तथा सुन्दर झांकियों के साथ नगर भ्रमण करते हैं।

दक्षिण भारत में दीपावली का उत्सव सुबह की बेला में मनाया जाता है। पारम्परिक तेल-स्नान, घर की पूर्ण स्वच्छता,

रंगोली, पूजा–पाठ तथा आतिशबाजी आदि होते हैं। दक्षिण भारत के परिवार में नवविवाहित युगलों की दीपावली का विशेष महत्त्व है। उत्तर भारत में दीपावली शाम से लेकर देर रात तक मनायी जाती है।

केरल

भारत की दक्षिण–पश्चिम सीमा पर अरब सागर तथा सह्याद्रि पर्वत शृंखलाओं के मध्य स्थित केरल मलयालम संस्कृति का हरा-भरा सुन्दर प्रान्त है। पौराणिक कथाओं में इसका सम्बन्ध परशुराम के परशु के आकार से बताया गया है। केरल की हजारों वर्ष प्राचीनतम संस्कृति में इस प्रान्त को ईश्वर का अपना घर कहा गया है।

केरल की पारम्परिक मलयाली संस्कृति नववर्ष पर्व का स्वागत 'विशु' उत्सव में करती है। विशु का त्योहार भी मार्च–अप्रैल में आने वाली चैत्र शुक्ल प्रतिपदा को ही मनाया जाता है। मलयालम समाज में 'विशु' अथवा 'विषु श्रीकृष्ण' से सम्बन्धित संबोधन है। केरल का स्थानीय पीत पुष्प 'कानि कोन्ना' का भी 'विशु' के नववर्ष उत्सव से विशिष्ट सम्बन्ध है।

विशु उत्सव के दिन नववर्ष के स्वागत में 'विशुक्कणी' की झाँकी सजायी जाती है। इसका एक अर्थ श्रीकृष्ण की टोकरी भी होता है। यह झाँकी कनिकनल परम्परा का अंग है। एक बर्तन पात्र अथवा टोकरी में कनिकोन्ना के फूल, धान, कटहल का फल, नारियल, नया पंचांग, नए वस्त्राभूषण, श्रीकृष्ण की सुन्दर सुसज्जित मूर्ति के साथ विशु की पूर्व रात्रि में उपासना कक्ष में दीपक के

प्रकाश में रख दिया जाता है। कनिकनल अनुष्ठान का अर्थ के अनुसार विशु त्योहार की सुबह परिवार के सभी सदस्य विशुक्कणी की इस झाँकी के पहले दर्शन करते हैं। इस प्रथम दर्शन को शुभ, सम्पन्नता व सुख का कारक माना जाता है।

विशु के दिन भगवान अयप्पा के मन्दिरों में विशेष आराधना की जाती है। विशु वेला के नववर्ष में स्त्री-पुरुष-बच्चे विविध रूप धर कर लोक संगीत तथा लोकनृत्यों में भाग लेते हैं। इस त्योहार पर घरों में सादा व्यंजन परोसे जाते हैं। इन व्यंजनों में आम, कटहल, नारियल तथा केले के फलों का प्रयोग होता है।

विशु का अपना धार्मिक महत्त्व भी है। कई श्रद्धालु नये वर्ष का प्रथम दर्शन विशुकनि, मन्दिरों में करना शुभ मानते हैं। इस अवसर पर सबरीमाला, गुरुवयूर तथा अम्बलपूढ़ा के मन्दिरों में देश-विदेश से श्रद्धालुओं के बड़े समूह विशेष आराधना करने के लिये एकत्र होते हैं।

तमिलनाडु

'पोंगल' तमिलनाडु का नव वर्षोत्सव है। इस पर्व में कृषि प्रधान तमिलनाडु में नई फसल, उज्जवल प्रकाश तथा श्रेष्ठ जीवन के लिये सूर्य देवता की उपासना की जाती है। दक्षिण भारत के 'पोंगल' पर्व तथा उत्तर भारत के सूर्य पर्व मकर संक्रान्ति में बहुत समानताएँ हैं।

'पोंगल' का तमिल भाषा में अर्थ है—उबाल, उफान तथा विप्लव। तीन दिन का यह पर्व सूर्य के मकर राशि में प्रवेश के साथ उसके उत्तरायण होने के समय तेरह से चौदह जनवरी को

मनाया जाता है। तमिलनाडु के तीन दिवसीय पोंगल में सूर्य की उपासना तथा पशुधन की पूजा तथा प्रसन्नता के उत्सव आयोजित किये जाते हैं।

पोंगल का आरम्भ स्वच्छता तथा साज-सज्जा से होता है। धान तथा ईख की फसल खेतों में पककर लहलहा रही होती है। कृषक परिवार तथा उनके बैल दोनों को ही तमिल महीने 'तई' का स्वागत करने हेतु समय मिल जाता है। धान फसल के खेतों से खलिहान आने की प्रसन्नता में तेरह, चौदह तथा पंद्रह जनवरी को क्रमशः भोगी पोंगल, मात्तु पोंगल तथा कानुम पोंगल के त्योहार मनाये जाते हैं।

पोंगल महोत्सव का दूसरा दिन मात्तुपोंगल गौ वंश की उपासना तथा सांड-बैल से सम्बन्धित खेल प्रतियोगिताओं के रूप में मनाया जाता है। गाय-बैलों तथा साँडों को सजाया भी जाता है। इस महोत्सव का समापन पक्षियों की उपासना के साथ होता है।

पारम्परिक रूप से भारत के अन्य प्रान्तों के नववर्ष स्वागत पर्वों की तरह पोंगल भी प्रकृति को समर्पित त्योहार है, जिसमें पर्यावरण संरक्षण का विशिष्ट महत्त्व है। यह पर्व उत्तर भारत की मगर संक्रान्ति, बिहार की छटपूजा तथा पंजाब के लौहड़ी त्योहारों की तरह सूर्य के स्वागत का सांस्कृतिक उत्सव है। जिनमें परिवार के सभी सदस्य तथा परिवार के पशु-पक्षी सम्मिलित होते हैं।

दक्षिण भारत में नवरात्र के अवसर पर महिलाएँ बोम्मई कोलू के प्रतीक के रूप में लकड़ी से बनी गुड़िया को सजाती हैं। इन्हें घर के कोनों में स्थापित किया जाता है। मान्यता के अनुसार यह गुड़िया अथवा कोलू देवी दुर्गा का ही प्रतीक है।

संध्या के समय पूरा परिवार देवी के सामने बैठ कर उपासना करता है। सुन्दर रंगोली बनाकर उसके केन्द्र में एक छोटा दीपक कुथुविलक्कु प्रज्जवलित किया जाता है। इस समय मंत्रों तथा दुर्गा सप्तशति के श्लोकों का पाठ कर दुर्गा स्तुति की जाती है।

पोंगल का त्योहार मनाती युवतियाँ

उत्तर-पूर्व भारत के त्योहार

असम

उत्तर-पूर्व का असम प्रान्त एक कृषि प्रधान राज्य है। चावल, जूट, चाय, कपास यहाँ की फसलें हैं। हरे-भरे जंगलों वाले असम में वसंत अत्यन्त मनोहारी ऋतु है। राज्य की अधिकांश जनसंख्या कृषि पर आश्रित है। इसी कारण असम में कृषि पर्व 'बिहु' तीन बार मनाया जाता है। असम की हरियाली में बिहु यहाँ के ऋतु चक्र के उल्लास की अभिव्यक्ति है।

वसन्त ऋतु में मनाये जाने वाले 'बोहाग बिहु' जिसे 'रंगोली बिहु' भी कहा जाता है, असम के नववर्ष के स्वागत का मुख्य पर्व है। वसंत ऋतु के आकर्षण में मुग्ध असम की प्रकृति भी बिहु के साथ झूमती गाती प्रतीत होती है। असम में बोहाग बिहु की प्रशस्ति में एक लोकगीत है—

"बोहाग नोहो ये माथो एही ऋतु,
नहय बोहाग एहि माह।
असमिया जातिर इ आयुष
रेखा गण जीवनोर इ साह॥"

अर्थात वैशाख मात्र एक ऋतु ही नहीं है, न ही यह केवल

बिहु के त्योहार पर नृत्य करते स्त्री-पुरुष

एक मास है, बल्कि यह असमिया जाति की आयुरेखा और जनमानस का साहस है।

बिहु असम के तीन सांस्कृतिक उत्सवों का समूह है। बिहु पृथ्वी पर शान्ति तथा समृद्धि की प्रार्थना का पर्व है। बोहाग बिहु कृषि चक्र के महत्त्वपूर्ण क्रम में अप्रैल के मध्य में मनाया जाता है।

बिहु एक समूह नृत्य है। इस नृत्य में महिलाएँ तथा पुरुष साथ-साथ नृत्य करते हैं। इसमें ढोल, भैंस के सींग से बना पेपा तथा बाँस की लम्बी बाँसुरीनुमा वाद्ययंत्रों का प्रयोग होता है।

बोहाग बिहु असम में अप्रैल माह में तीन दिन मनाया जाता है—

- पहला दिवस गोरु बिहु कहलाता है। यह इस अंचल में गौ वंश के महत्त्व का दिन है। इस दिन गाय-बैलों को सजाया जाता है। घरों में स्वादिष्ट व्यंजन बनाये जाते हैं। गौ-वंश से सम्बन्धित लोकसंगीत प्रस्तुत किया जाता है।

- दूसरा दिवस मानुहोर बिहु कहलाता है। आमतौर पर मानव बिहु कहलाने वाला यह दिवस प्रतिवर्ष 14 अप्रैल को असम में नववर्ष दिवस के रूप में मनाया जाता है। पारम्परिक वेशभूषा में बिहु नर्तक दल श्रीकृष्ण की उपासना के लोकगीत प्रस्तुत करते घूमते हैं।
- तीसरा दिवस गंबोरी बिहु कहलाता है। यह पूर्णतः महिलाओं का दिन है। इसमें पुरुषों की प्रतिभागिता नहीं है। महिलाएँ रात्रिकालीन जागरण करते हुए लयबद्ध तालियाँ बजा-बजा कर लोकगीत गाते हुए अपनी प्रसन्नता व्यक्त करती हैं।

बिहु ऋतु परिवर्तन के साथ-साथ प्रकृति और मानव मन के प्रभावों की प्रसन्नता का उत्सव है। असम कृषि प्रधान राज्य है, जहाँ वर्ष में तीन फसलें तैयार होती हैं। बिहु वर्ष की इन्हीं तीनों फसलों का त्योहार है।

नगालैंड, मेघालय, मिजोरम

क्रिसमस

'क्रिसमस' ईसाइयों का पवित्र त्योहार हैं, जो हर वर्ष 25 दिसम्बर को मनाया जाता है। ईसाई धर्मग्रंथों के अनुसार इस दिन प्रभु यीशु अर्थात ईसाइयों के पैगम्बर ईसा मसीह का जन्म हुआ था। चूँकि पूर्वोत्तर के क्षेत्र में ईसाई धर्म मानने वालों की संख्या अधिक है, इसलिए जहाँ भी ईसाई बहुल क्षेत्र हैं, वहाँ पर 'क्रिसमस का त्योहार' बड़ी धूमधाम से मनाया जाता है।

इसमें नगालैंड तथा मिजोरम दो ऐसे प्रदेश हैं, जहाँ क्रिसमस का त्योहार बड़े ही उल्लास के साथ मनाया जाता है।

नगालैंड

नगालैंड में 'होर्नबिल' लोक त्योहार बड़ी धूमधाम से मनाया जाता है। यह नगा प्रदेश का लोक रंजित त्योहार है। यह दिसम्बर माह में मनाया जाता है। इस त्योहार पर लोग तरह-तरह के व्यंजन बनाते हैं और मदिरापान कर नाचते-गाते हैं।

मेघालय

मेघालय में वसन्त का स्वागत बड़ी धूमधाम से किया जाता है। यह नवम्बर के दूसरे सप्ताह में मनाया जाता है। इस पर्व पर फैशन शो आयोजित किए जाते हैं और खाने में सुस्वादु व्यंजन तथा मदिरा परोसी जाती हैं।

मिजोरम

मिजोरम में खासी जाति प्रमुख है और वह अपना लोक-त्योहार बड़ी धूमधाम से मनाते हैं तथा पारम्परिक परिधान में लोक-नृत्य करते हैं।

सिक्कम

सिक्कम प्रदेश भी मिली-जुली संस्कृति और सभ्यता वाला प्रदेश है। इस कारण यहाँ भी मिश्रित लोक जीवन से प्रभावित पर्व और त्योहार मनाये जाते हैं।

मणिपुर

मणिपुर में आठ दिन तक चलने वाला 'कंग चिंगबा' त्योहार जुलाई महीने में मनाते हैं। लोक संगीत की ध्वनि में मणिपुरी नृत्य करते

हैं और खाने में मदिरा के साथ तरह-तरह का सुस्वादु भोजन परोसा जाता है। मणिपुर में बौद्ध धर्म को मानने वालों की संख्या भी अधिक है और कुछ लोग ईसाई धर्म का पालन करते हैं। इसलिए यहाँ मिली-जुली लोक संस्कृति वाले पर्व और त्योहार मनाये जाते हैं।

त्रिपुरा

त्रिपुरा में दक्षिण भारत के लोगों की संख्या ज्यादा है। साथ ही अन्य प्रजातियों के लोग भी यहाँ निवास करते हैं, इसलिए कुछ लोग दक्षिण भारत के पर्व और त्योहार मनाते हैं और कुछ क्रिसमस के अलावा अन्य दक्षिण भारतीय त्योहार मनाते हैं।

अरुणाचल प्रदेश

अरुणाचल प्रदेश में लोसर त्योहार बहुत प्रसिद्ध है। यह फरवरी महीने के अन्त और मार्च के प्रथम सप्ताह में मनाया जाता है। रंगीन परिधानों में सजे-धजे लोग नाचते-गाते हैं और मौसम की फसल आने की खुशियाँ प्रगट करते हैं।

❑❑❑

AF795001

Apartheid in Fiction

Apartheid in Fiction

Gurleena Mehta
Harish Narang

Commonwealth

Apartheid in Fiction

© **H.C. Narang**
Gurleena Mehta

Edition : 2025

ISBN 81-7169-052-1

Published by
COMMONWEALTH PUBLISHERS (P) LTD.
4831/24, Govind Lane,
Ansari Road, Darya Ganj,
New Delhi - 110002
Ph. : 23272541, 23242541
e-mail : commonwealthpublishers2016@gmail.com

Distributed by :
ARJUN PUBLISHING HOUSE
4831/24, Govind Lane,
Ansari Road, Darya Ganj,
New Delhi - 110002
Ph. : 23272541, 23242541
e-mail : arjunbooks2001@gmail.com

Laser Typesetting by :
Dimple Computers
Delhi

Printed at :
Roshan Digital Printers
Delhi

CONTENTS

For Nelson Mandela,

&

All Other Political Prisoners

in

South Africa

PREFACE

The present book is the result of our efforts which we began about three years ago to study the literary scene in South Africa and its relationship with the socio-political situation obtaining there under the illegal white minority racist regime. We have limited the scope of our study to the writings of one major novelist, Alex La Guma, who like most other South African writers was also a crusader in the freedom struggle.

Our study included long discussions about the situation in South Africa, the conditions under which creative writers work in South Africa, the analysis of the novels of Alex La Guma and other South African writers not only between us but also with a host of others who are interested in the South African situation. We have benefitted particularly from the analysis presented by Mr. Moosa Moola, the ANC Representative in India, in his numerous lectures and presentations on various occasions.

A part of this study was presented by Gurleena Mehta towards the partial fulfilment of her requirements for the award of an M. Phil degree from an Indian university about a year ago. Since then we have expanded the scope of the study by including the analysis of La Guma's *And A Threefold Cord*, which had been left out of the original study. We have also revised the presentation on the South African situation by taking into consideration the winds of change which have begun to blow in South and Southern Africa. These include the election of F.W. de Klerk as the President of South Africa in place of P.W. Botha and his meeting with President Kenneth Kaunda of Zambia, who is also the Chairman of the OAU. We have also taken cognizence of the agreement for peace in Angola and the independence of Nambia, the return from exile of Sam Nujoma and other Namibian freedom fighters and the proposed withdrawl of the occupying South African forces from the soil of Namibia. All these events have a direct bearing on the situation in South Africa and the struggle by ANC and other patriotic forces.

While we are fully aware of the limited scope of our analysis, we do hope that this effort of ours will draw the attention of scholars working in the field of literature to the situation in South Africa where a unique struggle is being waged by creative writers with a pen in one hand and a gun in the other-more often literally than metaphorically.

12th October, 1989
New Delhi

GURLEENA MEHTA
HARISH NARANG

INTRODUCTION

I

In the closing years of the twentieth century, we are passing through a South African phase. The struggle for the final elimination of the last vestiges of the evil system of European colonial domination in Africa which began almost five hundred years ago has entered its most decisive stage. With the beginning of the process of elections and the independence of Namibia, the question about the future of South Africa has naturally moved centre stage and has acquired an urgency. It poses, in fact, the most crucial challenge to the OAU, the NAM and the UNO.

The people of South Africa have not only rejected apartheid but have gone further and have created an alternative to it in the form of the Freedom Charter and Constitutional Guidelines adopted by the African National Congress. In its more than seventyfive years of existence, the ANC has made significant progress in its struggle for the creation of a non-racial, democratic and united South Africa based on the principle of one man, one vote. Beginning as an organisation of primarily black South Africans, the ANC has succeeded in broadening its base by drawing into its fold South Africans of all races-blacks, whites, coloured and Indians—and all religions and political creeds.

Thanks to the indomitable spirit of struggle from within and solidarity from without, significant changes are taking place in and around South Africa. An agreement has been reached for peace and stability in Angola and the independence of Namibia. South African government has been forced to accept the withdrawal of its occupying forces from the soil of Namibia. The SWAPO President Sam Nujoma and other freedom fighters have returned home after decades of exile and the elections in Namibia are only a couple of weeks away. President Botha's successor F.W. de Klerk has travelled to Zambia to hold talks with President Kenneth Kaunda, who is currently the Chairman of the OAU. The Nationalist Party of white South Africans, primarily consisting of the Afrikaaners stands more divided than ever before over the issue of 'political negotiations' with the ANC, which had at one time been branded by the Pretoria regime as a 'terrorist' organisation. Internal pressure from all sections of the South African people, including the whites, is increasing for the release of Nelson Mandela, Ahmed Kathrada, Walter Sisulu and other political prisoners and it is quite likely that some of them are released before this book is published. More and more South African whites are joining the blacks and the Indians in demanding an end to apartheid. Workers, students, women, youth, professional people and religious organisations are joining hands in an unprecedented solidarity, demanding the dismantling of apartheid and the establishment of a non-racial, united, democratic South Africa on the basis of one person, one vote, one constituency. It is only the die hard racist white Afrikaaner—supported by the U.S. administration and the government of U.K.—who refuses to read the writing on the wall that time is on the side of those fighting to free South Africa from apartheid. The white minority regime of South Africa stands completely isolated in the community of nations on all issues ranging from sports to socio-political relations. Even in the U.K. and the U.S.A., the people's movements in various walks of life are putting ever increasing pressure on their respective governments for effective overall sanctions against the illegal, racist minority government of South Africa.

However, these changes, significant as they are, by no means imply that the end of apartheid is round the corner. The new President, F.W. de Klerk has extended the state of emergency by another twelve months. He is has refused to concede the principle of majority rule. He is still talking of political negotiations for 'reforms' in the system and not of completely doing away with apartheid. In the recently concluded tricameral elections—bycotted by most Indians and the coloured people—the blacks who form the majority of South Africans had no role to play. The army deployed in the black towns has still not been withdrawn and acts of state terrorism against ordinary people continue unabated. The ban on the ANC and other political parties like the Communist Party of South Africa has still not been lifted. Repressive regulations still continue to be in operations. So, in the meantime it is 'Aluta continua' on all fronts including the cultural front.

II

All twentieth century intellectual movements in Africa, in one way or another, have been associated with nationalism. African Literature has been dominated by one major theme: Africa's encounter with the West and its consequences. The contradictions of modern Africa which stem from the co-existence of widely differing values, is a reality which the writer has to deal with. The dilemma of the Black African is unique and in its uniqueness lies its claim to literary expression.

South African writers, with their peculiar history of 'apartheid' and the consequent political, cultural and psychological situation, understandably adopt an attitude closer to that of pure protest; a portrayal of the hostility between the world of the white man and that of the black. Arbitrary censorship is imposed on the creative writers; many are banned, imprisoned or exiled. For some, censorship stimulates rather than reduces interest in the trend of contemporary thought. For others, it impedes the style and acts as a deterrent to their creative impulse. Ironically, racial tension provides a forcing ground for creative writing and then partially invalidates it.

'Art for Art's sake' as a concept does not fit into the reality of South Africa; as is echoed in a blurb to La Guma's third novel, '*The Stone Country*'.

> "There is no Art for Art's sake in a book based upon the truth about apartheid, or for an author who chooses this shameful and vicious oppression of people as his theme. . ."[1]

Life presents problems which cannot be ignored and the South African Writers' commitment emerges from the realization that literature has a social function to interpret and educate society. Instead of turning their backs on their own culture, they have faced up to the many problems which racism brings in its wake and have sought solutions for them in imaginative form. In a society which is not homogeneous, not integrated, the Blacks and Whites are cut off from each other by the colour bar and there is no community. Virtually every aspect of a black man's life is regulated by arbitrary law; the invocation of this law has its own special inequities and cruelties. In such a situation, the demand on literary art is inescapable. The writer, by the force of circumstances, channelises his art as an expression of protest against the anti-human forces governing the lives of non-white South Africans. As Nadine Gordimer so pertinently points out in her Introduction to *South African Writing Today*.[2]

> "The theme of racial conflict can, all too easily, become an obssessive one; the humiliation and revenges of oppression can drown everything else, like sex in pornography, losing all characters and compassion in the whirlpool."

Alex La Guma, as a representative writer of the 'protest literature' is an outspoken critic of apartheid. In his over-riding concern to portray the moral injustice of his society, he depicts a violent urban landscape, peopled by oppressed characters in generally hopeless situations. His later works however have been progressively revolutionary.

To clarify the scope of this work, a few introductory remarks are necessary. Thematically, we will be concerned with the effects of racial suppression on the psyche and the emotional reactions of the black characters; a study of the effect of the apartheid system on man in his day-to-day life. It seems to us that the depiction of the confrontation between the oppressors and the oppressed offers the readers an opportunity to probe more subtly into the inter-relationship between black South Africans on the one hand and man with himself on the other.

Our investigation is confined to the five novels of Alex La Guma : *A Walk in the Night* (1962); And A Threefold Cord (1964) *The Stone Country* (1964); *In the Fog of the Season's End* (1972); and *Time of the Butcherbird* (1979).

An attempt has been made to view the novels in the context of contemporary social and political forces rooted deeply in the history of South Africa. For that reason, our analysis of the contemporary conflict between the black and the white, as portrayed by La Guma, will be presented in terms of its historical development. The first chapter is an attempt to synthesise the political and the historical background to the South African situation. To appreciate fully the nature of the South African creative imagination as manifested in contemporary African Literature we must be profoundly familiar with the South African people. T.S. Eliot has pertinently observed that 'every nation, every race, has not only its own creative, but its own critical turn of mind.' [3]Our present occupation is to seek to establish what constitutes this 'turn of mind'; to determine how to identify his responses and reactions. We must assume that by 'turn of mind', Eliot meant a historically conditioned impetus and response.

The historical background of South Africa, viewed in the political context, is followed by a short analysis of the history of South African English literature in the Second chapter. To understand correctly the art of the contemporary South African, one should begin in judging the writing as it was conceived and the various socio-political factors that moulded it over the years to its present idiom. From a literature that pursued the increasingly tenuous threads of hope and liberalism in a vicious atmosphere, came the gradual hardening of stance, the forging of a distinctive and separate national literature—a literature with a specific cast. Contemporary South African Literature is bedevilled by race and colour problems and with every successive writing, the protest hardens. An attempt has been made in this chapter to trace this gradual development of writing in South Africa.

In the third and the Fourth chapters, the dynamics of the political process are viewed through Alex La Guma's examination of the specific. He shows real people waging a contest with the forces of oppression. Drawing deeply upon his experience, he speaks from inside blackness. His statements crystallize from a man's own existence in a segregated, harsh world. The characters appear helpless in the face of arbitrary power, yet sometimes they gain a measure of victory, at least within the context of their own standards, where defiance to force is the ultimate conquest. Violence and squalor is all pervasive but a peculiar kind of determination and stoicism in the midst of degeneration characterises his later work. There is, La Guma convinces us, an incorruptible residue of human nature—scarred, battered—which has to fight and will fight to preserve itself. Through an analysis of his novels, an attempt has been made to perceive and interpret the manifestations of apartheid and the alternative reactions of the characters. The primary function of the characters seems to be to reflect the present reality and La Guma introduces a historical dimension to his work by reflecting, in a progressive order, the changing phases of the South African reality. The ideological principle which sustains his five novels can be traced in this analysis.

NOTES AND REFERENCES

1. Kenneth Parker ed., *The South African Navel in English* (Macmillan, 1978), p. 165.
2. Nadine Gordimer and Lionel Abrahams. ed. *South African Writing Today*, (Hammondsworth, Penguin, 1967).
3. T. S. Eliot, 'Tradition and Individual Talent' *The Sacred Wood*, (London, Metheun, 1960) p. 47.

CHAPTER I

SOUTH AFRICA: A HISTORICAL AND POLITICAL PERSPECTIVE

In the streets of Johannesburg, blacks and whites rub shoulders, without embarassment, at least by day. In the railway station they enter through the same archway, but it is divided in two by a slender pillar. One side of the archway is labelled "Whites" and the other "Non-Whites".

Later, the two groups, having rejoined, separate again, They stand in different queues for the tickets and sit in different compartments in the trains. But it is the divided archway that is really significant. It serves no practical purpose. It represent the ritual aspect of *Apartheid* and is a standing insult to four-fifths of the human race.

'For a man of colour, life in South Africa is intolerable[1]

South Africa, the sceptics might argue, is not the only country in the world where one race dominates the other, the minority lords over the majority. But can they deny that South Africa is the only place which has the terrible and unique distinction of proclaiming racial segregation as a fundamental doctrine enforced by legislation. Those who govern South Africa today believe that it is not necessary to enlist the consent of most of the governed, nor to ascertain their views on any matter of economic, social or political importance. Alan Paton has wryly called apartheid 'the finest blend of cruelty and idealism ever devised by man. The idealist stomachs the cruelty because of the idealism. The cruel man stomachs the idealism because of the cruelty'.[2] The 'idealism' of apartheid was perverse to begin with. The cruelty perpetuated by the vicious police state is daily growing worse—blacks are shot, slashed and beaten. Houses are broken into at all hours in "swoops" or "illegal liquor raids." These raids, often held at midnight or the early hours of mornings, are violent and brutal. The police sweeps down on an area in armed cars and pick up vans, break up doors and windows, raid the houses violently and unscruplously throwing the personal belongings about and breaking them, drag the occupants of the house out into the street and in the waiting vans. The arrested man and his relatives are kept in the dark about his destination and the duration of his arrest. Under the police state, that is not necessary. Fear extends into the classrooms too. There, the black teachers must teach exactly what the government prescribes. Textbooks make no reference to Sharpeville[3] and state that 'South Africa is a democratic country.' The teachers are afraid to contradict such statements. The purpose of the Bantu education is to condition the Africans to accept their inferior status, to accept, without protest, a wage below subsistence level, to accept exclusion from certain types of professions. The pass system prevents movement from one job to another and frustrates the inevitable desire to flee the overburdened Reserves and rural areas in the hope of finding employment in the cities.

> "A black skin is considered by the khaki uniformed iron-faced members of the police a sufficient invitation to halt a man in the street, demand any one of a number of documents which are supposed to attach to the living body of an African and on his failing to produce it, to load him on Kwela Kwela* or frogmarch him to the nearest police station."[4]

Since 1952, passes have been assimilated into a single

---

*'Kwela Kwela' is Zulu slang for a police pick-up van meaning literally 'get on to it'.

reference book which, among other things, testifies to your name, age, tribe, place of birth, whether you have paid taxes, you are usefully employed and you reside lawfully in a spacified area. A column is reserved for the signature of your employer who confirms, through a monthly signature, that you are still his employee. This document has become such an integral part of every African that in the mind of the officials, the man and the document have become completely synonymous—one cannot exist without the other. The absence of this document rules out the probability of his obtaining any sort of a legitimacy in society and makes him liable to summary arrest.

An African must live where the authorities determine. In some 'white areas' Africans are an economic necessity; they may reside in such area as long as the economy needs them. Uneconomic Africans are relegated to the Reserves outlying districts where they are forced to work for European farmers under appalling conditions. Year in and year out, men who are breadwinners disappear in South Africa under the most extraordinary circumstances and are coerced to work on European farms under medieval conditions. The mystery surrounding the missing man remains unravelled for years; the officials studiously indifferent to the plight of the man's relatives. Their human impulses are stifled under the 'fortress of apartheid'; their prejudices built into the law, rationalised where possible.

> "The Afrikanners (devout Calvinists) have always considered themselves the civilising force in the country, having trekked inland by Ox-wagon, carrying a gun in one hand and a Bible in the other"[5]

Four hundred years ago, when the trekkers first arrived, the total white population of the Cape was only about seventeen-hundred, but it was enough to change the course of history and provide the present generation with one of its most tragic international problems. The earliest Dutch arrivals regarded the natives—Hottentots and Bushmen—with disgust but without prejudice. The natives were simple, helpless, illiterate—hence presented no philosophical problem. Some were forcibly converted to Christianity, while the others were exploited according to the needs of the moment. The vast majority of them were deprived of their grazing grounds, hounded down and killed like animals or enslaved; a few were absorbed as equals in the white man's civilisation. However, what stands out is that there was no colour bar or violation of it. "Race relations had not been invented in the seventeenth century."[6] Apartheid, as yet, was not erected into a principle. It was merely an exploitation of the weak by the strong. A slave had every opportunity to work hard and carve his niche' in this world. Conversion to Christianity was the first step towards the possibility of gaining prosperity, of being a person in his own right. Miscegenation thrived.

A century and a half later the situation had changed drastically. It is impossible to fix the precise moment when the colour bar was erected and imposed. Marriages between the white men and the natives were prohibited in 1695 and the first brick was laid of that impenetrable wall that exists, unbroken, today.

The first British settlers arrived in 1820. There were five thousand of them, from various social groups. They came as farmers, men dependent on agriculture. They were utterly different from the Dutch who had preceded them by more than a century and a half. Unlike the Dutch, they had close links with their country and did not want to be individual pioneers; 'they wanted to reproduce a kindlier Britain on the shores of Africa.'[7] The Dutch, on the other hand, had no backing, no allies, no means of reinforcement, no possibility of retreat. Their nationalism soon became absolute.

Inevitably, a clash of ideologies followed. The Cape came into headlong collision with the more pragmatic liberalism of the British nineteenth century. British soldiers and officials regarded the Africanised Dutch contemptuously. Their patronising, almost paternal, attitude exacerbated the Dutch antagonism. The Dutch, who had been the sole arbiters of the Cape's commercial and political interests, suddenly found the British gradually divesting them off this privilege. With the coming of the Industrial Revolution in Britain and the subsequent unemployment generated there, the British realised the strategic vantage point in the Cape colony. It was a land of promise, with a superb climate and potentially rich agricultural possibilities.

At first the Boers and the British barely met. The British held sway over the Eastern province and seemed content with their lot. But the Dutch were getting increasingly restive. They resented the abolition of slavery and the indifference of the new administration to their language. New shiploads of the British were arriving; the Dutch felt threatened. The two forces were unable to coalesce—there was endless trouble ahead.

However, in 1854, the political outlook in London changed. A halt was called to colonial expansion and Britain retired south of the Orange River, contenting herself with the Cape Colony and Natal and leaving the rest to the Boers. It seemed a sensible and a permanent compromise—two colonies balanced by two independent republics. Thus was born the first viable multi-racial political regime in Africa.

The Boers were Trekkers, inherently pastrol in temperament, seeking to migrate to fresher pastures. Providence, however, folded up their past simplicity and brought them into the mainstream of history. The discovery of diamonds at Kimberley in 1870 and of gold in Witwatersand in 1886, proved to be a turning point. A scramble for Africa began. 'Henceforth South Africa was to become the battleground not only of races but of ways of life as it is so conspicously today.'[8]

The Boer war, a landmark in South African history, a war between pacifism and imperialism, followed soon after and the nation found itself divided over issues far more fundamental than the superficial difference between the political parties. It was a desperate war; British heroism counterfoiled by Dutch fearlessness. The British emerged triumphant; self governing blossomed into Royal dominions. In the war-ravaged country, a new society was sought to be built up. There were the English settlers of Natal and Eastern Cape, the Cape Dutch whose rough edges had been hewed off by association with British colonialism and finally the chastened Boers of Transvaal and the Orange Free State.

A young Boer general, Jan Smuts, sought to merge and weld the divergent European societies of South Africa into a single nation. Although his idealism was not shared by the majority, they all realised that their ambitions could never be realised in a disunited South Africa. In 1910, a union came into being—the two streams appeared to merge. The charade was not deceptive. Economic and political power developed independently. In spite of Hertzog* and Smuts' constant efforts, the synthesis never came through. This uneasy co-existence exists to date—partly occupational, partly geographical. They are given a homogeneity they do not and cannot possess. The Boers, two-thirds of the white population, govern the country, conduct the foreign policy, administer it and provide most of the skilled labour. The Britons, control finance, mining, commerce and industry.

But the bitterness has mysteriously evaporated. It is no longer Boer against Briton. It is South Africa against the world.

In the beginning of 1948, the Nationalist Party came to power in South Africa by a narrow majority. It has remained in power since then. Its platform was 'apartheid' and 'baaskap'.** Apartheid is the policy of enforced separation of black and white people in every sphere and the prohibion of the integration of races. According to Nana Jabavu in 'The Ochre People', "apartheid was becoming like a granite wall to defend white civilisation because Dr. Verwoerd was urging his followers at the time to make it so." Prejudice is a defence mechanism enabling the individual to handle inner conflicts engendered by a failure to make a successful adjustment to society. Although the word 'apartheid' gained currency only after the Nationalist party

*Afrikaaner Nationalist Party Leader—A diehard racialist. (refer to *The Polit ics of South Africa* by Howard Brotz (1977)).

**'Baaskap' means "keep the white man boss" (refer to Joel Calson's 'No Neutral Ground' p. 104)

came to power in 1948, it would be wrong to imagine that the policy that it represents was any great departure from the tradition in South Africa. On the contrary, some measure of separation between the races had existed for a long time. Its primary motivation had been the preservation of the racial and the cultural identity of the European people in South Africa. Its aim was the continuation, as a separate ethnic group, of the present European population. Dr. A.L. Geyer, arguing against the concept of racial equality which he felt would eventually lead to black domination, said,

> "Partnership could, in South Africa, only mean the eventual disappearance in South Africa of the white South African nation. And will you be greatly surprised if I tell you that the white nation is not prepared to commit national suicide, not even by slow poisoning"[9]

"To civilise tha savages', such was the pretex used by the colonizer to justify his invasion of the so-called Dark Continent. Purity of race is an obsession with all Afrikaaners and is at the root of all trouble in South Africa. "To maintain the purity of their bodies, they have forsaken the purity of their soul and have equated human dignity with the colour of a person's skin"[10]

It is a sheer impossibility to have a multiracial life in South Africa; social pressures are so relentless. "It is easier in most cases to help an African nationalist to commit a sabotage than to invite him home to tea."[11] The non-European is expected to approach a European's house from the back door; is not expected to dress above his or her standard; will never be expected to shake hands with a white person and frequently has to wait until there is no white person in a shop before being served. In a variety of ways his inferior position is impressed upon him.

The Pass Laws that classified the unemployed Africans as vagrants, the master and servant laws that made the breach of labour contract a criminal offence and the laws restricting the African's freedom of movement, have their origins in the seventeenth and eighteenth centuries. The Mines and Work Act of 1911 was passed to prohibit skilled African labour in mines the Native Land Act, introduced in 1973, prohibited Africans from buying or renting land outside the reserves; the 'civilised labour policy' of 1924 was instituted to enable the poor white to replace the Africans, even in unskilled jobs.

By 1948, when the Nationalist party came to power in South Africa, the economic picture had changed. Black workers were flocking to the towns. The government aimed to control this influx and so passed the group Areas Act, under which the non-whites were to be moved as far out of sight as possible; the Bantu Authorities Act which officially classed urban Africans as aliens; the Native Laws Amendment Act which specified that aliens be deported to the Reserves at the arbitrary order of the authorities; the Native Labour Act which prohibited strikes by the African workers: the Prohibition of Interdicts Act which deprived the Africans of the right to file a protest in the court if they felt themselves illegally removed from an urban area; and the Urban Areas Amendment Act which gave city councils the sweeping powers of ejecting Africans on grounds of 'peace and order'; the Population Registration Act which fixed for every man his race; Mixed Marriages Act to forbid miscegenation, penalising any sexual crossing of the colour line outside marriage. Africans were excluded from established universities. They were prevented from attending white church services. The Population Register fixed the racial divisions in a manner not quite consonant with biological fact. A small protion of Africans hovered near the borderline of the Coloured race while a small portion of whites could pass off as coloured. Passing had been possible in these cases, usually at the cost of permanent separation from the family. In 1950, a Legisation was passed, prohibiting this. Many ardent Afrikaaner nationalists today *look* coloured but are accepted as a part of the white commiunity "For the sake of reassuring their own followers, they removed the non-white from the far end of the park-bench and the near white from 'civilised society.' The price they paid was the astonishment of the world that any state should turn a human weakness into a national policy"[12]

People who don't live in South Africa find it difficult to hold to their minds an image of the life lined by the banished, banned and spied on active opponents of apartheid and a contrasting image of the prosperous white population that does not care what happens so long as it can lead an unruffled life. But there can be no spark without fire.

> "Today, Africans are even referred to in government circulars and by white government ministers as 'productive' or 'non productive labour units' serving the white economy. The dependants of these 'labour units' are called superflous appendages. Any term will do so long as the Africa is depersonalized and dehumanized."[13]

In 1952, the African National Congress, with the support of a few whites, started its passive resistance campaign. Their objective was to reduce apartheid to absurdity by making it ineffective at the lower levels. Minor breaches in the apartheid regulations were made. With great alacirty, the blacks sat peacefully on park benches marked 'Europeans only'; offered no resistance; meekly accepted the punishment offered by the law. The government's reaction was immediate. They passed the Criminal Law Amendment Act, 1953, which made even a trivial law-breaking a major offence. The punishment could be any two of the following—a fine of three hundred pounds, imprisonment for three years or a whipping of ten strokes.

The passive resistance campaign collapsed but it had achieved its main purpose. It had proved to the world that there was more to the South African racial situation than the endless irrelavant debates in Parliament. The South Africans showed to the world how they had been turned into criminals because they demanded dignity. There was a spirit of defiance beneath the apparent passivity. The people of Africa have never been a docile lot.

The African National Congress found a rival in the more militant Pan African Congress which drifted away from the creed of Non-violence and resolved to attack apartheid at its fundamental level, the Pass Laws.

'It decided to assail not so much the principle of segregation as the machinery that made it possible; because if the black serfs all destroyed their passes they would become like cattle without brand marks, an amorphous mass no longer subject to movement control."[14]

In 1952, this pass system had been extended to women. Her dignity was affronted; she felt herself dependant not on her man but on the state machinery; family ties were weakened. The utter heartlessness of the institution of apartheid was exposed.

'South Africa's problems are there in the streets, in the tens of thousands Africans going about their city work but not recognised as citizens, in the theatres, hotels and libraries in which the white people may enter but the black people may not, in the innumerable laws, prejudices, fears that regulate every move and glance where white and black move together through the city. The problems are alive in the streets and it is there where they are debated. The African political movements have always been in open spaces in the townships, and progressive movements in general have used the City Hall Steps in Johannesburg as their platform."[15]

Protests were organised and hundreds courted arrest. These manifestations of revolt were taken up by the P.A.C. and in 1960 they resolved on a 'frontal attack.' African men and women decided to move about without their passes and surrender themselves at the nearest police station. This resulted in the tragedy of Sharpeville, the massacre in which 67 Africans were killed and 136 wounded by small-arms fire. Emergency was declared in many parts of South Africa as a repressive measure. Riots followed all over the country but they were ruthlessly suppressed. A few days later the 'Unlawful Organisations Act' was pushed through the Parliament, under the purview of which both the African Congresses were banned. The rule of law was totally suspended under emergency and thousands were arrested and detained without trial. "For as long as a few exercise power over many, there will always be injustices."[16]

Forced underground, African nationalism turned militant. Nelson Mandela was the first to signal the end of limiting their freedom fight to non-violence by calling his organisation 'Spear of the nation.' In the first of its series of violent protests, a hundred Africans rampaged through the whites' houses in the Cape Town of Paarl and hacked two whites to death. This was the first direct and virulent attack on the people rather than the system. The result was the General Laws Amendment Act of 1963, under which anyone suspected of having information to give could be kept in solitary confinement for ninety days and a confession forced out of him. In July, six whites and twelve non-whites were arrested in a house at Rivonia, a fashionable suburb of Johannesburg, for aiding the terrorist organisation. A trial, the notorious 'Treason trial', followed and six Africans, one European and an Indian were sentenced to life imprisonment. Nelson Mandela was one of them.

> "I was made by the law a criminal, not because of what I had done but of what I stood for, because of what I thought, because of my conscience. Can it be any wonder to anybody that such conditions make a man an outlaw of society."[17]

Mandela's speech, made in his trial, before the sentence was passed, a powerful speech that extols the suffering of his people, echoed round the world and has been translated into a dozen languages. It is likely to find a permanent place in the literature of political struggle. Ironically, his countrymen have not heard what he had to say in his trial; he is a banned person.

> "I would say that the whole life of any thinking African in this country drives him continuously to a conflict between his conscience on the one hand and the law on the other ...a law which, in our view, is immoral, unjust and intolerable."[18]

Mandela represents a danger to the South African regime, his 'invisible but palpable figure looms as a challenge to the ethos of apartheid.'[19]

The chief instrument for preventing any contact between white liberals and the banned African political movements is the Suppression of Communism Act, 1950. This Act defines Communism as any doctrine or scheme that 'aims at bringing about any political, industrial, social or economic change by the promotion of disturbances or disorder.' This concept is the very negation of what Marx and Lenin meant by Communism. In effect, it is just a convenient tool the Government employes to fix up all the responsibility of encouraging seditious political activity on the Communists. A so-called 'communist' can be made to resign from any society to which he belongs, he can be forced to reside in a particular district, forbidden to meet more than one person at a time, prevented from going to the Cinema or even the Church, kept under house arrest and nothing he writes or says may be reported.

> "Here is a form of living death peculiar to South Africa. There are other countries where opposition to the Government brings loss of home, employment liberty or even life, but there the whole atmosphere is one of ins and outs, the risks are clearly known, the stakes are high. In South Africa, the blow falls silently, in the midst of a society where the full apparatus of civil liberty continues apparently to function. The courts are painstakingly sifting evidence, M.P.'s are asking searching questions in Parliament, newspaper cartoonists are drawing unflattering caricatures of the Prime Minister, nobody one knows seems to be looking over his shoulder—and yet, amid all this democratic normality, the darkness descends at noon and a university professor, a journalist, a novelist receives, a letter that quietly turns him into a no-person."[20]

The one thing, at this stage, that can turn the revolutionary threat of the Africans into a real one, is practical assistance from the white man. Yet how hard it is, after a clash between the black people and white authority, for a white person to go and seek justice for some black person unwittingly caught up in this turbulence. For at such moments a white man is supposed to have only one thought and that is to make black people pay for their crimes. Those who speak out against injustice are accused of fomenting violence. No wonder so many white South Africans wish to keep out of these events altogether. "It is not just complacency that keeps them in their clubs and homes, it is the realization that they cannot bring themselves to challenge the white custom."[21] The Black Sash movement, whereby white women stood in silent vigil outside public buildings, was cynically described as the 'best dressed political movement in history.' The women had to face heavy odds—hostility and contempt.

The white-led African resistance movement could never take off as it lacked mass following. But the very fact that they were white marked a vital landmark in the South African resistance campaign. This served to emphasize the fatal weakness of a system based on the assumption that the black and white can never converge. The European children of South Africa are not against the Africans but are taught by the government and their parents to look down on them and to regard them as no equal of theirs. There is nothing wrong below, but everything wrong above—the incitement comes from the top.

White and black workers cannot belong to the same union. Mixed unions are forbidden by the law called the Industrial Conciliation Act. "Africans were not allowed to be out in the public streets to enjoy fresh air or to visit their friends after ten o'clock at night without written permission from their employers stipulating how late they permitted them to be out."[22] The Urban Areas Act forbids Africans in the Urban areas from making or brewing beer to their own natural tastes, to drink it or possess it in their homes without the permission of the Municitpality under which they live. Apartheid, to the black man, means that he is a helpless stranger in his own land. He cannot sell his labour at a fair market price, he cannot develop skills above a certain level, he is given no real share in the civilisation he sees around him. He is being persecuted for his convictions—he is made to believe that might is right and since the white man is able to exert so much might, he is right.

"What kindness he receives is the kindness shown to animals. So when he is allowed to attend the white man's international rugby matches, he cheers the visiting team."[23]

With the banning of the political organisations, the resistance movement meetings have become illegal. The speakers who defended human rights against the attrition of repressive apartheid are banned, in exile or under house arrest. Sometimes, the strain is too great and the victim decides to leave the country and ceases to be, in effect, a South African. His passport is taken away, he is given an exit permit. He is in permanent exile now and if he attempts to return to the Republic, he will be imprisoned.

> "And some of us have gone from South Africa by the back door for no treason trialist would ever get a passport. It is no easy decision to take for this back door does not open both ways. It lets you out if you are courageous and resourceful, but it does not let you in again."[24]

The terror inflicted on the Africans in the fascist police state of South Africa builds into their nervous system a fear which hardens with each passing year. The terror is instilled through the mass arrests for passes, the permanent denial of human rights, cruel segregation and constant police raids in the areas where Africans are forced to live.

> "I did not realise until I came to London that this life as I had lived it my own country had ruined my nervous system. For many months I could not get rid of that fear. Everytime I saw a policeman in London, the first thing that entered my mind was that he might stop me and demand production of documents, questioning my right to be where he had found me...to form a bus queue and wait there with Europeans was for many months a torment for me."[25]

To many people in the world who wonder why the Africans, being the majority, allow themselves to be downtrodden and forced to carry the badge of slavery, a peep into the psychology of the Africans would provide the answer. An African who was born and has lived in the police states takes a long time to get convinced that he is as good as any other human being, regardless of colour and language. When you have begun to condition your mind to what is soon to be expected you unconsciously begin to feel that you are unwanted. You also begin to read meanings into normal gestures. It makes you feel sub-human.

> "In Europe I was treated for the first time as a man and a free individual."[26]

The black man is downgraded to such an extent that he begins associating himself with the have-nots; he does not question why he is regarded as a 'heathen', why the edifice of white civilisation is built on the ruins of fourteen million black lives.

However, what is crystal clear in the Black struggle is that the Post World War II world manifested the presence of an unquenchable freedom. Thousands of Africans served abroad in the war and witnessed that crowning example of man's inhumanity to man. In the process, the African soldier learned that the European was vulnerable; that rifles and large scale organization were extraordinary equalizers and that Asian peasants in many instances were even poorer than Africans. These legacies of the Second World War were carried back to Africa and the relationship of the white, black and brown men was never to be the same again. "As surely as the four freedoms contributed to a weakening of the colonial bonds, the war time experience of thousands of African youth created a mentality that black man should and could sever these bonds.[27]

Soweto, the South African ghetto, where the Black Student revolt erupted in June, 1976, reverberated throughout the world with alarming proportions. It signalled a new stage of revolt among the youth. The answer of the government was the slaughter of hundreds of unarmed students, yet it was a moral defeat for the rulers. Afrikaans was withdrawn as a language to be used in instruction.

This was, however, not the end of the struggle; it was only a manifestation of how deep the opposition to apartheid was among blacks. They were slowly becoming involved in political, social and economic affairs, attempting to make earthly justice a reality, not just a theoretical concept. Successive South Governments have, with increasing urgency, attempted to close up what were suddenly perceived to be breaches in the seemingly solid fortress of white supremacy. But the rot has set in. Apartheid has been condemned throughout the world.

> "Apartheid refuses to recognise human dignity and brands its victims as sub-human...on an individval level, it degrades and miams a man's soul, kills all enthusiasm in him to endeavour to live a creative life."[28]

The many generic groupings of Indian, Malayan, Zulu, Xhosa, Hottentot, British and Afrikaaner, matter little in South Africa. All important is the answer to the question—'are you white, coloured or Native?" It settles forever a man's status and way of life.

In recent years a series of seismic events have rocked the Republic and these in turn have hardened the attitude of the government towards its critics and dissenters and have led to touch and restrictive measures against expression. In response to the unrest over the death of Steve Biko, the Black Consciousness Leader, in police custody, and the closure of Soweto schools following a walkout of teachers and students, the South African Government, on October 19, 1977, resorted to its most drastic action to date. Under the Internal Security Act, eighteen organizations, including the black people's convention, the Christian Institute and the South African Students' Organisation were declared unlawful under the Internal Security Act; three publications including the 'World' were prohibited. Forty seven black leaders were arrested and held in preventive detention and seven prominent whites, including Dr. Beyer Naude, direct of the Christian Institute, were banned. Donald Woods, editor of the 'Daily Despatch', was banned from practising journal for five years. His mistake was that he had compaigned editorially for a full scale probe of Steve Biko's death.

Soweto, 1976, was both the highest point of integrality with Black consciousness and the first mass opposition to apartheid to break into world view since the Sharpeville massacre of 1960.

> "Go and tell the world that the process of Black Liberation which nobody can reverse, has begun in South Africa"[29]

What was new about Soweto, besides the massive nature of the revolt of the workers as well as the youth, was the internationalization of the struggle, especially its impact on the U.S.[30]

A pivotal new development in South Africa was the founding of a strong trade federation COSATU (Congress of South African Trade Unions), which elected as their President, Elijah Barayi, a political activist and leader of the Mineworkers union. Tne powerful National Union of Mineworkers (NUM) is the backbone of the undeclared civil war that seems to be waging in South Africa today.

With the ascendance of Mr. P.W. Botha to Prime Ministership in 1979, a new dimension was added to South African politics. His long alignment with the defence forces set down the influence on government policies of the military. He added the phrase 'adapt or die' to his political lexicon. Botha and his colleagues demanded uncritical support for the Nationalist Policies and did not consider it important to keep the public informed of all government actions, even when South Africa undertook armed conflict beyond its borders. Repression continued, as did the increasing militarization of South African Government and Society. In December, 1982, the government led an assault into Maseru, Lesotho, directed at the African National Congress (ANC) which killed forty two people including twenty nine black South Africans, some of whom were legitimate political refugees.

Ten days after the Maseru raid, bombs exploded in the Koeberg nuclear power station, twenty miles from Cape Town and the ANC claimed responsibility for the sabotage. ANC, a legal organisation for nearly fifty years before it was banned and forced underground in 1961, had struck again, this time with a renewed vigour. Before 1983, ANC sabotage had been aimed at installations, not people. But after 1983, there seemed to be a change in tactics. In February, 83, a bomb explosion in Bloemfontein injured seventy six blacks and two months later, a car bomb explosion in Pretoria killed seventeen and injured one hundred and eighty eight—urban terrorism had become lethal. Unquestionably, black militancy has risen sharply in the 1980's as manifested by continuing school boycotts, labour unrest and strikes.

At the same time, however, restraints on political expression, especially that of blacks and university students, markedly increased. Black writers and anyone dealing with black nationalism faced official suppression of their works. Censorship was an essential instrument with which to maintain Afrikaaner political dominance as well as Calvinistic religious and moral values. So, within divided South Africa, the black writer and journalist play a pivotal role. That role, like much else in the troubled land, is enmeshed in politics.

The incidence of sabotage and guerilla attacks has risen, reaching levels of sophistication that is finally ruffling the armour cast regime. But the attacks are usually so limited and scattered that whites tend to see them as something that can be easily controlled. Whites find comfort in seeing the problem as one typical of contemporary times, shared by South Africa with many other countries in the world. Nevertheless, there is a growing atmosphere of seige and a deep anxiety that the smouldering African may erupt.

Despite talk of revolutionary violence, the ANC's sabotage tactics have been designed to cause relatively little loss of life. They demand mass participation in the armed struggle but avoid death or injury to white civilians. In commemorating twenty years of 'Umkhonto we Sizwe' in February 1986, Sechaba, the ANC's official journal said:

"These armed operations within the country have a psychological impact. They instil self-confidence in the people and transform the latent hostility of the people to the government into open mass confrontation. They intensify the sense of unease and insecurity among enemy forces, they increase the conviction among the struggling people that victory is certain and popularise armed struggle".

The ANC has taken responsibility for attacks on African policemen and for the assasination of informers and members who become state witnesses in trials; but as a movement it has rejected the terrorism of indiscriminate killings, assasination of white leaders, kidnappings and other extremist tactics.

1985 saw an intensification of the armed struggle in South Africa. This took many forms such as political mobilisation, trade union organisation, youth students upheaval, women's struggle and the struggle on the church front. The concerted measures taken by the government to suppress the political opposition belies the orchestrated campaign to project Botha as a 'reformer' and the argument that 'constructive dialogue' will bring about a meaningful change in South Africa. Demonstrators are detained and subjected to widespread physical and psychological torture. The number of people who have died in detention has increased. Detainess have described the torture known as the 'helicopter' where their hands are handcuffed behind their ankles, and they are suspended from a pole and spun around. They are then assaulted as they are spinning.* The effect of detention on the children who have been arrested is frightening. In one case a child, released from detention, is now unable to speak except to mumble, "Boere, Boere".

Current state powers include the imposition of curfews, cordoning off areas; closure of any private or public place; control of key services and strict press control. Non-residents have been banned from entering many townships; all outside gatherings have been banned; stringent restrictions have been imposed on

*For details refer to Sechaba—'*State Terrorism—Apartheid Death Squads*', February 1986.

funerals; funerals are only allowed for one person at a time; only an ordained minister is allowed to speak and his message must not be political; public address systems have been banned; the display of flags, banners, placards and pamphlets is illegal. In this way the full arsenal of the system is deployed against the oppressed blacks of South Africa. Carole Tonque (Labour, Europen M.P.) who visited South Africa in June, 1985, said of the Eastern Cape. "......the whole area is on the point of explosion and I fear more slaughter if things continue as they are. What I saw defies description."[31] Tragically, the slaughter has worsened since.

There is an international campaign on to isolate the apartheid regime. The eighth conference of the Non-Aligned Movement, in early 1986, was held in Zimbabwe, one of the newest members of the movement. The choice of Harare as the venue reflects the important place occupied by the South African struggle in international affairs and in the world revolutionary process. The dominant issue at the conference was the situation in South Africa—the crime against humanity, apartheid. Comprehensive mandatory sanctions to be imposed by the UN were called for. President Oliver Tambo of the ANC aired his people's aspirations in his statement at the NAM summit in Harare,

> "The Massage we are trying to convey to this historic summit is that the strong winds that have been rocking the apartheid system are gaining in strength and will assume force of a storm. No area of our country will remain untouched by the massive general offensive which we have to carry out to reach the situation in which the balance of strength tilts in our favour, sufficiently for us to carry out the final act of overthrowing the apartheid regime.[32]

Every revolt for the past forty years in apartheid South Africa has faced genocide and yet the revolts, far from stopping, are reborn in even more intensive forms. South Africa is a society where revolt always walks in the shadow of a massacre—change and revolution have become, finally inseperable.

NOTES AND REFERENCES

1. Arun Gandhi, *A Path of white.*
2. John Cohen, *Africa Addio.*
3. A tragic massacre in which 67 Africans were killed and 186 wounded, most of them having been shot in the back. This took place in 1960.
4. Lewis Nkosi, 'Farm Jails'—an essay from *I will still be moved—Reports from South Africa,* Ed. (Marion Friedman, 1963) p. 62.
5. Joel Carlson. *No Neutral Ground* (Davis Poynter, 1973). p. 164.
6. Douglas Brown, *Against the world—A study of white South African Attitudes* (Collins, 1966), p. 36.
7. *Ibid.*, p. 21.
8. *Ibid.*, p. 25.
9. Anthony H. Richmond, *The Colour Problem*—Dr. A.L. Geyer arguing against the case of partnership (Penguin, 1955).
10. Arun Gandhi. *A Patch of White* (1969).
11. Douglas Brown, *Against the World* (Collins, London 1966) p. 55.
12. *Ibid.*, p. 60.
13. Joel Carlson, *No Neutral Ground* (Davis Poynter, 1973) p. 7.
14. Douglas Brown. *Against the World* (Collins, London, 1966) p. 62.
15. Nadine Gordimer, 'Great Problems in the Streets' *I will Still be Moved—Reports from South Africa* Ed. Marion Friedman, 1963 p. 119.
16. Joel Carlson, *No Neutral Ground*—(Davis Poynter, 1973) p. 373.
17. Mary Benson, *Nelson Mendela*—Nelson Mandela's trial speech in 1962 (Panaf, London 1980).
18. *Ibid.*
19. Douglas Brown, *Against the World* (Collins, London, 1966), p. 65.
20. Charles Hooper, *Brief Authority*: Introduction by Alan Paton (1960) p. 18.
21. Naboth Mokgatle, *The Autobiography of an Unknown South African.* (University of California Press, 1971) p. 216.
22. Douglas Brown, *Against the World* (Collins, London 1966) p. 70.
23. Helen Joseph, *If this be Treason* (1963) p. 144.

24. Naboth Mokgatle *An Autobiography of an Unknown South African* (University of California Press, 1971) p. 348.

25. *Ibid.*, p. 346.

26. Fred Burke *Africa's Quest for Order.*

27. Nana Sita—a 64 year old Indian Leader in South Africa—*I will still be Moved—Reports from South Africa* ed. Marion Friedman, 1663.

29. Lou Turner and John Alan, *Frantz Fanon, Soweto and American Black Thought* (Sechaba, February 1986) p. 19.

30. *Ibid.*, p. 25.

31. *Sechaba*, February 1986, p. 20.

32. Sechaba—"*Towards the Final Collapes of Colonialism*", November, 1986.

CHAPTER II

THE TRADITION OF WRITING IN SOUTH AFRICA

'For black men all over the world, the only genuine, shared racial memory is slavery and what it entails. It is this one single experience that binds all black people together"[1]

African writing, in its modern sense, began in the eighteenth century and developed inevitably as a protest literature. The primary impetus was derived from the dehumanizing institution of slavery.

Present political circumstances have made South Africa a pariah amongst nations. It is perceived as unique: unique in its problems, unique in its attempted solutions, often also unique in the social evil of the apartheid system which sustains it. Black and white are fighting for supermacy and survival. The will to control is the basis of all South African law.

Whether he is African or American by place of birth, the black writer, by the conditions of his existence, has been made intensely aware of a white civilization, which, whatever its virtues, nevertheless does impose its domination on the black mind and body. This domination may be of the openly aggressive sort, such as the jailing of black leaders or the socio-economic imprisonment of black people in ghettos, or it may be of the covert sort whereby values accepted by whites are invoked by them in blatant opposition to important black values.

For Africans, white civilisation meant ambivalently education and exploitation, money and misery, progress but not partnership.

> "He may teach me how to make a shirt or to read and write but my forbears and I could teach him a thing or two if only he would listen and allow himself time to feel."[2]

Since modern African literature has developed out of the colonial experience, it is sometimes wrongly assumed that generalisations can be applied to the entire continent without taking into account the different cultural, historical and social background to each nation's writing. Such generalisations ignore the relative ability or inability of different tribal cultures to sustain and survive the colonial experience. Each region of Africa has had a different historical experience and this is reflected in the variety of literary models and themes. While Francophone African literature remains strongly influenced by metropolitan, literary and cultural fashions, the literature of English speaking Africa is independent of European intellectual movements. In English speaking West Africa, where there was no settler class and independence was gained early, there is little explicit political protest in literature beyond the pan-African militancy found in Ghana. West African writing in English is preoccupied with social change and cultural problems. In East Africa, where there was a setter class, the prolonged stuggle for independence meant that the new states became very political minded and it reflected in their writing. In South Africa on the other hand, the long history of foreign occupation/settlement and urbanization resulted in de-tribalization of the Africans. This led to a literature protesting inequality and discrimination under apartheid rather than a literature about African values. As Bruce King puts it,

> "Even at its most militant, black South African writing is basically liberal in lamenting the loss of an integrated multiracial society."[3]

Detribalization and western education resulted in a liberal European social ideal. Instead of literature being a part of an anti-colonialist struggle, its main themes and protest against inequality, protest against social injustice towards the blacks and protest against the way the prevalent political system prevents the individual from asserting his identity. "In South-Africa the socio-political life presents the kind of challenge that produces writers."[4] Conceivably writers living in South Africa can be seen as rebels against appearance—they are more concerned with the spirit within than the world without. In the words of D.R. Dathorne,

> "In their very lives these authors have borne witness to the fact that the meaning of existence is a quest for the origins of change. They ask why more often than the writers from West Africa do and their interrogative helps them to shed a century of miseducation and to give birth to a new turbulency of spirit.[5]

Probably the single most important event in the life of any South African child is the recognition of his own colouredness with all the implications of that fact. The realisation can come as a mild awareness that he takes in his stride or as a rude shock—a traumatic awakening, but whatever the circumstances, it affects the rest of his life. From that day onwards, he sees the world through a different perspective, with somewhat less of the innocence of his earlier years.

The colonial experience of South Africa has produced a large volume of verse and prose which portrays these relationships and in which the black man has to give an account of what the white man has done to him. In South Africa 'the race relations are a major experience and concern for the writer. They are his constant beat.'[6] South African writing cannot as yet envision tomorrow when the deceit of the past continues to dominate their today.

There is a direct relation between political perspective and literary creation in South Africa. In this relation, the political perspective has tended to dominate; this relation has not been static. He has grown up in a society where 78 per cent of the population is cut off from the normal cultural influences libraries, art galleries; concerts, theatres—by the colour bar and the existing substance of culture consequently is pitifully thin. The novelist, along with the poet and composer aims to be creative in uncreative circumstances. As Kenneth parker puts it,

> "In this area of creativity, we are confronted with a strange paradox: on the one hand, the existence of an abundance of the conflicts (personal as well as environmental) which potentially give rise to art; on the other, the absence of those minimum conditions of freedom which permit the growth of that art."[7]

South African literature in English begins, as does the literature of Canada and Australia—and of the U.S. for that matter—with the settler record and the diary, prominent being the letters of Lady Anne Barnard, the wife of the colonial secretary, and the poetry of the Scotsman, Thomas Pringle. From such pioneers to writers of real distinction, there is a considerable jump in time. The first South African writer with a claim to international consequence was Olive Schreiner who published originally under the pseudonym of Ralph Iron. Her novel, '*The Story of an African Farm*', published in 1883 is a major work, drawing upon the very spirit of South Africa—"The characters exist, pursuing their dreams and disappointments against the commitments that South Africa requires of them."[8] None of her later books quite matched the intensity of this early novel and the next major stage of South African writing was in the twenties and early thirties, the major writers of this time being William Plomer, Roy Cambell, Pauline Smith and Sarah Gertrude Millan. Plomer's '*Turbott Wolfe*'; Pauline Smith's '*The Little Karoo*'; Laurens Van der Post's '*In a Province*' were works of genius; they were the first South African writers to establish an unequivocal reputation abroad.

> "It is with these novelists that the first obvious tension developed between the writer and the community—that tension which was to be the main spring of the South African intellectual's attitude towards his country."[9]

Feelings about race and colour became the persistent theme —an expression of disenchantment with South African racist attitudes. With this, a new literary consciousness was born; no writer could immerse himself deeply into the life and its ambience around him and avoid some sort of an answer,

> "Do not allow yourself to believe that because South Africa is painted red upon the map and has at present a white population of a million and a half, it is a white man's country. It is nothing of the sort. It can never be anything but a black, or at least a coloured man's country."[8]

This was Plomer's message, set out simply enough, no matter how enormous its implications. Driven out of his country by the antagonism his views had stirred, he began the tradition of exile, often self-imposed, that the afflicted South African literature ever since.

Campbell was a major lyric poet, his inspiration rooted in the country of his birth. His anthologies '*The Zebras*', '*The Serf*' and '*The Zulu Girl*' reflected comprehensively 'his land, its animal and its peoples.'[11] Campbell left South Africa, providing a fascinating example of the strange mutations brought about by the effect of politics upon writers and literature in South Africa.

South African literature seems to have developed at terminal intervals; the explanation lies close to the political development and their ramifications in the country. By the thirties and the forties, Plomer and Van der post were in exile and Millin had turned her attention to the domestic dramas of whites in the towns. No black writer emerged for some time to boldly affirm his stance.

> "Form its writers, the nation including the organs of state oppression, has always expected not so much art as confidential reports about the condition of society, its health or lack of it, its ability to survive. For instance, it is not very difficult to imagine the South African Prime Minister privately pouring over the latest controversial book of fiction

> or poetry, not so much to be entertained, ennobled as in order to find out what the local 'Reds' and 'trouble makers', using the convenient medium of print, put down as his chances of survival."[12]

Strangely enough, the majority of South African writers have always written, as it were, in direct response to such hopes or needs.

By the thirties and the forties the Blacks had realized that, in Soutn Africa, their share in the common society was negligible. The eloquence of the indigenous Zulu Poets had not succeeded in rousing the white man to a recognition of the black man's humanity. "A creative apathy took over among blacks born of frustration."[13] Politics, as a lived in reality, was never far from his considerations.

South African literature made a new beginning with Alan Paton's *Cry the Beloved Country*, which suggested the need for a Christian solution to the political problem of racialism. It concerns an African priest who goes to find his son in Johannesburg where he has fallen in with bad companions. He learns that the boy had committed murder—the murder of a young white whose life was involved in helping the African people. Ironically, the murdered man's father provides money to the African priest to rebuild his church and build a dam for the village. The pain was in the realization that both must come to terms with the life strewn with disasters, a situation for which South Africa's tensions are responsible. It was, as its basic level, a novel on the theme of disintegration of African culture and society—it was intelligible and it made an impact. It was a book that moved the conscience of the outside world; it even touched 'certain springs in the feelings of white South Africans'.[14] In the light of the present day situation, however, the idealism and the Christian optimism permeating the book seems sadly questionable.

Creative writers have always defied the pressures around them, communciating with a desperate, surging need for self-expression which comes out of all places—from gaols, from slum backyards, from rich white suburbs or from exiles all over the world.

The first 'non-European' to dig deep into the sub-soil of South African society and give expression to its turbulence was Peter Abrahams with his first 'proletarian novel', "*Mine Boy*', the story of a black man confronted with the dual experience of industrialization and race discrimination in a city. It concerns an innocent, young African-Xuma—who goes to Johannesburg and finds work in the mines. He lives in the ghetto, amongst many hardships; he encounters prejudice and cruelty as also kindness and sympathy. Xuma asserts his humanity in this struggle against South African slavery and racist exploitation. Calling on other workers to come out on strike against the appalling working conditions in the South African mines, he shouts.

"We are men. It does not matter if our skins are black; we are not cattle to throw away our lives. We are men."[15] The ending seems very benign, assuming that it is the brotherhood of the human heart that is the source of redemption. Like Paton, Abrahams had not lost sight of human compassion in the face of social violence.

"To hammer and hew a novel out of the monolithic social situation of South Africa is to apprehend a reality in which man is beset by fear, isolation, loneliness, is plagued by doubts and indecision. For South Africa is a society whose members live under the constant erosion of dehumanization and the possibility of swift death"[16]

Abrahams' was a situational novel—man at odds with his social environment.

A Wreath for Udomo is a classic of the genre of politically committed literature. This tells of the rise of a young Negro student who came to power in his country 'Pan Africa'. He dies, assasinated, because he betrayed the cause of nationalism by handing over another African leader, Mendhi, who had asked for his support, to the police of a neighbouring country, 'Pluralia', where the Europeans had stayed in power. This was the price of white financial and technical cooperation. The novel ends with Udomo, alone in his newly acquired palace, horrified to hear the beat of the drums announcing his execution and waiting like some cornered beast for justice to strike.

> "Colonialism with its concomitant conflict between individuals and generations and confrontation between groups is the moving force in Abrahams' novels—compelling the climax of action and the final denouement."[17]

Soon after Abrahams left Africa for good and settled in Jamaica.

A major African writer, Ezekiel Mphahlele got instant recognition through his 'impassioned'[18] autobiography *Down Second Avenue*. It accounts the story of his upbringing in the slums of Pretoria. It is a remarkable work epigraphed with that Yeatsian comment so greatly felt in the contemporary world.

> "The best lack all conviction,
> while the worst are full of passionate intensity."[19]

His scenes from the slum life have a piognancy that brings the autobiographical genre to a scale never been conceived before. Even in the harshest childhood, there are moments of joy and humour. Against the harsh encounters with the racist regime and the straining against the arbitrary restrictions under which the families live, there are cheerful moments, simply and beautifully conceived.

In spite of his obligation to the struggle for a social revolution, Mphahlele's awareness that he would have to leave South Africa runs deep in this book, as an escape from the 'spur' that hounds one down:

> 'that's the trouble: its' a paralysing spur; you must keep moving, writing at white heat, everything full of vitriol:

hardly a moment to think of human beings and not as victims of political circumstance."[20]

This sentiment echoes in his major critical work, *The African Image*:

"During the last twenty years, the social, political climate of South Africa has been growing viciously difficult for a non-white to write in. It requires tremendous organization of one's mental and emotional faculties before one can write a poem or a novel or a play. This has become all but impossible. When Vilakazi (in his earlier career) and Mqhavyi wrote, oppression provided just a sufficient spur to adult creative writing. The spur is a paralysing one today."[21]

This is a frightening yet totally honest appraisal of the impact of racial politics on the South African writer.

Lewis Nkosi, editor, journalist and an intellectual, is another able South African 'black' writer. In *Home and Exile* a book of essays and literary criticisms unique in South African literature where literary criticism is raw, he aimed his attack on white readers, intending to rouse white consciousness over black frustration.

"If the majority of African novelists, poets and dramatists seem eager to explore traditional African values and if the intention is to see how these values might determine the shape of contemporary African life, with very few exceptions, the literature of South Africa is wholly concerned with the theme of struggle and conflict—conflict between the white conquerors and conquered black, between white masters and black servants, between the village and the city."[22]

The famous *Drum* Magazine served as a mouthpiece—an important outlet for African writers in South Africa. Often black writers started off as journalists; Can Themba, Mphahlele. Alf Hutchinson, Alex La Guma and numerous others were 'processed through this unavoidable literary pipeline.[23] They drew deeply upon their experience; presented a succession of intimate glimpses of separate worlds, inhabited by domestic and working people, living, laughing and grumbling, but faced inescapably with the intrusion of a menacing world outside. Their characters appear helpless in the face of arbitrary power. Sometimes they are driven to a doomed opposition and at times they gain a subjective victory in a world where survival is the only test of human intelligence.

In the fifties, when the relationship between the Europeans and other racial groups became further aggravated and more complex, naturalistic elements began to penetrate into the realm of South African fiction. It no longer sufficed to present a mere record of facts; some authors began to choose those facts that were most expressive and drastic, painting them in blatant, vivid colours. But only in the sixties was this development of naturalistic writing accomplished by the young generation of prose writers who were able to describe things in a detached manner.

The South African writer continually comes up against phenomena resulting form aparthied. Under these conditions, most of his personal experiences contribute to the evolution of protest writing; but one question remains unanswered—how can this doctrine of racism be most effectively fought? Progressive authors have been materially handicapped, persecuted and often forced to flee from South Africa. South African protest literature has also experienced a generation problem. Most writers belonging to the old generation believed that much could be achieved by a mere appeal to sympathy and a feeling of justice. They described poverty, the results of discriminatory racist measures, violence, in a dispassionate, unbiased way and in great detail like 'biologists describing animal and plant life."[24] They do not preach for they believe that their readers will understand the main idea of their works even when they are not precisely spelt out. Their naturalistic work confirms their intention to present a revelation. They seem to ask—what can be done? It is up to the reader to try to answer this question.

A writer in this vein who is demonstrably the most able and the most representative is *Alex La Guma.* Technically, under the South African colour spectrum, La Guma is 'coloured'. His stories are set in the 'coloured' quarter of Cape Town, the infamous District six. His early experiences in the poor neighbourhoods and among the masses of black labourers, the underground struggle against apartheid, the racist regime's repressive mechanism, the vicissitudes and hopes of the people's rebellion, the high-handedness and injustice of the segregationist apparatus, Bantustanization and the stark psychology of the Afrikaaner ruling class and the descendants of the English—all that framed the raw material on which La Guma drew in his literary work, making it an eloquent testimony to the peoples' rebelliousness against oppression.

His world is a vicious one. The police are a threatening presence and occasionally intrude but the violence goes deeper than that; the poor can be equally cruel to each other.

> "From birth it is clear to him that this narrow world, strewn with prohibitions, can only be called in question by absolute violence."[25]

Violence is endemic in the society that the nation has created by its repressive policies.

In his short story *Out of Darkness*,[26] he speaks of a teacher who kills a man and goes mad in jail. The cause of his tragedy is his sweetheart who has a lighter skin colour and who begins to behave like a white girl. She shows contempt for him, calling him a 'black nigger'. When someone tells the teacher that she is a whore, playing at being a white women, he kills him. The moral decline of people caused by the pressure of racial discrimination is beautifully evoked here.

In *Walk in the Night*, And a threefold cord, *The Stone Country, In the Fog of the Season's End* and *Time of the Butcherbird*, Guma stresses details, like other naturalist writers, trying to increase the credibility of his stories. The novelist's social matrix stifles his characters, his individuals are caught up in the vicious system and despite their efforts to the contrary, they are 'doomed to walk the night'.[27]

Peter Abrahams forms an interesting contrast to La Guma. The difference is reflected in their themes and approach to literature. Abrahams left South Africa before apartheid revealed its true colours although one could argue that the covert apartheid of the thirties was no less painful. La Guma's characters find themselves enmeshed in a more specifically bi-cultural situation. Their knowledge of both English and Afrikaans leads to language interference and the emergence of a peculiar brand of English exploited so expertly by Alex La Guma. Much of Abraham's work refers to the pre-nationalist period *i.e.*, before the Nationalist Party took over political control in 1948. By the time the 'coloureds' were beginning to assert themselves politically, Abrahams was already outside the country.

La Guma was an intense writer and a deeply committed political man.

> "The South African writer finds himself with no other choice but to dedicate himself to that movement which must involve not only himself but ordinary people as well. So that I say that in our society we are prepared to run guns and hold up radio stations, if it is necessary; I say this because I believe that, whether we are European writers or African writers or American Writers, all human activity which does not serve humanity must be a waste of time and effort".[28]

This statement by La Guma explains why, in the 1960's, South African protest literature developed towards naturalism and social realism, why many works encroached upon the border line between creative writing and journalism and why topicality was their most characteristic feature.

Speaking of the political novel, in an essay on Orwell, Frederick Kaul remarked, "The political novel at its best requires an imaginative projection in which characters are trapped, almost smothered, by forces that remain inexplicable and subterranean."[29]

For the African writer, in the narrowing land of racism, the dilemma is an agonising one. All those writers who oppose the regime or describe the South African reality in a way which is not acceptable to the rulers, are regarded as taboo and their works made inaccessible to the South African public. Bessie Head, a 'Coloured', was exiled and she settled down in Botswana in 1964. Her novels '*Maru*' (1971) and "*A Question of Power*' are a powerful indictment of the power structure in South Africa and the resultants social and political chaos.

Nkosi, at a conference in Stockholm on the African Scandinavian writers' (1967) said,—

> "In South Africa, commitment is not a problem; you do not have to be a hero to be committed, you are compelled to be committed, you are involved in a situation so fraught with evil that you are brought into collision with it".[30]

Conditions are unfavourable in the cities of South Africa and unpropitous for creative writers—most of them are banned, imprisoned or exiled. Alex La Guma, who took part in the Writers' Conference in Beirut in 1968, expressed there the desperate feelings of his colleagues who knew that they had to write chiefly for foreign readers. According to him, those who wanted to read their works in South Africa, had to do so secretly.

> "The lopping off a young indigenous tradition—as distinct from the central tradition of the European language the black writer uses—has had a stunting effect on prose writing. No fiction of any real quality has been written since then by a black writer still living in South Africa".[31]

South African totalitarian laws are in fact legislating literature out of existence.

The Publications Control Board, formed in 1963, decides what is to be published. In addition to considering if the contents of the book are objectionable, it must also check if the writer is listed as a member of the Communist party or any banned organization or if he is prohibited from attending public gatherings. Books are often banned ('Return of the Native'; 'The Black Beauty') because of the suggestiveness of their titles and not because of their actual content.

It is not entirely because of what he writes that the writer is persecuted in South Africa but because of who he is. An educated black man, armed with a perceptive insight into men and society, is the very embodiment of revolt to the apartheid mentality. Hence, the black writer is not always banned from writing against the regime, he is banned to write altogether. "The very act of putting pen to paper can be outlawed as Dennis Brutus and Can Themba found out. Perhaps no country in the world has used this form of censorship before".[22] Many writers have committed suicide in desperation, among them the journalists Can Themba and Nat Nakasa. The leading Afrikaaner writer, Breyten Bach, has been forcibly exiled because he married a Vietnamese, thus breaking 'the tribal morality of the Boers".[33] Alan Paton's passport was seized by the authorities in 1962; Athol Fugard suffered the same fate after a showing of his play '*The Blood Knot*' in London in 1967. Every single writer has had to suffer for the sample reason that he writes.

> "The Afrikaaners are indeed a strange breed of men, produced by a tempestous history of work, hardship and poverty. Clinging together like frightened men on a raft in a storm, they seems to have had their sensibilities atrophied into a fatalistic, blind imperviousness to common sense nnd normal human feeling. They would not be moved by the literary word, however high the level of artistry. For a Pasternak or a Solzhentsyn, the international public might make significant noises that might save them from prison. But is it the 5,818 million rand of foreign investment that prevails in South Africa. And when the chips are down, a predominantly white world is not going to spill much sweat on the fate of a black writer who is arrested for denouncing their kith and kin".[34]

Once they are in exile they are out of touch with the South African political system and that is exactly what the South African government wants. In a strictly legal sense, even to write was construed as sabotage. Dennis Brutus, in his article 'Protest against Apartheid'[35], writes how he had met Alex La Guma's wife recently who had told him that when La Guma was working on a novel under house arrest, he would deposit every completed page under the linoleum so that if a raid was carried out while he was writing, the political police would find only one page in the typewriter and none else.

Anyone under a political ban cannot be published or quoted. The books of a white writer in exile or his black counterpart are autcmatically banned, no matter what their content and form. One of the blanket laws that permits much of the legislation dates back to 1927; it is called the Bantu Administration Act. Since then, the South African Government has passed the Entertainment Censorship Act of 1931, the Publications and Entertainment Act of 1955 and the Unlawful Organization Act of 1960. In 1966, a law that makes virtually everything illegal if the state deems it to be illegal, called the General Laws Amendment Act, was passed.

It is some times stated that repression may stimulate creative activity and therefore there is a sort of paradoxical merit in being put under the pressures that are placed on the South African writers.

> "Conflict they say, has kicked us into print. Well, I cannot deny that...Conflict can provide a deep and powerful stimulus ..the greatest single factor in the making of our mores in South Africa was and is and will be the colour question. Whether it is the old question about the Blacks, or the new question of what the Blacks are going to do about the Whites or the hopeful question of how to set about letting the whole thing go on living together, it still THE questions."[36]

1976, when there was an uprising in the ghettos especially in the South West township 'Soweto', there was an incredible upsurge in creative writing in the ghettos—particularly of poetry. The poets seemed especially to be responsive to the new tension in the society.

On the other hand, repression can stifle the voice of writing —impose a kind of cultural embargo on the society. The subtance of writing is an attempt to articulate a community experience, to convey what is in the society rather than in the individual. But in South Africa we are dealing with a society where communication between people is illegal, a society that creates laws that makes communication between people of different cultures or groups a criminal act. In can be a crime in South Africa for two people of different races to dine together or even to be in the same restaurant together. In such o society, one can neither come up with acute, sensitized perceptions into another culture nor with new ways of expressing what already in the culture. As Mphahlele puts it,

"so long as the white man's politics continue to impose on us a ghetto existence; so long shall the culture and therefore literature of South Africa continue to shrivel up, to sink lower; and for so long shall we in our writing continue to reflect only a minute fraction of life."[37]

This may result in an acute impoverishment of culture and creativity. The country's history has been one of wars and perennial migration; the uprooting and replanting of African population prescribed by apartheid laws, that is still going on. This has destroyed the cohesiveness of the old African community without the development of a new culture to fill the vacuum in the society. "And it is out of culture," writes Gordimer, "from which man's inner being is enriched as the substance in an integrated community grows fuller, that a literature draws its real sustenance in the long run".[38]

Many critics have remarked on the extreme state of alienation in which characters in many South African novels and short stories are presented. The characters are modelled on men who are not only excluded from the material comforts of civilisation but are denied the basic freedom on which humanity rests. The novels of Alex La Guma which are populated by the dehumanized beings and creatures fighting for animal survival, have come under a vicious attack by the critics. Few perhaps realize that this restricted arena of action seems an ideal symbol for the geographical and mental constraints on the non-white South African.

South Africa presents a society with no integrated culture—the ruling Boers speak Afrikaans unrecognisable by speakers of the original Dutch; there are Africans who have lost touch with their native language. In compounds of the mining towns, one meets a diverse congregation of people from all over South Africa with no common language of their own but "communicating through an obscene tongue called Kitchen kaffir, developed in the master-servant dealings of Boers and their black workers."[39] In most of the cases, the men working in the cities are not allowed to bring their families with them. When you add to a society so composed, the raids of the police, the arbitrariness of the curfew and pass laws, low wages and overcrowding, the result is 'explosive'.

> "Drinking violence and sex bound people together as nothing else did, for even murder was a form of affirmation of one's presence and vitality; the desperate tsotsi finally striking out, attempting to feel or assert his own sense of being in a cruel and unthinking environment."[40]

There are large forces at work in South Africa, of a sort that make individuals feel impotent. A writer knows best and writes best about his immediate milieu. He will present it in all its diversification: its outer material aspects, its corrosive and cramping emotional stresses, its atmosphere of decay and abandonment—all of which induce an immense alienation. A writer cannot go beyond the potential of his own experience. That potential is very wide but living in a society as deeply and calculatedly compartmentalized as South Africa's has been under the colour bar, the writer's potential feels hampered. Certain aspects of a white man's life are totally beyond the conception of a black man, the same applies to a white man and his understanding of the blaek man's experience.

> "Both can write of the considerable fringe society in which the black and white are 'known' in a meaningful sense to one another, but there are areas from which, by iron circumstances, each in turn finds himself shut out, even inituitively to their mutual loss as writers."

No fiction of any real quality has been written since the sixties by a black witer still living in South Africa. Aspiring writers are intimidated not only by censorship as such but also the fear that anything at all controversial set out by the black makes the writer suspect since. The correlation of articulacy and political insurrection, so far as the blacks are concerned, is firmly lodged in the minds of the white government.

> "Out of this silence, suspended between the fear of expression and the need to give expression to an even greater pressure of grim experience has come the black writers' sub-conscious search for a form less vulnerable than those that led a previous generation into bannings and exile."[42]

The new young black writers instinctively attempt poetry rather than prose because it is the means of expression least accessible to the arbitrariness of the Censorship Board. A new generation of non-white poets emerged drawing on the humiliation and anger felt in the African ghettos. The first of these is Oswald Mtshalia whose volume, '*Sounds of a Cowhide Drum*' is full of references and allusions to the poverty of the black townships. There is Mongane Wally Serote who has published several volumes of peotry including '*Yakhal Indomo*', an evocative title which refers to the cry of agony of cattle being slaughtered.

> "White people are white people
> They must learn to listen,
> Black people are black people
> They must learn to talk"[43]

James Mathews' book of poems *Cry Rage* is banned; Don Mattera, another young poet has also been declared a banned person. An anthology *Black Voices Shouts* comprising the poems of nine poets was banned immediately on its publication.

When legislation was passed in April, 1966, affecting the coloured intellectuals in exile whose work could still be sold. Nadine Gordimer wrote in the Johannesburg Rand Daily Mail that the works of black writers were for the Europeans the best way of knowing 'what black South Africans who have no say in the ordering of their life think and feel"[44]

A major development in the sixties and seventies was the rise of the young Afrikaaner intelligentsia to react against a system of government which is both undesirable and absurd. This was a significant development since the white political party in power is the Nationallist Party whose electorate is chiefly Afrikaaner. They called themselves the Sestigers and their mode was the parable, the allegory deliberately couched in obsecurity so that the average South African censor would not be able to identify the hidden protest within the work itself. Ironically, the Afrikaans writers have been censored and imprisoned, hitherto unthinkable in a community so closely bound by language and religion. *Andre Brink* with his novel *Kennis Van die Aand* which appeared in 1973, was the first person to be banned. Admittedly he had chosen themes most likely to provoke the administration into action; the law banning sexual relations between Europeans and non-Europeans and the torturing of non-white political detainees.

> "If Afrikaaners, through the medium of creative literature, can reach their own people and persuade them that the issue is not survival as they contend, but rather the questions of the surrender of privilege, they can perform an extremely useful function in the society and actually help to change the direction of its history, which seems now headed for inevitable disaster"[45]

The white writers of South Africa who are internationally known are Jack Cope, Dan Jacobson, Nadine Gordimer and, although not truly a South African, Dorris Lessing. Each of the above has been harassed by banning of books or restrictions on movement. As a white liberal, Gordimer has always found herself an outsider in her country. In her *The Late Bourgeois World* which has been banned in South Africa, she has attacked the dehumanizing institution of apartheid and its repercussions on those who will it so. A consistent recurring theme in Gordimer is that of a search for identity the movement of the protagonist towards an awareness that despite the supposed liberalism of the white intellectuals, they are in fact closely allied to the ruling whites. With sympathy and shrewdness, she investigates human reactions in a set up which inevitably traps everyone.

> "It would be uncritical to study the works of Africans and non-Africans without reference to each other, when they can serve to illuminate each other as they do in nearly every branch of literature, especially fiction, where the subject matter of Africa appears to be common to both groups but is inevitably viewed differently by them. Neither group has a monopoly on the truth.[46]

Because of the colonial history of South Africa, every educated black is exposed to the mainstream of the English literary tradition. They are exposed to a system inherited from the British University system. Africa's intellectual elite is a limited minority since the great majority of the population is still illiterate. This elite, moreover, has been educated almost exclusively in the languages of the colonial powers and it is in these language that it has found expression. It is a literature of mixed traditions.

> "The literary traditions of the masters came along with the language and literary traditions indigeneous to the people..., and so we have a literature straddling two conventions with more or less comfort."[17]

South African authors are addressing their work as much to a European readership, particularly to those of liberal opinion, as to its fellow countrymen.

A Bantustanization campaign is afoot in South Africa; dismemberment of the community life of the people by forcing them into old tribal structures. Blacks and whites come together in subways and shout for the same teams at the stadium—in the bleachers, not the boxes. There is segregation of hope—successive black generations growing up without jobs and accepting welfare, public charity, as life. In this context, the process of creative writing for both white South Africans and black South Africans becomes much more difficult. They have unassailable laws to contend with, the prejudices built into the very fabric of society, the myths that justify the continued oppression by the regime. The law prevents the identification of the writer with the society as a whole so that ultimately he can identify only with his colour.

Can it survive, Can people remain creative in this uncreative environment?

> "What one finds is worse than a decline—it is a paralysis of conversation. The colour bar which dominates the lives of all South Africans, haunts and plagues the dinner tables monotonously all over town. Not only between the races, but within close groups and families, there are always the unasked questions, the unstated views or the endlessly repeated formulae. But the more this paralysis steps in, the more driving is the need for self expression if only as a way to keep sane. The writing bursts out with a compression and certainty which seems to be saying all the time 'it must be told, it must be told."[48]

Several years ago, in reply to Robert Serumaga's question whether South African Literature ought to be suspended, Alex La Guma had said,

> "Well, I don't agree with that. I believe that there has been a lot said about South Africa but very little said about what the non-white people in particular are really experiencing. Writers have tried to describe the situation in South Africa in general but very little has been said about the different

"national" groups and the people who live in South Africa. ......That is at least letting the world know what is happening even within their compartments"[49]

The moral statement of the artist must be made repeatedly in the face of antagonistic government edicts. Humanity must be reaffirmed and survival is victory, both literary and personal. As Brutus' lines affirm—

Somehow we survive.
And tenderness, frustrated, does not wither......
Boots club on the peeling door......
but somehow tenderness survives."[50]

NOTES AND REFERENCES

1. S.E. Ogude, 'Slavery and the African Imagination; A Central Perspective; *World Literature Today*, Vol. 5, 1981, p. 21.
2. Ezekiel Mphahlele, Foreword to *The Millitant Black Writer* ed. Mercer Cook and Henderson.
3. Bruce King, 'Varieties of African Literature'; *Powre About Powers-3-Essays in African Literature*, ed. H.H. Anniah Gowda, 1978.
4. O.R. Dathorne, *The Black Mind; A History of African Literature* (London Heinemann, 1974) p. 211.
5. *Ibid.*, p 212.
6. Ezekiel Mphahlele, *The African Image* (Faber, Press, 1962), p. 81.
7. Kenneth Parker, *The South African Novel in English—Essays in Criticism and Society* (Macmillan Press, 1978), p. 3.
8. John Povey, *South Africa*, p. 158.
9. *Ibid.*, p. 159.
10. *Ibid.*, p. 161. *William Plomer in the Preface to "Turbott Wolfe'.*
11. *Ibid.*, p. 162.
12. Lewis Nkosi, *Tasks and Marks; Themes and Styles of African Literature* (Longman, 1981) p. 76.

13. Nadine Gordimer, 'English-Language, Literature and Politics in South Africa': *Aspects of South African Literature* ed. Christopher Heywood (London Heinemann, 1976), p. 109.

14. Dennis Brutus, 'Protest against Apartheid', *Protest and Conflict in African Literature*, ed. Cosmo Pieterse and Donald Munro (1969), p. 96.

15. Peter Abrahams, *Mine Boy* (London, Heinemann, p. 181).

16. Ngugi Wa Thiong, 'O, 'The Writer in a Changing Society', *Homecoming—Essays on African, Caribbean Literature, Culture and Politics* (London, Heinemann, 1972).

17. *Ibid.*, p. 50.

18. John Povey, *South Africa* p. 165.

19. W.B. Yeats, 'The Second Coming'; *A New Selection* (Macmillan, 1984) p. 246.

20. John Povey, *South Africa*, p. 165.

21. Ezekiel Mphahlele, *The Africa Image* (Faber, 1962), p. 223.

22. Lewis Nkosi, *Tasks and Masks—Themes and Styles of African Literature (Longman, 1981), p. 76.*

23. V.A. February, *Mind your Colour—the Coloured Stereotype in South African Literature* (Leiden, 1981), p. 137.

24. Vladimir Klima, et al., "The Literature of South Africa', *Black Africa—Literature and Language* (London, Hurst, 1976).

25. Frantz Fanon, Concerning Violence', *Wretched of the Earth* p. 29.

26. Alex La Guma, *Quartet*, (London, Heinemann, 1963) p. 33-38.

27. Alex La Guma, *A Walk in the Night and Other Stories* (Ibadan, Mbari Publications (1962), p. 28.

28. Vladimir Klima *et al*, 'The Writer in Modni Africa', *Black Africa —Literature and Language* (Hurst, London, 1976).

29. F.R. Karl, *The Contemporary English Novel* (London, 1963), pp. 159-160.

30 Vladimir Klima *et al.*, 'The Writer in Modern Africa', *Black Africa —Literature and Language* (London, Hurst, 1976).

31. Nadine Gordimer 'The Black Interpreters,' *Tasks and Masks—Themes and styles of African Literature*—Lewis Nkosi. (Longman, 1981), p. 78.

32. Christopher Heywood, ed. *Aspects of South African Literature* (Lodon, Heinemann, 1976), p. 90.

33. *Ibid.*, p. 89.

34. *Ibid.*, p. 90.

35. Arthur Gakwandi, *Novel and Contemporary Experience in Africa* (London, Heineman, 1977).

36. Nadine Gordimer, 'English Novel in South Aftica', *The Novel and the Nation* (Cape Town, 1960) p. 16.

37. Ezekiel Mphahlele, *The African Image* (London, 1962), p. 109.

38. G.D Killam, ed. *African Writers on African Writing*, (London, Heinemann, 1973) p. 36.

39. *Ibid.*, p. 36.

40. Lewis Nkosi, 'Home and Exile', *Aspects of South African Literature* ed. Christopher Heywood (London, Heinemann, 1976) p. 17.

41. Nadine Gordimer, 'The Novel and the Nation in South Afaica, 1967', *African Writers on African Writing* ed. G.D. Killam, London, Heinemann, 2973).

42. Nadine Gordimer, 'Writers in South Africa: The New Black Poets', *Exile and Tradition —Studies in African and Caribbean Literature*, ed. Rowland Smith, (1976).

43. Nadine Goadimer, 'English Language, Literature and Politics', *Aspects of South African Literature*, ed. Christopher Heywood (London, Heinemann, 1976), p. 116.

44. Claude Wauthier *The Literature and Thought of Modern Africa* (London, Heinemann, 1978).

45. Dennis Brutus, 'English and the Dydam:cs of South African Creative Writing', *English Literature—opening up the Canon*, ed. Leslie Fiedler and Houston A. Baker Jr. (London, 1981), p. 12.

46. J.A. Ramsaran, *New Approaches to African Literature* (Ibadan University Press, 1965), p. 35.

47. D.Lbe Nwoga, "The Limitations of Universal Critical 'Criteria: *Exile and Tradition—studies in African and Caribbean Literature.*

48. Nadine Gordimer and Lionel Abrahams ed., *Introduction to South African Writing Today* (Hammondsworth, Penguin Books, 1967), p. 13.

49. Cecil Abrahams, 'The Context of Black South African Literature', *World Literature Written in English* (WLWE), (Vol. 18, part I, 1979) p. 14.

50. Dennis Brutus, *Sirens, Knuckles, Boots* (Ibadan, Mbari Publications, 1963).

CHAPTER III

THE MAKING OF A NOVELIST: THE FIRST PHASE

AN ANALYSIS OF LA GUMAI'S FIRST THREE MAJOR NOVELS—'A WALK IN THE NIGHT', 'AND A THREEFOLD CORD' AND 'THE STONE COUNTRY'

I

In Search of Roots

> "The young man dropped from the trackless tram just before it stopped at Castle Bridge. He dropped off, ignoring the stream of late afternoon traffic rolling in from the suburbs, bobbed and ducked the cars and buses, the big rumbling delivery trucks, deaf to the shouts and curses of the drivers, and reached the pavement . . . . Around him the buzz and hum of voices and the growl of traffic blended into one solid mutter of sound which he only half heard, his thoughts concentrated upon the pustule of rage and humiliation that was continuing to ripen deep down within him".[1]

This passage from La Guma's novella, '*A Walk in the Night*', sets the tone of his work at the very outset. His environment mixes anonymity with the regimented inertia of people under a totalitarian regime. Michael Adonis his lost his job, having been sacked for arguing with the white foreman who had objected to his going to the lavatory. The novel opens with this rather frightening scene in which Michael recklessly jumps off a moving truck and throws himself in the middle of a busy street. He ignores the horns and the curses of the drivers and dodges through the traffic until he reaches the pavement. Here begins his evening of aimless walking from 'cafe to cafe', smoking cheap cigarettes, drinking cheap wine and quarrelling. Unemployment, unfairly inflicted by his white boss, becomes a catalyst for social and moral disaster. Adonis falls in with thugs, victims of this vicious system too and rapidly loses his self respect. In the dark tenement where he lives, half blind with disgust and self pity, he unintentionally kills a harmless old man, Doughty. Uncle Doughty is a 'human wreck' with the 'expression of a decrepit bloodhound'.[2] His head is 'almost bald, and wisps of dirty grey hair clung to the bony, pinkish skull like scrub clinging to eroded rock'.[3] Doughty is a broken down actor whose relationship with Michael arises out of his physical and spiritual decay, not out of a desire to communicate. This need did not exist when he was in his prime, 'touring England and Australia with Dame Clara Bright'.[4] Michael, full of his own troubles, calls Doughty 'an old white bastard and won't accept his claim that they are both victims of the system, 'just ghosts doomed to walk the night'.[5] There is an irony in his offer to recite the speech to Michael in exchange for a drink from his own bottle of port which Michael is tantalisingly keeping away from him; but the context of the speech offends Michael.

> "He broke off and grinned at Michael Adonis and them eyed the bottle. 'That's us, us, Michael, my boy. Just ghosts, doomed to walk the night. Shakespeare'. 'Bull', said Michael Adonis and took another swallow at the bottle. 'Who's a blerry ghost?' He scowled at the old man through a haze of red that swam in front of his eyes like thick oozing paint, distorting the ancient face starting up at him . . . . 'You old bastard'. Michael Adonis said angrily, 'can't a boy have a bloody piss without getting kicked in the backside by a lot of effing law?' . . . . The old

man tried to get up and Michael Adonis said 'Take your effing port', and struck out at the bony, blotched, sprouting skull, holding the bottle by the neck so that the wine solashed over his hand. The old man made a small, honking, animal noise and dropped back on the bed."[6]

Michael hits out at Doughty and kills him. Doughty becomes the focus of Michael's resentment against the whites which has been intensified that day by his dismissal and subsequent encounter with the policemen. What provokes Michael to this sudden, unmeditated act of violence is Doughty's halting recitation of the speech from Hamlet. Doughty is a representative of the Englishmen in South Africa. Once great, now in decline, no longer possessing a viable role, weak in its ugliness, trying to identify with the subservient elements in society who, accustomed to subordination, if faced with a change in relationship, may react dangerously and destructively, fuelled by their inner resentment. His attack on Doughty is a reaction against the society that dwarfs him and in its decrepit condition, seeks to identify with him. After his initial fear, he feels proud of what he has done. "He was suddenly pleased and proud of his own predicament. He felt as if he was the only man who had ever killed another and thought himself a curiosity at which people should wonder.

"He longed to be questioned about it, about the way he had felt when he had done it, about the impulse that had caused him to take the life of another . . . . The rights and wrongs that, to himself, placed him above others, like a poor beggar who suddenly found himself heir to vast riches".[7]

'Hardly has the second generation opened their eyes, than from then on the've seen their fathers being flogged. In psychiatric terms they are 'traumatised for life'. But these constantly renewed aggressions, far from bringing them to submission, thrust them into an unbearable contradiction which the European will pay for sooner or later . . . . You

> said, they understand nothing but violence? Of course. First, the only violence is the settlers' but soon they will make it their own, that is to say, the same violence is thrown back upon us as when our reflection comes forward to meet us when we go towards a mirror.[8]

Sartre's insight into the psychology of native violence is shown through Adonis' murder of Doughty.

La Guma spent his childhood in very close contact with the politics of apartheid and the resistance to it. Born to a leading figure in South African non-white liberation movement, Jimmy La Guma, Alex was raised in a politically conscious environment and likewise plotted a politically active course, a dangerous thing for a 'coloured' in South Africa. He grew up in District Six, a toughened 'militant'. He was persecuted and victimized for his crusade against racial inequality. As a young man, he joined the Communisty Party and became a member of its Cape Town District Committee upto 1950, when it was banned by the government. The authorities learned of his activities in 1955 when he helped organize the South African representatives who drew up the Freedom Charter, a declaration of Rights. Consequently, in 1956, along with 155 others, La Guma was arrested for treason and not released until after four years of prolonged harassment. Paradoxically, of all the black writers, who have suffered the most in the hands of the South African Government, La Guma has been longest on the receiving end. He was under house arrest in Cape Town for five years during the emergency period that followed the Sharpeville shoot out. Twice, under the ninety days and hundred and eighty days regulation, he was a target of the South African Secret Service. Finally, he was forced into exile in 1966 and stayed in London for a few years before leaving for Cuba as a representative of the African National Congress. He died in Cuba in 1985, a refugee from a troubled homeland.

His eventful life can be hardly separated from his life as a creative writer. Though his work was not allowed to be published in South Africa, in 1962, Mbari in Ibadan issued La Guma's first novella, '*A Walk in the Night*', perhaps the most poignant distillation of hostility between the black and the white. Here the black man's suffering and the white man's fears collide with irreconciliable ferocity. All other sentiments are subordinated to this collision. Acknowledging him as one of the finest writers in English, Adrian Roscoe in his '*Uhuru's fire-African Literature East to South*[9], refers to '*A Walk in the Night*' as La Guma's artistic starting point.

> "In La Guma, an artist's curiosity about the lives and foibles of his fellowmen combines with a deeply human care about their sufferings and afflictions."[10]

He has been associated with social realism—individuality, ambition, hope, optimism have all been throttled in La Guma's world.

The rhythm of life in District Six, Cape Town is one of violence and the incidents, the language and imagery of the novel are carefully chosen to give the reader a lasting impression of this harsh rhythm. All the bar-tenders, drunkards, loungers, sailors and labourers are, in some way or another, victims of the foul crimes of their society. Doughty, the old drunkard, speaks for numerous members of his society when he recites the words from Hamlet.

> "I am thy father's spirit, doomed for a certain time to walk the night . . . and . . . and for the day confined to fast in fires till the foul crimes done by my days of nature. . . . nature are burnt and purged away. . . . "[11]

The retired actor, who is dying of alcoholism, diabetes and old age, before he is finished off by Michael Adonis, has once been a famous man. Now he is left trapped in a derelict tenement waiting for death which comes even sooner than expected. The very description of his room gives it a deathly quality.

> "The room was as hot and airless as a newly opened tomb, and there was an old iron bed against one wall, covered

with unwashed bedding, and next to it a backless chair that served as a table on which stood a chipped ashtray full of cigarette butts and burnt matches, and a thick tumbler, sticky with the dregs of heavy red wine. A battered cupboard stood in a carner with a cracked, flyspotted mirror over it, and a small stack of dog eared books—gathering dust".[12]

And, as a complement to the deathly air, the inhabitant of the room looks like a ghost. When Doughty recalls the words of the ghost in Hamlet, he is recalling them for all the characters in the novel. All of them, in one way or another, experience the brutalities of the South African night, where in a life punctuated by violent encounters, imprisonment and murders, the characters live on. In an address which he delivered at a conference in Stockholm, La Guma said—

"What are the realities of South Africa ? When we sit down to write a book, I or any of my colleagues around me, we are as writers faced with the reality that 80 per cent of the population lives below the bread line standard; we are faced with the reality that the average population of prisoners in South African prisons amounts to 70,000 persons. We are faced with the reality that half the non-white people who died last year were below the age of five years. These are the realities. Even if we want to ignore these gruesome details and think in terms of culture and art in South Africa, we are faced with the fact that in South Africa today people are not allowed to develop their minds along the lines which they prefer."[13]

Michael Adonis is aware of the fundamental injustice of a life where to be coloured is to commit a crime against oneself. Adonis knows that the law exists 'to kick us poor brown bastards around'. When the policemen first approach him outside the pub, we have evidence of La Guma carefully building up the physical details to characterise the environment in which the action takes place.

"They had hard frozen faces, as if carved out of pink ice, and hard, dispassionate eyes, hard and bright as pieces of blue glass. They strolled slowly and determinedly side by side without moving off their course cutting a path through the stream on the pavement like destroyers at sea."[14]

They ask him for his 'dagga', the most conventional symbol in South African literature of moral weakness, of a tendency to corruption and at the end of the story we see Michael succumbing to it, thus abandoning his delicate hold on respectability. The policemen push past him and he stands there, 'and deep down inside him the feeling of rage, frustration and violence swelled like a boil, knotted with pain.'[15]

The background against which the events are narrated suggests an atmosphere that is hostile to the well being of man. The tenements of the coloured community in the Cape Town are the main scene of action and it is the physical disintegration of the buildings, the filth and dampness which surrounds them as well as the scavenging insects which inhabit the dark corners that give the life in these tenements its special character. This physical violence and decay of the whole area becomes the objective corelative of the moral and social disintegration of the South African society. For example, the effective use of the description of the street as Michael Adonis walks through it:

"He turned down another street, away from the artificial glare of Hanover, between stretches of damp, battered houses with their broken ribs of front railings; cracked walls and high tenements that rose like the left-overs of a bombed area in the twilight; vacant lots and weed grown patches where houses had once stood, and deep doorways resembling the entrances to deserted castles. There were children playing in the street, darting among the over-flowing dustbins and shooting at each other with wooden guns. In some of the doorways, people sat or stood, murmuring idly in the fast fading light like wasted ghosts in a plague ridden city."[16]
The cumulative images of violence, sickness and war are used to emphasise the material discomfort and harshness of the environment in which the people live.

After Doughty's murder, Adonis takes refuge in his own room. Meanwhile, Willieboy, a petty criminal, aimless, worthless, a young thug who has spent a major part of his life in a reformatory, is heading towards Adonis' tenement for 'a couple of bobs'. After knocking at Michael's door in vain, he tries a hand at Doughty's and discovers his corpse. He shouts and slams the door and is seen by a woman who has gone to get water from the community tap at the end of the corridor. He escapes.

Michael Adonis, too, leaves the tenement shortly after by a back window, because by this time a crowd has gathered at the entrance. He is seen by three gangsters as he flits up a dark alleyway. He spends most of the evening dodging and resisting the urgings of the petty criminals who want to assign 'jobs' to him. Before the night is over, he has succumbed and steps into the petty underworld, emerging from the club with his new comrades to 'pull' his first 'job'.

Like all other African people in District Six, Willieboy is trapped in this ghetto. There is no question of innocence or guilt, justice or injustice in this arbitrary, hostile environment. He has not killed but is being chased by two white policemen because he was seen running out of tenement room in which Doughty had been killed. Willieboy had never harmed a fly—he was just a frightened boy.

Willieboy is a person with no identity.

> "He was aware of his inferiority. All his youthful life he had cherished dreams of becoming a big shot. He had seen others rise to some sort of power in the confined underworld of this district and found himself left behind... he was always aware of his inadequacy, of moving unnoticed in the mob.[17]

Shame and fear had split up his character and make his inmost self fall to pieces. He rejected work contemptously and in his only direct encounter with Michael Adonis, we see the latter wondering and resenting a fellow who was able to; 'take life soeasy'.

"For when you domesticate a member of our own species, you reduce his output...Beaten, undernourished, ill, terrified: ...he has whether he's black, yellow or white, always the same traits of character'; he's a sly boots, a lazybones and a thief who lives on nothing and who understands only violence."[18]

Michael regards himself as committed to the conventional struggle for existence on the only legitimate terms the society has to offer while Willieboy is cut off from any sort of social pattern. He does not belong to that society, he does not recognise its existence. The nature of his death at the end of the novel is of major significance. After he has been shot twice in the chest, he is thrust rudely into the back of the police van to be taken to the police station. As he lies bleeding, Raalt insists on stopping for cigarettes and a coke at the cafe of the Portugues where Willieboy and Michael had first encountered each other at the beginning of the evening. Most of Willieboy's delirium is conveyed as flashbacks to a sort of deprived childhood but he has a couple of moments of clarity as well. The first of these occurs when the van stops at the cafe.

"In the back of the van Willieboy had come to with a small jolt the stopping had made. He awoke with the faint smell of petrol and carbon monoxide in his nostrils. It made him retch again and he shook until the retching turned to weeping and he cried, the sobs wrenching at him, jerking the pain through his abdonmen. He reached down to where the pain was worse and felt the wet stickiness of his clothes and then the bleeding mouth of the wound where the bullet had torn through him, smashing into his insides. Then he seemed to realise for the first time what had happened to him. 'Help! Oh God, help me! Oh Mamma, Oh Mamma, Oh Lord, Save me, Save me, I'm dying, I'm dying."[19]

The qualities of youth, defencelessness predominate in the description. However, his very last words, 'they're always kicking a poor bastard around', is a political statement indicative of a final awareness of the nature of life at the moment of death;

its validity is confirmed by the loudness and clarity with which it is enunciated.

There is a striking parallel between Guma's Willieboy and Rive's as is portyard in *'African Song: District Six'*.[20] Richard Rive's Willieboy is a victim of the cramping life style and human agony of the oppressed black population in Disirict Six. His 'shattered ego' demanded compensation.

> "Willieboy wanted action, wanted to sense the feeling of bone crushing under hard iron, of warm blood washing away all his muddled fears, or to compensate for his crushed feelings, his humiliation. To hurt not only for the sake of hurting but as compensation."[21]

> Criminality and amorality in his character have stemmed from a feeling of deprivation. In a society where one group is faceless, a criminal action gives corporate stature to anyone who has the courage to do it. Willieboy felt a curious satisfaction at seeing the fear in her eyes, felt like playing with her, tortuing her, paying Janesy back...To bully an old coloured woman who offered less resistance than a white policeman. To knock hell out of her."[22]

Rive's Willieboy, here, harbours the same feelings that Guma's Adonis does; having accidentally and gratuitously committed a crime, he feels equal and superior to the gangsters throughout the night. Inwardly, he has achieved his identity. This search for identification through criminality is the highest point of alienation experienced by the characters. "To be other, to want to identify with the group which oppresses and which is hated, is certainly one of the most paradoxial effects of the play of the larger society upon the smaller."[23]

Guma's Willieboy, on the other hand, is a dreamer—a man who 'dreams of becoming a big shot'. His stifled impulses and desires had bred in him a spirit of inferiority—an inability to strike out and hold even against a society which had left him far behind. He sought to get rid of his anonymity by affecting a 'slouch'; by wearing gaudy shirts and peg bottomed trousers; by brushing his hair 'into a flamboyant peak'. "He had been thinking of piercing one ear and decorating it with a gold ring."[24]

The frustrations of Rive's Willieboy, did not crystallise into violence. He sunk into his futureless existence without a struggle. "He remained something less than non-descript, part of the blurred face of the crow, inconspicous as a smudge on a grimy wall.[25] He is an anti-social character, unlike Adonis who has attempted to live as a societal creature but has been thwarted in his efforts by the hostility of his white employers. He refuses to work because, 'where does it get you?' he feels. Willieboy has lived his entire life in alienation and undergoes final, total alienation when he is hunted down and shot by the larger society which had brought his original alienation.

The world of the whites thus plays a powerful role in the novel. It controls the destinies of the main characters and controls the very movement of District Six, their immediate ambience. Here the police are the hunters and they exercise an unremitting control over the native areas. Police constable Raalt is perhaps the most sharply drawn figure in the novel. He is a dehumanized instrument of supremacy and terror. Raalt is frustrated by nights of boredom, of driving around on patrol, armed to the teeth, without locating the enemy. He is obsessed with his wife's unfaithfulness and wants a cushion to absorb his anger against the failure of his marriage. His wife has grown dull and boring and no longer cares for him. What Raalt would really like to do is 'wring her bloody neck' but is afraid of the consequences. She is a white woman. Raalt is therefore compelled to transfer his aggression to the non-whites, the necks of whom he can wring without any fear of consequences. "I wish something would happen", he says, "I'd like to lay my hands on one of those bushmen bastards and wring his bloody neck"[62] And, with this compulsive urge, he terrorises non-whites in the bars and on the roads until the discovery of Doughty's corpse gives him the opportunity. His enquiries are rough and hurried. As soon as he learns that there was a man in a yellow shirt who ran out of the corrider of Doughty's tenement, he decides to get hold of any coloured in a yellow shirt. He embarks on the chase with brutal efficiency and does not rest until he has shot Willieboy dead. He thinks only of unleashing his pent up anger against the blacks and carelessly allows Willieboy to die while he indolently goes off to buy himself a packet of cigarettes. "Thus, Raalt is in the paradoxical situation of having to protect and enforce an order in the outer world, while his inner life is in a state of turmoil and chaos."[27] The other police officer, a young constable, is totally imbued with a sense of superiority vis-a-vis the natives. Raalt's behaviour towards the coloured people ruffles his 'benevolent paternalism' as he feels that it would lower the image of whites in the eyes of the blacks, but at the same time he believes that coloured people should be trained like dogs to have respect for you. He is willing to wound but afraid to strike.

The way Raalt, Adonis and Willieboy live through the evening shows parallel transfers of aggression. All these characters are victims of a system that denies them the facility of living in harmony with fellow human beings and their frustration finds release in acts of violence against weaker members of their society. Michael Adonis' life has been one of constant deprivation and frustration; he has been rejected by the society. Willieboy's antisocial attitudes is a results of his brutal upbringing and the harshness of the society around him. His philosophy of life borders on the nihilistic. He is friendless, lacks affection, part of the 'massed nonentity' let loose in the world. When he is shot by Constable Raalt and is breathing his last, he can only recall the drunken brutality and the careless disregard of his mother.

> "His father's leather belt crashed against the sides of the van and snapped through the air, its sharp edge ripping at his legs and buttocks, the pain jumping through him. Once his mother woke up and turning her head shouted at him to stop complaining."[28]

Their failure to see themselves as an integralpart of any community is their plight to which the novel suggests no solution.

> "The trapped quality of life in the unreal, self imposed white world is a topic on which Julian Becker, Nadine Gordimer and Dan Jacobson, all dwell; and the paradox in the picture they present is that a sense of alienation grows out of the superiority which the English speaking middle class professes either because of its borrowed customs or because it dissociates itself from its soradid surroundings. One of the most liberating effects of escape into the metropolitan world is the ability to be ordinary or annoymous."[29]

This explains the sense of doom that pervades the novel. It is also a part of the overall design of the novel that there should be no resolution at the end. We are not interested in the life of one individual but in the life of many individuals whose connection is that they are oppressed by the same system. The author makes the lives of these characters cross accidentally but after they do, each goes his own way to lead his own different life. They all remain lonely walkers in the night. Randomness, bringing together isolated lives and then quickly spinning them apart, forms the fabric of the story. La guma seems to suggest that life's randomness directly results from the urban environment. The first few pages of '*A Walk in the Night*' evoke the impersonal, anonymous feeling of the streets of Cape Town as Adonis alights from the train—part of the city, yet alienated from it. Cape Town is a Western City without the driving energy, hope, optimism, individuality, that characterises a metropolis. Here everyone is a victim of grim urban impersonality combined with totalitarian repression. Without pathos, La Guma creates a powerful impression of that rhythm of violence which characterises South African life.

The inescapable implication is that, in La Guma, there is a right kind of literary response to the South African reality. The episodic and disjointed character of the plot is part of the author's means of emphasising the separateness of groups and individuals within the society. This device of multiple sub plots sometimes threatens narrative continuity by giving the impression of arbitrariness as the author tries to keep our attention simultaneously over a number of episodes which at first seem unrelated. But the brevity of the work coupled with the vigour and pace of narration ensure that there is no structural impasse.

La Guma's characters occupy a narrow range of experience; no great range of individuality is presented within the monochrome world of their existence, in terms of motives or aspirations, though their behaviour may sometimes be bizarre and cratic. For his characters, fulfilment seems the great impossibi-idiosynlity. It never enters their mind except as a fleeting day dream and when it does, it takes on an interesting form.

> "You ought to get yourself a goose, he thought. You have been messing around too long. You ought to get married and have a family, may be you ought to try that goose you meet downstairs. Her? Bedonered, when I take a girl, she's got to be nice. Pretty nice. With soft hair you can run your hands through and skin so you can feel how soft her cheeks are and you'd come home every night mos and she'd have your diet ready and Friday nights you'd hand over your pay packet and she'd give you your pocket money... Then he sat bolt upright as a women screamed in the corridor outside and the thought that jumped into his mind was 'O God they found that old bastard."[30]

Given the social and economic content of his day dream, it is fascinating and ironic. For '*A Walk in the Night*' is a novel about coloured slum dwellers in an area of depression where inhabitants are continually on the receiving end of the varied brutalities build into the South African political system. The actual content of the vision is anyway beyond the furthest reach of probability but that it comes to him immediately after he has committed the murder is equalled by ironic appropriateness only by its interruption through the discovery of that murder. His daydream of getting married and gaining respectability in society, fulfilment and pleasure, weigh down ironically on us as the very same system which he envisions to join has stripped him of his job and forced him to coopt into thuggery. He realises the impossibility of his dream in his sub-concious but indulges in abstract thought as any normal human would, especially a man caught up within the limitations imposed by the set up and the aspirations and feelings inherent in his nature.

All characters of La Guma share the same physical reality and the economic and political repercussions of this noxious reality. Each one of them is in a state of reaction against the antagonistic set up. Take for instance the insignificant watchman who stands an guard at a sea man's brothel.

> "The lookout in front of the house halfway up an alley way . . . was an old decrepit ghost of a man that sat in a ruined grass chair beside the doorway—ghost of darkness. , . . He nursed a sort of pride in his position as the look-out for a bawdy house, a position which raised him a dubious degree out of the morass into which the dependent poor had been trodden."[31]

Significantly, the images surrounding the old man are natural and physical—"decrepit ghost", "ruined grass chair", "Morass". Though he is part of the set up, his relationship to it is far from pleasant—"his purpose in life seems to be to distinguish himself from his all absorbent environment."[32] Guma's shaped phrases and arresting similes strike the image home with a vivid variety—"The old eyes were dull and damp as pieces of gravel in a gutter". The realistic dehumanisation of people proceeds with startling inevitability.

The gangsters function as a sort of refrain to the action of the book; they appear on almost every significant occasion—in the cafe where Adonis goes after work, next in the pub, then to Willieboy on his way to Adonis' home; they see Michael escape, then they meet him again in the Indian Cafe where he goes after the murder and where he finally capitulates to their insistent desire for him to join them. Each time they appear to be searching for Sockies who exists as a shadowy, invisible figure.

In a Guma's society, moral action is defensive and passive rather than active and assertive. That, however, does not rule out the element of moral dialectic inserted in his plot. This is adumbrated through the saintly character of Joe.

> "Nobody new where he came from or anything about him. He just seemed to have happened, appearing in the district like a cockroach emerging through a floorboard. Most of the time he wandered around the harbour gathering fish discarded by fishermen and anglers, or along the beaches of the coast, picking limpets and mussles. He had a strange passion for things that came from the sea".[33]

His personal orientation is away from the society of District Six towards a force which is a symbolic embodiment of affirmation against the negation and chaos that prevails in the lives of the land dwellers. Away from the madness and inhumanity of the city life, Joe seeks spiritual refreshment in the mysterious sea life. It is the lonely beauty of the sea that is crucial to Joe, for it provides a respite from human ugliness, moral depravity, repression and squalor of the city and a milieu where he can meditate and breathe in the unspoilt beauty of nature and soothe his frayed nerves.

> "Those creaming waves battering against the granite citadels of rock are a figure for the positive forces of humanity struggling endlessly as Joe's people and La Guma's are, against the craggy white citadel that seems invincible. The image speaks less of despair than of a long, relentless struggle—no easy victories, no quick solutions. It gets a measure of optimism from being couched in so much beauty and life."[34]

There is an element of gloom in Joe's observation that 'they're going to make the beaches so only white people can go there'.[35] The terror is everpresent in its hostile advances. Joe represents that society which seeks moral regeneration yet feels threatened by the larger society that seeks its total absorption, seeks to suck its very marrow and matter.

Throughout the story, the question that drowns all is the question of survival. There is no solution imposed and each character has his own answer. Willieboy has tried hard but after an existence of complete deprivation, is finally shot like a dog and left to die in the back of a van. Mike falls in with the criminals—from alienation he moves on to moral anomymity. Joe, however, serves as a light in the moral darkness of the book. He rejects the society and chooses to live in close harmony with nature, haunting the open places near the sea and 'braving the urban maelstorm' rarely. He is bereft; the system has taken away his entire family, brothers, sisters, father, mother. Yet he is morally superb in turning down Adonis' criminal solution to problems—"like I said, we all got troubles . . . . I got nothing. No house. No people, No place. May be that's troubles. Don't I say."[36]

In his second encounter with Joe, Michael has already committed the murder and commenced the life of existential despair. They meet in an Indian cafe—Michael's sense of homelessness, of not having a resting place in the matrix of human realtions, draws him to Joe. Adonis headed for the cafe 'like a lost ship sighting port of land for the first time after a long and hopeless voyage'.[37] This metaphorical association with the sea indicates the level of identification with Joe who loves the sea. There, in the cafe, Michael faces his most specific temptation. 'You feel like doing something with us?', Foxy asked Adonis. They ignored Joe and his 'ragged' self. In this confrontation between good and evil, the appearance of the character who symbolises 'good' is so ragged that he is utterly disregarded by the criminals. When they leave, Joe warns Michael against joining league with the gang. Adonis' guilty indecision and Joe's eager but helpless inarticulacy is well brought out.

"please Mike, I'm your pal. A man's got a right to look after another man. Jesus, is n't we all people?"[38]

Joe's vocabularly is littered with casual expletives which are a virtual invocation of God—'Jesus' used twice and 'christ' once—Joe's prayerful wish to save Michael from evil and damnation. In contrast,—Michael uses the world 'hell' thrice in the very same scene. We knows, somehow, that time is running out for Mike and offers him the chance of salvation but Mike is unwilling and unable to acceps this opportunity. "Go to hell. Leave me alone", he says. He cannot escape the conseqences of his act and seeks isolation as his ultimate solace—the classic situation of the damaned'.[39] Even within a society founded on immoral standards, a criminal act alienates the doer from the society. The society breeds suspicion and suspicion, by its very nature, prohibits and forestalls deep relationships, breaks communities. It also brings about alienation.

La Guma's characters are subordinate to his physical description. The terror and agony of his characters are rather felt through his finely drawn social settings and minute details; this concentration on external forces occurs at the expense of individual characterisation. He has this naturalistic bent to portray the sound and the taste of objects and landscapes. This imposes certain limitations on him since he is more concerned with the censure of the society on the individual rather than what the individual is or can become in society. To an extent then, his character in '*A Walk in the Night*' are trapped in a vicious maelstorm, paralysed by forces which dehumanize them.

'*A Walk in the Niget*', set in District Six, evokes the world of stale smells, grease and dirt. This world is seen at its worst in Adonis' tenement—filthy, broken down, with dustbins lining the street.

> "Once long ago, it had a certain kind of dignity, almost beauty, but now the decorative Victorian Plaster around the wide doorway was chipped and broken and blackened with generations of grime. The floor of the entrance was flagged with white and black slabs in the pattern of a draught board, but the tramp of untold feet and the accumulation of dust and grease and ash had blurred the squares so that now it had taken on the appearance of a

> kind of loathsome skin disease. A row of dustbins lined one side of the entrance and exhaled the smell of rotten fruit, stale food, stagnant water and general decay. A cat, the colour of dishwater, was trying to paw the remains of a fisn head from one of the bins".[40]

Over everything is a pervasive mood of depression, brutality and hopelessness which inevitably affects the people who live there. They, too, are depressed, brutal and hopeless. "Willieboy climbed up the worn, sticky staircase into a crescendo of boogie/woogie, past the stark corridors with their dead ends of latrines staring back like hopeless futures."[41] This squalor depicts the social and human decay which is South Africa.

> "The staircase was worn and blackened, the old oak banister loose and scarred. Naked bulbs wherever the light sockets were in working order, cast a pallid glare over parts of the interior, lighting up the big patches of damp and mildew, and the maps of denuded sections on the walls. Somewhere upstairs, a radio was playing Latin Amercian Music, Bongos and Maracas throbbing softly through the smells of ancient cooking, urine damrot and stale tobacco. A baby waited with the tortured sound of gripe and malnutrition and a man's voice rose in hysterical laughter. Footsteps thudded and water rushed down a pipe in a muted roar."[42]

This is a typical piece of his writing, in both purpose and content—the essence of the system can be sensed through the unimportant details of the environment—the physical dilapidated state of buildings, the gurggling of drains, patches of damp and mildew, the sound of the baby crying (probably identified as the sound of malnutrition).

Franky Lorenzo (an inhabitant of the tenement) is a man perverted by his surroundings. He is poor, rarely has enough to make both ends meet, yet has a large family and shows no inclination to put a stop to it. He voices his predicament when he says, 'they say mos its us poor people's riches. You got no food in your guts and got no food for your children, but you're rich with them. The rich people got money but they got one, two kids. They got enough to feed ten, twenty children and they have one or two. We haven't got even enough for one kid and we make eight, nine—one a year. Jesus".[43] The poverty that assails him has tightened the noose around his head. He feels dehumanized, degraded—the very act of fathering a child every year could be seen as a futile reassertion of his self—a striving for manhood.

Apartheid—it brings about fear, degradation, disgust, anger, untold states of emotional upheavel and a deep sense of alienation. In his role where he attempts to cater to the establishment, he carries out his duties with excessive alacrity, with inhumanity to his own kind. His predicament is the worst—he is caught in the clutches of the society; despised by the whites and hated by the blacks. Such men are goaded on, by a sense of inferiority, into brutal action against their own men. John Abrahams, in '*A Walk in the Night*' is a character who is trying to 'salvage some of the disintegrating sense of importance'.[44] He cohabits with the oppressors by relating to them the incident of Willieboy's escape into the dark night after supposedly murdering Doughty. Abrahams ignores the pointed hostility of the blacks and carries on. "Well, we must cooperate with the law, don't I say'.

This so-called 'law' has meticulously divided the population into a variety of racial groupings. What emerges as an incidental detail is that while there are some blacks who try to ally themselves with the whites so that some of the latter's superiority may rub off on them, the whites see all non-whites as simply blacks. All non-whites are in the same boat or as one of his characters says in '*The Gladiators*'[45] '*We all get kicked in the arse the same*'.

The squalor is all pervading in the cave' too. "Constable Raalt pushed open the door and climbed a flight of chipped cement steps littered with cigarette butts, burnt out matches and rubbish left by the nebulous community of loungers and hangers on who frequented the club upstairs. At the top of steps was a brown blistered door".[46]

Images of dust and filth punctuate the narrative at suitable moments. The sordid arrangements at the cafe and the grossness of the crowd collected there make their own point about life for the Republic's non-whites. A characteristic accumulation of small physical details is a realistic technique to depict the conditions of monotonous and overbearing poverty in which they exist. The shady, depressing, hopeless world of District Six is authenticated by the description of the author and his idioms.

Most of La Guma's characters are violent. In the case of the blacks, the violence is mostly internal and finds little overt expression except against themselves and their fellow blacks. Only occasionally do the blacks hurl themselves against the barries that cage them in as Adonis does when he kills the Irishman. The situation recalls that of the Indian Mother, in 'Coffee for the Road',[17] who flings a coffee flask at a Boer female because the white woman refused to serve her coffee and insulted her. The violence in La Guma's white characters, on the other hand, finds expression readily by means of the grim force and obscenties.

"They hate us but I don't give a bloody hell about them anyway and no hotnot bastard gets away with murder on my patrol; yellow shirt and kinky hair, a real hotnot and I'll get him even if I have to gather in every black bastard wearing a yellow shirt."[18]

La Guma's preferred mode of physical description emphasises facial characteristics, especially eyes. In the book we find 'soft brown eyes of a dog', 'eyes as brown and alert as cockroaches' 'old eyes...dull and damp as pieces of gravel in a gutter', 'small dark eyes like two discoloured patches in brown sandstone', 'flat grey eyes, under the gingerish eyebrows, hard and expressionless as the end of pieces of lead pipe, pointed at them', 'eyes like pieces of grey metal'; 'eyes...hard and grey, like two rough pebbles in the earth'. The analogy is always sharp and apt—arresting as well as functional. The force of his social protest gains momentum from his graphic discription of the physiognomies of his characters. His description of a gangster—'He had a brown, bony face with knobby cheekbones, hollow cheeks and a bony ridged jawline, all giving him a scrofulous look,"[49] is realistic and suggests violence held in leash.

The physical and spiritual decay of Doughty is wrought out beautifully. Doughty is a broken down actor and through his discription, La Guma tries to establish a relationship between Doughty and the English culture. However, nowhere is the appearance so much of a mirror as is in the case of white policemen. Each is a highly representative figure. Their hard, metallic faces reinforce their claim of being executors of the legalities built into the South African system, in the world of apartheid. The police is a constant motif in La Guma's literature and is drawn by him very unsympathetically. He seems to be the hunter, seeking out and destroying his prey.

Joe was introduced in a manner that became a favoured mode.

> "Joe was short and his face had an ageless quality about it under the grime, like something valuable forgotten in a junk shop. He had the soft brown eyes of a dog and he smelled of a mixture of sweat, slept in clothes and seaweed... Nobody knew where Joe came from, or anything about him. He just seemed to have happened, appearing in the District like a cockroach emerging through a floorboard."[50]

The cockroach image occurs repeatedly in this novel. It is a sharp and unpleasant image, probably employed by a Guma to reflect the decaying and deathly environment.

> "From a crack under the skirting-board in a dark room a cockroach emerged cautiously, feeling through the gloom

with its antennae, the fine hairlike wands waving this way and that, searching for an obstruction...It encountered some stickness and it tasted the mixture of spilled liquor and vomit on the floor of the room of the slain old man. The old man's body had been removed earlier and the room locked by the police and now the cockroach was alone in it, with the smell of decay and death."[51]

That single image is enough to evoke the world they live in and the feel of it. La Guma's artistry reveals itself through minute details of this sort, 'the merest brushstroke that triggers a response to the whole social system'.

La Guma's language further serves to define and illustrate the lowly position of the poor. His exploitation of 'the peculiar language of the 'coloured' serves to strengthen the finely drawn and naturalistic social setting. Words and slangs frequently used in the novel are—baas; bedonerd (crazy); bliksem (miscreant); mos (just); hotnot (hottentot); donder (Wretch); ou baas (old master); volk (people); juba (a chap); ednjee (a cigarette stub); blerrie (bloody); rooker (gangster): bokkie (girl friend). The language of La Guma defines his characters in terms of their social setting, their education, their morality.

District Six, Cape Town, with its varied population of whites, blacks, Indians and coloureds, is a dirty place but a place teeming with life. His characters are all isolated elements in this atmosphere which will eventually devour them. He presents a landscape of annihilation without being maudlin. In his 'whirlpool world of poverty, petty crime and violence,'[52] his characters have been reduced to non-descript entities which makes them easy prey to 'a life which specialises in finding scapegoats for anything that strays it from its dreary course.'[53] They need stimulants to 'weld, the reams of the broken armour' and bring about the bravado that is necessary in this struggle against irrespressible forces out to annihilate them. Drink (alcohol) furnishes as an intoxicant for Adonis when he is plunged into unmeasurable sorrow, soon after being sacked from his job. Willieboy seeks similar 'dutch courage' in an inn and in a fit of bravado strikes out at the young white men whom he claims were 'messing around with our girls.' These oppressed creatures need support against the "crushing burdens of their insignificant lives."[54] "The native is being hemmed in; apartheid is simply one form of the division into compartments of the colonial world. The first thing which the native learns is to stay in his place and not to go beyond certain limits. This is why the dreams of the native are always of muscular prowess; his dreams are of action and of aggression."[55]

> "Okay trouble shooter, you're a mighty tough hombie. Fastest man in Tuscon,' until he saw the swing doors behind him open and Foxy and the two youths in the tropical suits came in to wipe the fantasy away."[56]

The reality is bitter, a constant awareness of one's ineffectuality in the face of increasing provocation.

The story's final paragraph strikes a note of dim hope. Franky Lorenzo's wife is lying awake in the night. 'Waiting for the dawn and feeling the knot of life within her.'[57] This image of hope, of newness, is however dimmed by the realisation of the state of affairs prevalent in the society and the accompanying horror at the prospect of this new human being 'born into a system which will hound him from cradle to grave because he is the wrong colour.'[58]

"Cry, the beloved country, for the unborn child that is the inheritor of our fear. Let him not love the earth too deeply. Let him not laugh too gladly when the water runs through his fingers nor stand too silent when the setting sun makes red the veld with fire. Let him not be too moved when birds of his land are singing, nor give too much of his heart to a mountain or a valley. For fear will rob him of all if he gives too much."[59]

II

AND A THREEFOLD CORD

'Genocide is not necessarily a process of instant mass extermination', La Guma contended in his introduction to

'Apartheid: a collection of writings on South African racism by South Africans.'[60] It can be a slow, extended process in an environment of shanties, cramped concrete huts, deplorable surroundings—in a world where racism is brutally and unashamedly enforced.

Written in 1963, during the author's house arrest, 'And a Threefold Cord,' La Guma's first full-length novel, deals with events in a ghetto on the periphery of Cape Town. The community is depicted through the story of one family, the Pauls and we follow them in their struggle to keep alive. An in his earlier novella, 'A Walk in the Night', La Guma recreates here his early life in South Africa and the formative power of his environment; an enlargement of the principal motifs of criminality and communality. Set in one of the outlying shanty towns, junk and dirt conjoin with the wet and dreary atmosphere of a Cape winter and against these hostile elements, La Guma celebrates the power of a fringe community to hold together. The protogonist, Charlie Pauls, is able to withstand tragedy as his burden is lightened by communality. The reiteration of the message that 'people can't stand up to the world alone, they got to be together,' runs through the novel.

In South Africa, though the writer has not gone through the same process of cultural repatriation from Europe as West Africa has, direct confrontation with white supremacy has been more bloody and traumatic. Turning away from an externally direct propaganda to an exposition of the African society, its institutions and its ideals, the writer in South Africa is introspective in his art. It is indeed difficult to separate La Guma's novel 'And a Threefold Cord' from his life and the circumstance of its writing. The elements that bind his art together are powerful and skilful leading to an essential social truth. They become the revelation of the discriminatoin that constitutes the system. The social truth which La Guma provides is very closely linked with the reality of the situation that provides its data. Yet it is not a mirror—it is art that alchemises event into a statement. It is the skill of the novelist that takes the character and sets him into that context which makes him expose the universals of human experience.

Obviously, Charlie is an heir to Michael Adonis of 'A Walk in the Night.' We have a picture of man as a victim; he suffers against his will because he can do nothing to avert the suffering. Although the victim does not die in the struggle, the crisis is onerous enough. "Charlie was tall and had the big shoulders and chest of a man who had worked for years with a pick and a shovel and the muscles of his body bunched and knotted under the old khaki shirt...But for all his strength, he felt weak and abandoned."[61]

The Pauls family live on the edge of Cape Town, without electricity or adequate drainage, constantly fighting the misery of winter, splashing through mud and darkness on their way to and from work, fighting to repair roofs that always leak and struggling to keep warm. As in his earlier work, his style is characterised by graphic description, a careful evocation of atmosphere and mood. The refuse pit mirrors the condition of the whole suburb.

> "The rubbish dump along the edge of the settlement is a favourite playground of the children. They can climb dunes of soggy paper and rags and clamber over the jungle gyms of rusting iron, see-saw on lengths of decaying and slippery flotsam, breathing the air of disease dotted with flies like currents in a pudding."[62]

In the detailed and minute description, capturing the tiny essentials of each scene, 'And a Threefold Cord' reflects the sylistic devices adopted in 'A Walk in the Night' where District Six, an urban area with its multifarious, quick-moving life, is characterised by harsh noises, smells of decay and dinginess. The characters live in fetid, decaying tenements and the squalor flows over the inhabitants of the appalling landscape. However, in 'And a Threefold Cord,' the characterisation differs in so much as the people are not a random assortment who walk through the night but it is the playing out of a whole family whose fortunes are pursued through the novel. The characters possess the powers of adjustment, cooperation, of sensing proportion; they unite in adversity:

The family unit is intact from the very outset. Dad Pauls is very ill; Caroline is expecting a child; Ronald is a Petulant, angry young man, Charlie optimistic, kind and jovial. The family struggles against fearful odds to achieve some kind of articulation of their problems. Ma Pauls is strong and resistant and toiling hard, manages to keep the family together, relatively happy. The overt poverty of their immediate surroundings, the 'numerous crevices' in the house, the 'worn gritty floor', the 'cardboard ceiling,' the 'musty smell,' the 'chipped enamelled plates,' the 'blackened utensils,' the 'ramshackle room'—is the author's expression and reiteration of the deprivation inherent in the world of the Pauls, and through it, the larger world. This is the dark reality of the native South Africa and the individual has got to learn to live in the midst of filth and squalor and try to secure his own private salvation through endurance and ingenuity, Dad Pauls and Charlie had 'scavenged' and begged and stolen the material for building their house. They had dragged for miles the sheets of rusty 'corrugated iron' and pieces of cardboard, struggling against the hostility of the wind and the rain. They had built up a semblance of a house which had the 'precarious, delicately balanced appearance of a house of cards.'[63] In the cape winter, when the rains came pouring down, the roof started leaking and the whole neighbourhood became sodden and water-logged. The constant inimical falling rain which tears away at the shacks and at the lives of the people is a liet—motif of the novel. Unlike 'A Walk in the Night,' where time is recorded by the waxing and waning of daylight and the ever-decreasing crowds in the streets, in this novel, it is the rain which marks time as we progress. Charlie seeks to stem the leak with the help of a section of sheet metal borrowed from George Mostert, the lonely garage owner, and succeeds in a temporary repair. In the section dealing with Charlie's adept assessment of the situation and his effective manoeuvres to fix the roof imaginatively, one gets a real sense of Charlie's essential difference from the ordinary folk around, a sort of moral isolation and strength. In the world of Alex La Guma, traditional heroism is not possible. The man cannot change the conditions in which he is trapped. His 'heroism' is more ambivalent. He struggles against himself, against the pressures of society, against the hostile environment. We hear him telling Uncle Ben:

> "Is funny there got to be a lot of people like us, worrying about the blerry roof, everytime it rain, and there's other people don't have to worry a damn."[64]

However, by his stoic endurance, Charlie does achieve a kind of heroism. He successfully resists the tentacles of the police and holds his own in the grim set-up. But in the social and political life of the country, nothing changes. There is no hope of asserting his individuality in society and therefore no possibility of social heroism in the novel. Charlie remains anonymous, obscure and insignificant in the larger reality, yet his act of private rebellion against the system represents a significant departure from the moral retreat of Adonis in 'A Walk in the night.' Adonis' frustration and anger against the society finds exp ession in an unpremediated act of violence against a poor white derelict. Perhaps we can identify this gratuitous act with Ronny's 'bitter' murder of Suzy, a girl who has been unfaithful to him. He is apprehended by the police and jailed while Adonis escaped detection. As against the more obvious rage and frustration that governs the gestures and thoughts of Ronny, Lay Charlie's optimism as the expression of his inner strength, his defense machanism to resist complete ruin. However, when he instructively answers back to a policeman and then knocks him sprawling in the mud, we feel he has struck a blow at the whole regime. But violence, whether instructive or premeditated, is less canvassed than solidarity that is preached throughout. The central message of solidarity is sounded in the Biblical epigraph (Ecclesiastes) from which the title comes.

> "Two are better than one; because they have a good reward for their labour. For if they fall, the one will left up his fellow; but woe to him that is alone when he falleth; for he

> hath not another to help him up. Again, if two lie together, then they have heat, but how can one be warm alone? And if one prevail against him two shall withstand him: and A threefold cord is not quickly broken."[65]

In the slum where rhe Pauls live, communality and mutual succour under oppression, helps sustain humanity amidst brutality, murder, theft, illicit drink and dagga. The people cannot comprehened the system and its manifestations as do the characters in La Guma's later novels, where the capacity to understand the bitter reality enables them better to resist it. The book has no overt message, save the one of its Epigraph, from the Ecclesiastes, which gives the work its title, yet it is impossible to read the description of death, birth, crime, tragedy and brutality in these lower depths of South Africa, of the maggot infested rubbish dump, which is the Childrén's favourite playground and of the incessant struggle to keep the shacks standing together against the wind and rain, without acknowledging the protest which is the author's tour de force.

La Guma's appraisal of the agony of the South African blacks and coloureds is represented in a dramatic and symbolic situation in the novel in his account of a fly trapped in a cup. This scene immediately recalls that of a prison cat sadistically chasing a mouse in 'The stone country'. The fly becomes synonymous with the downtrodden black and coloured community In its desperate struggle for survival. We are given an insight into the gruesome struggle against the stifling, almost elemental, force of apartheid.

> 'The fly had overturned and was now drowning in the puddle of wine, its angled legs beating the air frantically, its wings trapped . . . Charlie reached out and wiped the fly off the box with the side of a hand. The fly fell on to the floor and lay in the darkness, struggling."[66]

The trapped humanity in the grip of the socially destructive forces of apartheid is projected through the struggle of the fly to escape from the morass. This latent impulse will be manifested in La Guma's subsequent novels—in George Adonis' defiance and Guns and Morgan's abortive midnight escape bid in 'The Stone Country', in Elias' indomitable resolve in, 'In the Fog of the Season's 'End' as also in Murile's perception that violence was the only redeemable solution to the problem in 'Time of the Butcherbird'. Even Adonis' murder of Doughty in 'A Walk in the Night' as much as Charlie's instrunctive but vengeful muder of the guard at the square in 'And a Threefold Cord' are manifestations of the dormat rebelliousness which was to characterise La Guma's later novels. 'And a Threefold Cord' is based on the premise that under the prevailing state of uncertainty, fear, the blacks and the coloureds can only survive the assault of apartheid by sheer force of will and collaborative efforts. The refrain rings out time and again. 'We all got to stand by each other', says Ma Pauls. Charlie, speaking to his uncle Ben, repeats what he had once heard, "if the poor people all got together and took everything in the whole blerry world, there wouldn't be poor no more[67]"; and further, "this rooker say, if all the stuff in the world was shared out among everybody, all would have enough to live nice. He reckoned people got to stick together to get this stuff."[68]

Although the primary function of the character is to reflect the present reality, La Guma also employs a more symbolic approach to character. This can be seen in the Drunk 'Ria' and George Mostert. George Mostert is a white and his isolation, his inability to form human relationships, his desperate life in an outmoded and crumbling petrol station, is contrasted to the living warmth of the shanty-town community. For him, the blacks occupying the shanties cross were 'a foreign people met only through ragged brown ambassadors who stopped by sometimes to beg for some useful rubbish or called a greeting on their way on some obscure mission.'[69] George expresses the spiritual impoverishment of the whites and the rigidity and conservatism of their outlook. There is an attempt at racial rapprochment when Charlie Pauls tries to befriend Mostert who has been left behind amidst poverty by by his erstwhile friends who have moved to prosperous white suburbs. Mostert has been deserted by his wife who has eloped with a used-car salesman. Failure has alienated him from his society and loneliness and depair has reduced him to a parody of a man. Listlessly he hangs around his service station, attending to the rare vehicles that stop by for servicing vainly clinging to his inherited myth of supremacy. 'He was trapped in his glass office by his own loneliness and a wretched pride in a false racial superiority . . . .'.[70] Like Doughty in 'A Walk in the Night', he is an outcaste ekeing out a sad and miserable existenced amidst people he sought to escape from. Yet, haltingly, against his will, he is drawn to the vital existence of the slum dwellers and longs to make contact with their society. Recklessly he accepts the invitation of Charile to join them on a Saturday night for a drink and feels like a man who has set out to undertake a 'desperate adventure; an explorer who had summoned up courage to enter a territory, not yet trodden by man'.[71] Mostert, thus, draws closer to making real contact with the township but fails because, ironically, a police raid interrupts his attempt. He prefers to go back and 'risk the sharp hooves of loneliness'. The futility of a conciliation is thus emphasised.

Doughty and Mostert are both projected as much victims of the system as their non-white neighbours. However, they do not strive to improve their means; on the contrary, they resign themselves, helplessly, to their condition. Onthe other hand, we admire the inhabitants of the township who retain their dignity and humanity amidst deprivation and hardship. In one scene we see Ma Pauls sitting in her rocking chair in the midst of squalor, asserting her humanity by singing to herself and reaching out to others, embracing the problems of her family and relatives. She faces the death of Dad Pauls with remarkable stoicism and dignity and as she rocks back and forth slowly in her sarrow, her strength reaches out and fortifies the other inhabitants of the room. Near her lies Freda, Charlie's girl friend who has just lost all her children in a fire.

La Guma emphasises the schism between the whites and the blacks as a psychological barrier that draws the individual within its folds and strengthens his inhibitions. Susie Meyer, in her vigorous attempt to seduce George Mostert, fails, as the latter, battling against his inclinations, turns her away—'One didn't go with coloured girls; it was against the law anyway.'[72]

The white man's counterpart, his link to the world of the natives, is the middle-man, the black who attempts to ingratiate himself with the larger society by becoming the agent of its brutality towards the smaller, In 'And a Threefold Cord', there are two African policemen who accompany constable Van Der Wood in his raids on the shanty town. Houses are broken into at all hours of the day ornight and occupants ordered to produce the relevant documents that permitted their stay in the area. Unceremoniously they barge into a native's house late at night and ask him for his pass. The man appeals to the African policeman in the vernacular to allow him to dress and as he is being led out for not possessing the pass, he looks up at his own countryman and says,

'Why do you do this brother? Why do you do this to your own people?'[73]

In this statement lies a wealth of anguish and incomprehension.

The whites and the black police act as one monolithic group. They come in the night, ripthings apart and leave. A group of policemen come upon the very dismal scene of the Pauls' daughter Caroline in childbirth as she is assisted by her mother and a neighbour, Nzuba. Another contingent of policemen barge into one of the shacks, oblivious to all who live there, intent only upon checking for papers, hoping to find the 'dagga' which they suppose to be hidden there. In a final act of humiliation, the policemen 'came to the bed and with an unemotional movement of a carpenter wrenching a nail, jerked the blanket from the woman's naked body. She began to weep with a high wailing sound.'[74] They find Charlie Pauls in the home of his girl friend, Freda, whom they accuse of being a 'black whore'. Finally, there is a scene in which the police have rounded up some of Pauls' neighbours and friends. Many had been taken for not possessing the required documents or those whose papers were not in order; 'the absence of a rubber stamp could change a life.'[75] Others had been discovered in possession of 'dagga' while some had resisted police search. There were some who had been apprehended for selling liquor illicitly. Charlie, in impulsive anger, knocks down one of the policemen, but manages to escape. The structure of the last section of the novel is a series of vignettes that depict various members of the Pauls family as the police investigate their township, ferreting out and raiding their dwelling places. Unlike 'A Walk in the Night', in 'And a Threefold Cord', the police are depicted as monolithic stereotypes; not as distinct individuals but simply as one of the many hostile forces that overwhelm the characters.

Criminality and violence are the active components of hopelessness and fear. As in the case of Adonis in 'A Walk in the Night' and Roman in 'And a Threefold Cord', they strike out blindly to gain identity through action. This search for identification through criminality results in a complete alienation of the character.

'A common labourer, Roman, had drifted from one mean job to another earning a few shillings here, a few shillings there. Finally, despairing, perhaps, about the upkeep of his offspring, he took to petty thieving, robbing the weaker ones around him. Now and then he robded out of bounds and found himself in jail.'[76] Yet La Guma seems to suggest that a single man can be saved from this total alienation. This can be achieved by shared participation, by communal action which resistance to oppression fortifies. 'And if ane prevail against him, two shall withstand him; and a threeforld cord is not quickly broken.'[77]

Freda, like Ma Pauls, is industrious and virtous; she shares Charlie's optimism towards life, in spite of the fact that here is an essentially tragic life having first lost a husband and later her children, in terrib'e accidents.

Freda has a clear conception of the social reality. Her job as a domestic servant provides her with a simple comparison between her life and that of her employers. She works with an affluent white family who have a house as big as the 'effing city hall' and a table 'a mile long, with fancy candles and dingus on it'[78] and as Charlie tells Uncle Ben, 'a juba like me can't even touch the handle of the front door. You got to go around the back'.[79] Economic pressures, however, severely limit the native's choice of employment; the balance between racio-economic determinism and individual resistance, between victimisation and survival goes on. However, we admire Freda for her stoic acceptance of her fate and for preserving her dignity amidst hardship. In the last section of the novel where Charlie is comforting the mourning Freda, promising her marriage and reflecting that her own catastrophe, like his delinquent brother Ronny's, has been caused by unnecessary solitude, he reflects on what a man he once knew said,

> "He said something one time, about people most of the time takes trouble hardest when they alone. I don't know how it fit in here, hey, I don't understand it real right, you see. But this burg had a lot of good things in his head. I reckon...Like he say, people can't stand up to the world alone, they got to be together...May be it was like that with Ronny-boy."[80]

Thematic and structral unity is preserved to the end. The inseperability of lives in the shanty town is evidenced as much in Dad Pauls' funeral as in Freda's misfortune. The natives live on the brink of extinction in the 'cowering jumble of shanties' which are 'springing up like sores on the leg of land off the highway'.[81] They are united in their distress and can identify with each other's aspirations and disappointments. The Pauls find in each other an adequate buffer against the vicissitudes of life and Freda, in her stark tragedy, finds solace in this togetherness.

La Guma's vision of society is demonstrated through his imagery which he spins throughout the novel. He endows the the visual with incisive action. The sense of latent and evident hostility in the society is present in the imagery; everything seems to be embattled, the destructive images of war-torn scenes are presented in their stark vision. Thus, such words and phrases abound:

> 'a chin as curved and hard as the toe of an army boot'... 'the morning was sneaking carefully past the sentries of drizzle... overhead the sky erected its fortresses of granite-grey clouds.'

Images of animal bestiality cut through the novel. "The rest of the group slithered and shuffled in the mud, watching with the sharp, alert eyes of crows. Everybody felt Roman had to fight. It was like a mongrel snarling over a bitch against a rival."[82]

> "a smeared mouth smiled up at him, showing a gap in her upper gum, flanked by small, yellow canines, like the fangs of a puppy."[83]

In this world of the poor and the unfortunate, escape seems impossible and there is a solace only in communality. Even the slushy pools of water along the road, formerly separated puddles, are linked together at the close of the book, forming a cord. Charline, looking out into his dismal surroundings, sees a bird darting from among the roofs of the shanties and heading for the sky. The upward movement of the bird symbolises hope which is briefly reflected earlier by a 'Lone carnation' that grew in the rubbish dump. Gestated in the slush and slime, the flower stood alone 'gleaming wonderfully bright, red as blood and life, like hope blooming in an anguished breast'.[84]

III

"It is with the shadows of the night
when the sun comes and goes
the moon comes and goes
that we ask, in weary voices,
which fall into the depth of the gulf:
how does it feel to be you
to be watching and waiting
to feel the heavy weight of every minute

come followed by another
and nothing
even everything written in blood
says nothing about how we could
wake up tomorrow and build a day"[85]

Humanity, behind bars, ordinary, guiltless, reflective humanity. An enforced separation, a dissoeiation from humanity—the unnumbered, the nameless, the scattered, the lost.

Dedicated to the daily average of 70, 351 prisoners in South African goals in 1964, '*The Stone Country*' is a poignant attempt to capture the life of haunted blacks as they enact their tragic drama against the parched background of 'The Stone Country'.

> "The prison overlooked the city and the harbour, a squat, white girdle of brownstone and grey-painted mortar and concrete enclosing a straining body of brickwork and more stone'.[86]

A deceptive citadel, it has a bright facade with lawns and flower beds. Spotlessly clean, it 'waited like a diseased harlot, disguished in finery, to embrace the unsuspecting customer'.[87] Having an inside view of life in the prisons, the picture that La Guma paints of it is a grim one. It is a joyless existence—a place populated with 'ragged street corner hoodlums, shivering drunks, thugs in cheap flamboyant clothes and knowledgeable looks, murderers, robbers, house breakers, petty criminals, rapists, loiterers and simple permit offenders...'[88] Criminals of every hue and dimension, the political as well as the social and economic offenders were herded together indiscriminately—the derelicts of apartheid who had no raft to cling to. They were massed together, like bayed sheep; a ragged, motley collection cast up by a society which discriminates on the basis of colour. There is Butcherboy Williams, criminal like in his persecution of others and who meets a violent end. There is the Casbah Kid, a young boy waiting to be executed in

Pretoria and of whom the author writes, 'to force conversation from the boy was like tackling a safe with a soft tool';[89] John Solomons, 'Solly' the clown, pathetically playing out his role of a 'coloured' buffoon; Yusef the Turk, the slim thug with a shrewd brain; Gus and Morgan, the would be escapees and of course George Adams, the protagonist, our spokesman within the prison.

George Adams, a political activist, arrested for 'working against the government' is the focal point through whose consciousness the author relates most of the events taking place in the prison. A new man of action emerge in George Adams, a communist underground worker, who dares to talk back at the white prison guards. Initially George Adams is utterly bewildered by the grotesque pattern of life in the South African prisons. 'He felt like an immigrant in a strange country, ignorant of the habits and customs of its violent people. He is confronted with men; men straining against the yoke of oppression, hardened criminals who would probably never see the outside world again, or have to bother about time';[90] prisoners whose main concern was to survive. Anonymous prisoners, they serve as a background choir to the action. Frequently the prisoners are seen as non-humans; a jackal, hyena, an ape; Solly is the duplicate of a man. Both guards and prisoners are incarcerated by a system which is a reflection of the outside world of apartheid. Even in the prison, subtle distinctions among the races are maintained and the identification card, the pass, is regarded as a privilege. The prison is a microcosm of the larger prison without—an extended metaphor in which the prison and the system are seen as one.

> "This was the country behind the coastline of laws and regulations and labyrinthine legislation; a jungle of stone and iron, innabited by jackals and hyenas, snarling wolves and trembling sheep, entrapped lions fighting off shambling monsters with stunted brains and bodies armoured with the hide of ignorance and bruality, trampling underfoot those who tried to draw their way from clutch of the swamp'.[91]

La Guma's technique is by now apparent: 'the harsh world of objective reality blends with the equally vicious reality of human insubstantiality, inevitably, the cruel environment annihilates human endeavour.'[92] La Guma, with his sharp eye for physical features, whether of the human or natural landscape, observes the behaviour of individuals when they are trapped. This graphic realism resembles the naturalism of American novelists such as Theodore Dreiser and James Farrell. The hero is seen as an individual at the mercy of his environment, a man who does not stand much of a chance unless he is well adapted or willing to adapt to the particular set of circumstances in which he finds himself. However, La Guma differs from the American naturalists in his belief that man should struggle against his bonds, should seek to change his environment rather than adapt himself do it. He suggests that the South African underdogs only hope for salvation rests upon his tenacity to continue his seemingly futile battle against the forces that hold him down. *The Stone Country* furnishes to prove the statement.

The Casbah Kid, wrapped up in his own personal armour of silence, hiding his secret thoughts under 'invisible layers of dispassinate blackness', represents a sort of defiant arrogance to the 'solidarity of the underworld'. A life-term convict, he has abandoned even the attempt to reflect upon the existence of other human beings, let alone their response towards him. He represents a man, embittered and totally alienated from his own species, a man with a deep-seated belief in the concept of survival of the fittest. 'He spoke seldom and reluctantly, as if he was always conscious of the sound of what he said. Getting him to talk was like prying open the jammed door of a vault'.[93] The first major encounter between Casbah Kid and Adams reveals the former's indifference to the racial struggle as well as his bitter resignation in South Africa, both to the situation attitudes deriving essentially from his own experiences and background.

"George Adams looked at him and then asked softly, 'Don't it worry you old son?"
'Whatter?'

I 'don't mean about heaven aud hell. But ...but...'
He did not want to say it. 'If they...'
The Casbah Kid said, "like if they give me the rope?
'Well, ja, man'

'Crack, Look, mister, you going to die some day don't I say We all got to die. Hear me, mister, I put a knife in a juba. He went dead. Is put out, like. Everybody got his life and death put on, reckon and think'. He bit at a finger nail and looked at it. 'Like me and you and...and that basket, Butcherboy'

'Put out?' George Adams asked. 'You reckon so Man, if our life as laid out for us before hand, what use would it be for us to work to change things, hey?'

'Right mister. You can't change things mos', He chewed the cuticle of thumb 'But hear me, Chommy, People trying to change things all the time'.
'Ja so what do they get? Crack'.[94]

He has been convicted on the charge of murdering a young man. Casbah Kid's insidious indifferenec to the episode which led him to the goal strikes home at the very beginning when he says:

" 'Sorry, what is sorry? I tell you mister, his death was put out for him. There is me in this subway, hear me, hey. And this John come along, drunk likely. So I stop him and try to go through his pockets. He got this wake-up gold wrist watch on, too, hey. But he don't give up straight. He want to struggle, Mos. So the next thing the knife is in him. They catch me three weeks after, up the line and they find the watch on me. Okay, mister I'am not squealing. It was put out, don't I say?'

'But, Listen...'

The Casbah Kid broke in surlily; 'forget it, mister, You's clever. You got things to talk about and brains. Okay. But leave it, hey, me, I'am going to swing. Who cares? My old man was hanged, so what about it?"[95]

He remains curiously untouched by the untamed feelings of his prison-inmates. The atmosphere of the cells, the physical exuberance of the cell mates, makes no dent in his perception; he seems to have lost his awareness altogher.

"George Adams said, making whispered conversation 'How you pally?'

'Okay', the boy said grittily. The stone grey eyes did not look at him.
'What you here for, mate?'
'Murder! the boy said, almost absent-mindely.
And George thought, Jesus, this lighty Murder? The boy's non-chalance awed him"[96]

The native in South Africa takes the European as his model. Quick to imitate, quick to watch for manners which might be turned to advantage, if sedulously copied, he eternally assesses ideas and situations; he learns quickly but usually the wrong thing. And he considers these things with a primitive mentality which turns more naturally to violent course than to the ordered ways of civilised society. He has respect for discipline, a concrete force, but little for law, an abstract concept. Many writers have stressed this harsh, unrelenting reality of their day to day world. "I say we shall always have native crime to fear until the native peple of this country have worthy purposes to inspire them and worthy goals to work for. For it is only because they see neither purpose nor goal that they turn to drink and crime and prostitution".[97] The nation has to reconcile to this seemingly irreconciliable fact. The Afrikaaner's inveterate obstinacy makes him slow to accept and acknowledge the inevitability of the social system around him.

Identity itself, the feeling of belongingness, is the most necessary feeling rhat any individual needs in any society but when a nation is writhing under racist suppression, the notion of identity amongst its young people assumes a special importtance. The Casbah Kid, in the face of the discriminatory set up, is always on the defensive; he is the hopeless product of a hopeless world. Resignation, hopelessness—two contigous motifs. Perhaps, anger and criminality, with their ensuing violence, stem from fear and hopeless resignation. He finds himself in a social situation where he is forced to interact on a superficial level. Thus, he is unable to sense the humanism of Adams at the beginning of the novel. In rejecting Adams, for his studied ability to mix around easily among people, he rejects all blacks as well. This superficial, peripheral relationship with people is always coated with suspicion. The society breeds suspicion, and suspicion by its very nature, prohibits genuine intercourse and forestalls deep relationships, bringing about alienation. The ideological barrier between Casbah Kid and Adams, which separates them, is that of their emotional reaction to this society. Adams believes in communal action, in a shared suffering and injustice. His smiling comment of the 'solidarity of the under world' reflects on his capacity to feel with the people.

> "In this half world hemmed in by stone and iron, there was an atmosphere of every man for himself which Adams did not like. He had grown up in the slums and he knew that there were the treacherous and the wily, the cringers and the boot-licckers, the violent and the domineering, the smooth-talkers and the savage, the bewildered and the helpless; the strong preyed on the weak and the strong and brutal acknowledged a sort of nebulous alliance among themselves for the terrorisation of the underlings"[98]

As much as he detests the absolute selfishness of the prisoners, he shares his few possessions with the dispossessed and makes them feel, through gestures or words, that he is on their side. The Casbah Kid, on the other hand, is a resultant product of the society around him, with a philosophy of life that stemmed from this society. His assumed disregard for social ethics and a complete disorientation from the society that has bred him, recalls parallels with La Guma's Willieboy in his first novel, '*A Walk in the Night*', the patent difference being that while the former's emotional outlet is in violence, pure and simple, the latter withdraws away from society and into himself, only to die a dog's death at the end of the novel, unreconciled to the environment and its justice.

> "The big man's mouth moved, revealing broken teeth.
> "What's your name, Lighty?'
> 'March, Albert March.
> 'What did you do, lighty?'
> 'Murder'. The boy spoke as if homicide was a normal activity, like going to the latrine or scratching an itch".[99]

When Butcherboy, the self-appointed gangleader of the prisoners, beats him up, all his latent feelings of revenge, lying dormant, resurface. "Vergeance slipped into his mind with the case of the sprockets of an oiled wheel into the links of a greased chain."[100] His entire thinking and actions, from henceforth, are directed at destroying his enemy in the most cold blooded and secretive manner, so that, when he has achieved his aim not even Adams who has watched him most closely is able to say who stabbed Butcherboy to death.

Later in the novel, there is a shift in the position taken by the Casbah Kid as his response to the reformist hopes of Adams becomes more sensitive. Unpremediated and unsentimental, but extremely sensitive in his efforts to establish communication with the Casbah Kid, Adams succeeds in his considering, though contemptously, the needs of other prisoners, including those of Adam himself and makes him admit, though grudgingly, that Adams was 'strange but at the same time an alright bloke'.[101] Casbah Kid's susspicions gradually give way to moments of trust, enabling him to talk about his feeling of guilt that had been weighing down heavily upon him. 'The accepted inveitability of the gallows did not worry him as much as this did".[102] As the time for his execution drew near, Casbah Kid had a 'gnawing desire' to let Adams in on his secret. When he finally starts relating, it comes out in a torrent of feeling—he held nothing back: it was like a dam burst.

> "If a man is habitually abstemious, liquor will loosen his tongue; when a persistently taciturn man decided to talk, he can be expected to say a great deal. Some men talk under torture, others when they are delirious still others when they are positive that they are soon to die"[103].

Casbah Kid was a condemned man whose inhumanity had been steadily eroded by the kindliness and sympathy of Adams.

> "The native is so starved for anything, anything at all that will turn him into a human being, any bone of humanity flung to him that his hunger is incoercible and these poor scraps of charity may here and there, overwhelm, him. His consciousness is so precarious and dim that it is affected by the slightest spark of kindliness".[104]

The drunken brutality of his father and the cowering submission of his mother everytime the former beat her up, had been a feature of his life since a long time. One day, in a drunkeh stupor, his father had savagely assaulted her and had then set out on Casbah Kid and hit him, unreasonably, forcefully. His mother tried to protect him, tried to stop the blows raining down on him, but his father was oblivious, senseless in his anger. After some time, when his motner recovered consciousness, she looked out for her son and seeing him lying motionless there, took him for dead. Unable to bear the agony of the betrayal, she killed herself. Casbah Kid, watching her manipulating the knife, did not try and stop her as he erroneously thought that she was going to use it to kill her husband. The moment he realized that she intended to commit suicide, he screamed out but it was too late. Tragedy had struck and the only was he could absolve himself from his guilt was to punish his father in the only way possible—by not telling the truth in the court trial. His father was hanged for a crime he had not committed. Casbah Kid was not to be the same anymore. Circumstances had made a criminal out of a young lad—the brutality and depravity that characterised his life assumed gigantic proportions and in course of time he killed a man and was sentenced to death. "This was the first time that the Casbah Kid had considered tearing a page from the murky book of his mind".[105] He had toyed with the idea of confiding in somebody but had abstained for the lack of a humane contact with any person. Adams success lies in establishing this contact with the hapless Casbah Kid, making his last days on earth a little less bleak. The latter had always been wary of relationships—his strong terms of alienation had impeded him—"Tanks Mister". Appreciation was strange in the boy's mouth, like the taste of medicine".[106] The ideological barrier which had hitherto separated the two, crumbled. At this point, we see La Guma attempting to resolve the conflict between the Casbah Kid's deterministic world order and the revolutionary pragmatism of Adams with whom we more readily identify.

> "You's funny people, mister', The child—face with the ancient, bitter eyes frowned 'Hear me, mister. All this stuff about our people getting into the government, too. You reckon it will help people like us? People in prison, like?'
> 'George Adams said to this strange boy who was also a murderer,
> 'There will certainly be more sympathy, I reckon.'
> 'You ιeckon that time will come'
> George Adams said, feeling said: You see'.[107]

There is an affiliation of their aspirations at the end and the promise of a new dawn. Adams' relationship with Casbah Kid and the pathos of the final scene of separation, when Casbah is being led to the gallows marks 'the triumph of those who have chosen to live by standards other than those dictated by apartheid.' In these final moments, he is redeemed as with dignified solemnity he parts with Adams, the only inmate who had a fairly intimate knowledge of him.

> "George Adams saw the boy come up. The guards made move to stop him and George Adams saw him on the other side of the wire screen. Fingers with bitten nails touched the screen, and for an infinitesimal instant there was a flicker of light in the cold, grey eyes like a spark of faulty electricity. The bitter mouth cracked slightly into one of its rare grins "So long mister', the Casbah Kid said George Adams nodded. He said, 'So Long, mate".[108]

The very gradual unfolding of Casbah Kid's humanity, suffering occasional setbacks, is perhaps La Guma's artistically most satisfying expression of his belief in the indestructibility of life.

In contrast to the a political introvert of *A Walk in the Night*, Adonis, the protagonist of *The Stone Country*, Adams upholds Marxist ideological principles. A new man of action emerges in Adams, a communist underground worker who dares to talk back at the white prison guards. He is engulfed in a strange metallic country with its heterogeneous community of ideas, convictions and criminal propensites. In spite of the apparently fractious way of life of the prisoners, there seems to be an underlying degree of solidarity which binds them together. Micahel Adonis, oppressed, evasive had a limited world view. After avenging himself on a society that throttled him, he succumbed to the machinations and temptations of the very society he set out to attack. On the other hand, George Adams is politically motivated and courageously firm; in spite of being enmeshed within the four walls of a prison, he bears the burden of the Communist reformist course. There is not the slightest indication of remorse in Adams after his arrest.

> "He did not have any regrets about his arrest. You did what you decided was the right thing and then accepted the consequence. He had gone to meetings and has listened to speeches; had read a little and had came to the conclusion

that what had been said was right. He thought, falling into a dreamless sleep, there's a limit to being kicked in the backside"[109]

He was a little apprehensive about his stay in the prison initially, but forcefully blotted out the feeling. "It's like learning to swim for the first time he thought. The first shock of the ice cold water and then you settle down to keep your head above the surface."[110]

Serving as a sort of background choir to the action, there are a majority of anonymous prisoners whose main concern is simply to survive and who welcome the interruption of their lives either through the spectacle of a fight or the Sunday sermon. Their indifference to the priest's sermon symbolises them as the masses of people who are hardly ever stirred to self-assertion. Their imprisonment was like an abandonment in protracted time. They were bereft of human contact. No echoes reached them—they were suspended in a limbo, unknowing, unreached. Their social panorama had been destructed, values have been flaunted, crushed and emptied. "The jail is a small something of what they want to make the country. Everybody separate boy: white., African, Coloured. Regulations for everybody and a white boss with a gun and a stick "[111] Jefferson's jocular comment casts a cloud over a society that seeks to strike out at the very fabric of its conception by segregation—a society where "non-whites subsist on plain corn mush while the whites thrive on mush with milk, sugar and slices of bread."[112] The picture of the prisoners sleeping in filthy and strinking cells:

> "It seemed as if the heat of the day had been trapped in the cell with the prisoners, and it was packed in with them like a sort of invisible cotton wool, damp and sticky, aggravating the smell of breath and bodies...Naked or half naked bodies only allowed the stench of sweat and unwashed blankets to circulate more freely with the other smells;"[113]

or of gulping down their indigestible food, enhances the impression on Adams' mind of their mere wish to survive. However, their insistence on a fair fight between Yussef the Turk and Butcherboy or their jeering of the prison guards who caught the escaping convicts indicates to Adams that there was a spark of life in the masses—all it needed was the right motivation and direction.

The inevitable fight between Butcherboy and Yussef the Turk, two men who could never see eye to eye, occurs soon enough. Butcherboy was the gang leader and the cell boss 'by virtue of his brutality and the backing of men equally vicious and mean'. His followers were terrified of him and never dared to flout his commands. He had established a brutal regime among the prisoners, squashing everyone who resissed him 'like a louse.' For Adams, Butcherboy seems analogous to pedatory beasts, as means as a jackal' 'blood thirsty as a wolf,' 'foul as a hyena.' Yusef, 'the gentleman gangster' took pains to maintain his 'flashsiness' even in prison. He is shrewd, confident and knows that 'we're all here together in the wrong place', where 'people settle their own business.' He is strongly opposed to Butcherboy who has established his hegemony over the hapless cell immates. The inevitable confrontation occurs when Butcherboy demands of Adams to give his foodstuff to him. Adam is evasive and tries to ward him off. Butcherboy's arrogant insistence sparks off something latent in Adams and he explodes with anger, apparently not cowered by the anticipatory wrath of Butcherboy. Just when Butcherboy is ready to strike out, Yussef intervenes and saves Adams. The crisis is warded off, only to surface again later when the two giants face each other in a battle of odds. After a fiercely exciting battle, the monster is floored by the Turk and covertly stabbed by the Casbah Kid. Butcherboy had been a tyrant, a vicious beast, who had 'terrorised his fellows and then had fallen by the hand of one of them.' Parallels can be drawn in here with the situation in the country. La Guma could be offering a shadowy hope by suggesting that the power which destroys would have its doom; it would be isolated and hounded out by the very people whom it tyrannises on. His friends perform the last rites on Butcherboy's body; wash his face, spread his blankets and carefully cover up his 'lifeless gorilla body,' but not out of any respect for him but for their own security. The guards would not make light of a situation like this and these cowardly fellows knew better than to antagonise them. Adams, however, feels 'kind of sorry for that poor basket' and 'infinitely sad as if he was abondoning the body of a friend during a retreat.'[114]

> "Colonial aggression turns inward in a current of terror among the natives. By this I do not only mean the fact that they experience when faced with our inexhaustible means of repression but also that which their own funy produces in them. They are concerned between our guns pointed at them and those terrifying compulsions, those desires for murder which spring from the depth of their spirits and which they do not always recognise; for at first it is not their violence, it is ours which turns back on itself and rends them and the first action of those oppressed creatures is to bury deep down that hidden anger which their and our moralities condemn and which is however only the last refuge of their humanity."[115]

Sartre, in his preface to Fanon's *The Wrethed of the Earth* explains, how, in their period of helplessness, their mad impulse to murder is the expression of their 'collective unconscious.' Adams distinguished sharply between the inhumanity of the black victims of white racism and that of the white victimisers. "What waste; here they got us fighting each other like dogs."[116]

He observes acout the fight between Butcherboy and Yussef, the Turk; two men who in their own different ways, symbolise the effect of racism on black South Africans. "The colonised man will first manifest this aggressiveness which has been deposited in his bones against his own people."[117]

Solly, 'a smudged and tattered, crumpled, memo-sized yellow duplicate of a man with eyes like smeared plus signs in the wrinkle folds of his face, a mouth like a dash flanked by deep cut parentheses,"[118] is a man who has been totally destroyed by the racist system in South Africa. He has lost his identity completely and replaced it by a number of roles in which he slips in effortlessly, as the time and the tide requires. To Adams he seems like a marionette dancing a grotesque jig at the behest of a man who is stronger than himself. Butcherboy and his gang accept him as the 'court jester' who does not need to be bullied as he was a man with 'forged credentials that would admit him into the society of great powers."[119] He has been disrupted, destroyed, disintegrated by the society—a man who has lost the dignity of being, somewhere along the way.

Characters such as Butcherboy and his retinue, and koppe, are symbols of the social destruction of humanity by the racist system in South Africa while Solly symbolises the perverted results of this system. However, with Yussef and Casbah Kid, La Guma presents 'coloured' South Africans, who in spite of having become criminals, have not lost every vestige of human feeling and can respond sensitively to a morally integral person like Adams. There is a strange contrast in Yussef's rejection of help by others because he can take care of himself and his peculiar desire to protect Adams against Butcherboy and the guard. He was a member of the underworld aristocracy, not a 'street corner lounger, but a frequenter of the upstairs billiard rooms along Hanover and Caloden streets, where plots were hatched against a background of clacking cues and drifting smoke.'[120] This could ascribe to his taking sides with Adams; as a 'gentleman gangster,' probably the code of his world demanded from him to distinguish between 'criminals' and 'respectable people.' At his very first meeting with Adams, Yussef is impressed by him; by his being a political prisoner:

> " 'Ah the Resistance. Read about it: he sat up and went on with bright eyed enthusiasm. 'The sabotage men, mos. Don't I say? There was some Johns over on the other side, what they blew some railway property, I think. Hell mate, that's big business, hey.' "[121]

Shut off in the world of concrete and metal, the prisoner wonders what's happening outside this abyss. In a country torn by political upheaval, where every action by the oppressed majority is significant, the man behind craves for the flimsiest shreds of information. Their ability to reason is bedevilled by confinement—they feel alien and excluded from the society they see about them. Bereft of human contact with the outside world, they wonder...were they withstanding the attack? What was going on outside the prisons, in the streets the townships, the secret meetings? In prison, you see only the moves of the enemy, it is the hardest place to fight a battle. Yussef is impressed that Adams has 'studied' the Government. There is no indication that Yussef would never subscribe to Adams political or moral view; on the contrary, he harbours the belief that each world is governed by its own set of rules which you have to imbibe if you want to survive. "You must learn to catch wire man,"[122] he tells Adams, because if you don't and insist on what feel is the right thing, you will suffer. He is barely able to conseal his sarcasm when Adams suggests 'strike for a better diet,' 'Ja' Yussef the Turk grinned, 'you tell them, Professor'[123] He is bitter about the penal system prevalent in South Africa, the 'twentieth century man forced back to the cave."[124] When Adams warns Yussef about the possibility of his being done away with at the hands of Butcherboy, Yussef is impassive:

> 'Don't worry, Professor. He won't murder me, no Pally.' He chewed and swallowed, 'May be I will land in the stick-boy or hospital, but a man sleep on the bed there and get better treatment than there.'[125]

Basically, the prisons in South Africa cling to the idea that their function is not reform and rehabilitation but vengeance. The accent is on punishment, the harsher the better, longer and longer sentences; less freedom, higher walls, thicker bars. "It would not be wide off the mark to assert that the treatment of the European offender is mainly reformative, while in punishing the non-European, the emphasis is placed upon the deterrent and the retributive aspects of the penal spstem."[126] The prisoner is locked in his horizon, shrunk to be the area bound by the bars of his cell; he is made to labour most of the time.

"Listen here, pal. These Johns serving time working on the quarries, and they can't stand it any more after a time. So they cut the strings in their heels to get away from that place. Or may be they tackle a guard and get solitary or brought here for extra charges. Just to get a little easier treatment, hey."[127]

Prisons overpower the natives, but do not tame him, as is evident from the emotional outbursts of some of the characters in this novel. "He is treated as an inferior but he is not convinced of his inferiority. He is patiently waiting until the settler is off his guard to fly at him".[128]

But in spite of his cynical and calculated approach to life Yussef is never contemptous towards Adams but shows that he is a human being, sensitive to the moral courage and integrity of another human being.

Depicting all these characters through Adam's consciousness, La Guma succeeds in convincing us that their depraved human nature is not a result of their innate racial characteristics as so many would have us believe, but due to the anti-human forces ruling over them.

" 'Reggerlations? Naturally there's reggerlations', Yussef said, 'But there's some reggerlation these baskets don't like, hey, you ask them something they don't like and you see what happens'. He laughed sourly. 'You know how they work this jail? You can do as you blerry well please, only, don't get in their way. You don't get in a guard's way and you're okay . . . . "[129]

The guards bullied and ill-treated the prisoners, ordering them around, 'shouting to evert the precarious authority bestowed on them by their bosses'. The anti-human forces in the prison are symbolised by the guards and the white warder, Fatty, of whom Adams is not afraid to claim his legal rights, even as a prisoner.

"I didn't get any blankets and a mat when I came in yesterday',

George Adams told him, looking at the bleached eyes.
'So?'

'Can I have them now sir?.
The hard eyes assumed a scratchy quality and seemed to rasp over George Adams, 'Sir'? You should know that there is no Sir, in this place. Here you Say Boss, hear me?'
.... George Adams said, "I heard you, sir'. He was thinking, is this nose going to get swotty over such a small matter?"[130]

His courage and self control enables him to be defiant and feel triumphant at preserving his own dignity as a human being in the face of oppression. Yet he was aware of the fact that 'all guards in a prison were practically prisoners themselves, that they lived most of their working life behind stone walls and bars; they were manacled to the other end of the chain'.[131]

This realisation succeeds in putting into perspective his earlier feelings—'jerking on his shoes, he irritably cursed the guard, cursed the jail, cursed the whole country that was like a big stone prison any way'.[132]

Thus, the prison becomes the microcosm of the South African Society 'the white guards keeping order, controlling the blacks, bullying them, satisfying their sadistic and sexual urges by setting prisoners against one another, knowing there is very little protection if any, that the guards will give you'.[133] In this world of stone and iron, the laws of the jungle prevail—the survival of the fittest. Therefore, one has to be on the side of the little animals, the weak and the timid who spend all their lives dodging and ducking. Butcherboy and his retinue boss around the prison by sheer virtue of their brutality and strength and oppress their fellow prisoners. Parallels can be drawn with La Guma's short story '*Tattoo Marks and Nails*', where the character 'Creature', had loosened a flood of brutalitieson the inmates. He was the leader of that gang of the brutalized inmates who fell on their fellow prisoners by organising tribals inside the prison. 'Mock courts, much more dangerous than real ones, were held in the cells and sentence meted out."[134] Complaining to the guards, for instance, would be an unforgivable offence. In *The Stone Country* La Guma talks about the case of a prisoner, who had given offence to the rest of the inmates by complaining to a guard. He was 'tried', found guilty and sentenced. The terrified victim was kept in the dark about the form his punishment would take. One night, while he was racked by a recurring nightmare, a blanket was pressed over his head and face and half a dozen knives driven through him. The imperious being, crazed by his circumstances, and the fear of losing in, no longer remembers clearly that he was once a man—he takes himself for a horse-whip and prefers to believe that he can get rid of his inferiority by conditioning the reflexes of the 'weak' and exercise a crippling power over them. "The man who raises his knife against his brother thinks that he has destroyed once and for all the detested image of their common degradation, even though these expiatory victims don't quench their thirst for blood".[135] One can count on the colonial policy to keep up their rivalries.

The barren inhumanity of the prison life is dramatically invoked and the inmates' sufferings and frustrations emerge partly throught he graffiti on the walls.

> "Around them the walls were grimy, battleship—grey half-way up, and dirty yellow white above, all the four surfaces covered with inscriptions scratched into the paint or written in black pencil; the usual litany of man's inhumanity to man. "Gus was here for Housebreak and Theft; Johny Bril you are a pig; I'll never see blue skies again; the Buster Boys was here; never trust a woman, she will make you sorry; 22 May Willy King got 4 years for rape. This guy is going to swing—so what?"[135]

And partly through the physiognomies of the characters. Indeed, in his novels, the features of the people are unattractive and even where some handsome quality might have existed, it is distorted by anger, suffering and uncomprehending pain. "All around him were a composition of faces, old faces, young faces, middle aged faces, faces burned with stubble or cicatriced with scars; bloated faces and depraved faces; vicious faces and kind faces; faces hopeless impersonal, happy, frightened, brutal. It was as if all the experiences of mankind had been thrust into these few cubic yards of steel—confined space."[137] Many faces, like that of Butcherboy, reflect the criminality of the characters' intention.

> "He was half naked, revealing an ape like torso covered with tattoed decorations: hands holding hands, a skull and crossbones, a Union Jack a dripping dagger and various other emblems consistent with his barbarism".[138]

Still others reflect cruelty and meanness;

> 'A guard came up the steps through the archway into the hall. He was short and had the chest and shoulders of a young bear and the thick, bowed legs of an ape in the khaki trousers. His blond hair was cropped short, and he had a round face with knobbly cheek bones, a puckered mouth that was merely a pink orifice, and little blue eyes, flat as pieces of glass . . . .' [139]

Many features reflect the uselessness of the lives of the peeple; resignation and defeat:

> "He shuffled into the place next to this prisoner and George Adams saw a young, boyish face with soft, almost plump cheeks, beardless as babe's and a bitter mouth. Looking into the eyes, he saw that they were hard and grey and cold as pebbles on a beach when the tide goes out and that they did not smile. The boy had cropped hair over a small round head and a yellowish complexion, the colour of an old, gnawed bone."[140]

Many of the characters seem continually to be haunted by the fear of being beaten, being jailed, being brutalized, to the extent where they are almost paralysed by it. Koppe, one such character, gets embroiled in a jail break attempt, initiated by

Gus and Morgan. He is a coward and feels a peculiar sense of security inside the prison. Having been in a prison for a long time now, his instinctive reaction is one of the apprehension, of shrinking backward. But fate ordains otherwise. Gus and Morgan were absolutely determined to break through, to 'scale and conquer the unresisting stone' and Koppe's mutinous pleading fails to pierce their hard resolve. "He wanted nothing to do with the escape but the two powerful men intimidated him and he knew that he would have to go through with it .... his heart was bounding like some monstrous spring which had broken loose."[141] Imminence of fear brings on cowardice which leads to inaction. Koppe's every reaction is one of anticipatory dread. He toyed with the idea of screaming for the guards and setting off an alarm that the other two were planning to escape. That could have the advantage of the reduction of his sentence, for assisting the authorities. But then the very next moment, he shrugged off this temptation—he knew that he would never be able to survive the betrayal, the treachery,

> "The half world of the prison had its own justice. Here, in this country of stone and iron, the subtle agents of vergeance moved with infinite patience and the orders of retribution were carried in the mysterious diplomatic bags of the grapevine from cell to cell, from outpost to outpost, from prison to prison. So that even if he was sealed in the deepest dungeon, he knew that at some time or other they would get him. Even if he was released unharmed, he would never be safe."[142]

Ironically, in the escape attemt Gus and Morgan are spotted by the guards and 'sucked' back into the prison while Koppe makes good his escape! Locked up in the cell, a good few hourslater, Morgan shakes with hysterial laughter at the realisation that Koppe, the 'fairy' had managed to escape.

> "He shook with laughter that hurt him all over 'why man, that little basket didn't even want to go'. Morgan lay there and filled the darkness with his crazy and painful laughter"[143].

This escape attempt, though abortive, would give them a sense of self, a feeling of accomplishment, once the trauma of its being unsuccessful, fades away. The 'solidarity of the underworld' was nowhere more apparent as when the prisoners jeered at the warders, singing for and cheering the escapees.

La Guma's appraisal of the agony of South African coloureds and blacks is well represented in the dramatic and symbolic 'cat and mouse' chase in the novel.

"The cat was watching the mouse crouched between its paws. It lay on its belly again, breathing on the dusty—grey creature with the bright beady eyes and tiny panting jaws. The Mouse had its body drawn into a ball of tensed muslces, waiting for another opening, refusing to give up hope. A clubbed paw reached out and nudged it. To the mouse it was like the charge of a rhinoceros. Pain quivered through the bunched muscles and the hide rippled, but it remained balled up, waiting with tiny, beating heart for another chance to escape the doom that waited for it with horrid patience.

Then the cat made a mistake. It rose on all fours. Without hesitation the mouse streaked straight forward, under the long belly and out past the swishing tail. There was a vast roaring sound in its ears. It was the laughter of the onlookers.

The cat spun round; too late. The time taken to turn by the cat gave the mouse a few second headway and it was off, hurtling across the square again. Something huge and shiny—it was the book of a guard—tried to block its passage but swerved skilfully and its tiny muscles worked desperately and it headed into the shade. The cat was a few inches behind it, but it swerved again and then the blurred, dark hole of a drain-pipe loomed somewhere to its right, seen out of the corner of the pain-wrecked eye. The mouse dodged a slashing, sabred paw by a hair's breadth and gained the entrance to the hole.

The paw struck again, just as the mouth dashed in, taking the slender tail, but the mouse was gone and outside the spectators were ceuckling over the disappointment of the cats as it crouched waiting at the hole.

Inside, in the cool, familar darkness, the mouse lay panting to regain its breath."[144]

Here, La Guma, evocatively and masterfully, captures the life of the blacks haunted by a regime which reaches out to annihilate them at every step. Parellels are drawn between the prison inmates and the mouse in this symbolic confrontation with the prison cat. The cat symbolises the authoritarian South African Government while the mouse is a metaphor of the blacks and the coloureds in a community struggling desperately to hold their own in a destructive set up. George Adams' reflections on the symbolic significance of this event clearly indicates the author's intention.

"You were on the side of the mouse, of all the mice, George Adams thought, the little men who get kicked in the backside all the time. You got punched and beaten like that mouse and you had to duck and dodge to avoid the claws and fangs. Even a mouse turns, someday.

No, not a mouse, it's a worm that turns. Okay. But he was glad the mouse had won out eventually, had managed to escape the slashing claws. You were on the side of the little animals, the weak and the timid who spent all their lives dodging and ducking."[145]

Whether it is the mouse or the worm that turns does not really matter. The point is that ultimately the common man will need to rise against the authority and assert his own identity and essence. The dormant rebelliousness of his statement reveals the latent impulse in his character which might spark off one day . . . the native is an oppressed person whose permanent dream is to become the prosecutor."[146]

Though there is no hope left for the prisoners—Casbah is led away to the gallows; Yussef is a condemned man too; Gus and Morgan have failed to run away; the author yet succeeds in conveying his belief in life. Casbah Kid desperately seeks to grasp a new truth which Adams envisions and seeks to convey.

"Hear me mister. All this stuff about our people getting into the government, too. You reckon it will help people like us, People in prison like?"
'George Adams said to this strange boy who was also a murderer: 'There will certainly be more sympathy, I reckon.'
'You reckon that time will come?' George Adams said feeling sad, 'You'll see."[147]

Adams carries a conviction as he plods on relentlessly through the novel, overcoming the initial disgust and horror he had felt at the sight of the filth and decay of the men around him. His near obsession with having a shower was an expression of his eagerness not to be drawn into the horrors of the prison life. Essentially a believer in community—in solidarity generated by man's interaction and interrelationship with man, he carried his conviction like a blazing trail. Jail spells need not break man—they can help to make him.

'...and let no amnesia attach at fire hour;
for some of us must storm the castles,
some define the happening:'[148]

There is so much to lament in the wasting years of men locked up in cold, concrete cells, labouring in the stone quarry, at the behest of a prison system calculated to destroy their very being, the very cause for which they suffer and dream. The political prisoner is perhaps the most abused victim of this callous set up. But he is also the beleagured revolutionary fighting on his own battle ground. Adams knows that his sentence is not the end of the fight but a new beginning in a world where every encounter with a warder is a fresh grappling with the oppressive order.

'Lots of people get the jitters now a days. 'Fraid of the cops.'[149]

In the presence of authority, even the strong amongst them, allow themselves to be misused. "One left the authorities alone and let them do what they pleassed. God would see to everything in the end."[150] Mrs. Isaacs moral cowardice echoes that of so many people whose personalities are empty shells—mere shadows coming to grips with a life which deprives them of the joy of living. There are so many laws governing the lives and behaviour of black people; the people are hauled in for almost nothing to be tried under the most vicious of acts—like the Terrorism Act.

South Africa has the dubious reputation of boasting one of the highest prison populations in the world. Jails are jampacked with Africans imprisoned for serious offences; and crimes of violence are ever on the increase in an apartheid society; but also for petty infringements of the arbitrary law that no civilised society would punish with imprisonment. Alex La Guma had experienced life in the South African prison and was intimately aware of the empty existence they were leading. 'Even a cockroach emerging from a crack was an entertainment. The drip drip, drip of the leaking pipe outside was a song you could listen to."[151] As a social realist, La Guma provides an account of the relations between the invidual and his harsh, totalitarian world. The relationship is however dialectical—the unsparing world presented in minute details harbours within its crevices a humanity still in bloom. La Guma's outlaw hero (Adams) never wins but at least he does not give up.

He persists in the belief that he can change the universe and shape its future. "Thus, deep in the heart of La Guma's harsh realism runs a vein of pure romanticism."[152]

> "But regardless of how skilful he may be, he can move toward great art only through the process of heightening reality, of destilling from the many non-essential factors the essential dramatic truth. This truth cannot be an abstraction, a static, finished product; if that were the case, we would live in a world of the absolute status quo, a world without motion, hope or progress or change. The only approach to truth is a historic one, an approach which comprehends the phenomenon in terms of its past and future."[153]

From the self-destructive approach of Michael Adonis in *A Walk in the Night* to the self assurance and self assertiveness of Adams in *The Stone Country*, there is a world of difference. From the probing precepts of '*A Walk in the Night*' to the assertive ideological principle built in *The Stone Country*, a recognisible pattern of radical thought finally emerges. One of the major differences between the two books is that while the former is a retreat from struggle, the latter is a conscious movement towards it.

In a '*Walk in the Night*', the life in District Six is multifarious, quick moving, blotched. It is a fetid, decaying environment; dinginess has set in. The characters' hangout is a cafe where fly studided strips of paper drip down over the habillements and the plates are chipped, even as the customers are chipped and cracked. In *The Stone Country*, however, the characters are not cracked and stained as much as beaten by life and by the elements. There are no tenement houses here; rather the squalid prison cell enmeshing and encircling the inmates within its harsh confines. He has restricted his arena of action, probably to symbolize the geographical and mental constraints on the non-white South African. But there has been a distinct thaw in the moral and intellectual situation, in ideas and attidudes of the characters as we move on from '*A Walk in the Night*' to '*The Stone Country*'. The situational background is the same. The undercurrent of violence pervades the whole set up. Personal quarrels can come swiftly to blows, even to shots. The law tends to be lenient towards homicide, not out of a reluctance to take life but because life itself is held relatively cheap. A petty criminal is treated as an outlaw, a rebel against humanity itself. Whatever the penal code may say, they tend to regard him as having no residual rights. In his closed society he has developed a code of manners as well as of morals. La Guma, however, does not deal with two monolithic societies with predictable patterns of behaviour. His novels grew directly from his experiences during the crucial decade immediately preceding his exile. In order to present reality in the developmental process, La Guma shows the passive acceptance of Adonis metamorphosing into the rebellious compromise of Adams whose individual voice, time and again, tried to break away from the chorus There exists in *The Stone Country*, a firm statement of the revolutionary ideology which is exemplified by Adams' Marxist egalitarian ideas. Nocturnal committee meetings and clandestine anti-government activities as part of the resistance movement which Adams was involved in, were opposed ruthlessly by the police. The challenge might appear futile but in fact it is crucial. The only vehicle of change are these people who want to change the status quo, La Guma seems to say. The first step, therefore, is to make the black man come to himself, to pump back life into his empty shell as Adams so painstakingly sets out to do; to infuse him with pride and dignity, to remind him of his complicity in the crime of allowing himself to be misused. In *A walk in the Night* he claimed that the environment is all powerful, bending and fracturing the naked individual and *The Stone Country* had him asserting that human nature is capable of rising above all onslaughts upon its integrity. La Guma apparently believes in man's power of surviving in the abyss. Adonis, a shadow of a man, completely defeated, drowing in his own misery, is on one side of the fence while Adams, an educated man, sensitive, alert to nuance and other feelings, is on the other side. Coming immediately in the wake of the Sharpeville massacre of 1960 which left thousands killed, *A Walk in the Night* mirrors the dejection and hopelessness of a society outlawed. Ever since the mid sixties, however, the mass of Black people showed distinct signs of revolt—by self activity, self organization and self development. A mass movement was initiated by the Black Americans that swept along young and old and inspired a whole new generation of revolutionaries, black and white. The prisoners of La Guma mark the beginning of a resistance which is still unorganized. Gus and Morgan assert themselves by attempting to escape the prison. Casbah Kid makes a man of himself by murdering the brutalised Butcherboy.

> "The symbols of social order in the prison—the guards and the policemen—are both inhibitory and stimulating for they do not convey the message 'Don't dare to budge', rather they seem to cry out 'Get ready to attack'...in certain conditions the presence of an obstacle accentuates the tendency towards motion."[154]

Herein lies the departure of La Guma from the naturalistic mode of writing and the setting in of realism. Naturalist art in its objective protrayal of appalling social conditions refuses to describe them as changeable. La Guma has broken through to socialism by anticipating the future. "Not only what has preceded a particular historical moment but also what will succeed it, is woven into its fabric."[155]

His first three novels, thus, reflected the changes in the political climate in the 1950's and early 1960's. While initially he unmasks the iniquity through his realistically drawn social settings, his characters become more politically conscious in the later novel. La Guma's movement, a progression in time, directly corelated to the historical phase his country was passing through, is the most remarkable feature of his literary career. *In the Fog of Seasons's End'* is thus a logical continum of the latent revolutionary impulse projected in *The Stone Country* and we anticipate a more resolute, active wrold—view in his next novel.

NOTES AND REFERENCES

1. Alex La Guma, *A Walk in the Night* (Ibadan, Mbari Publications, 1962), p. 1.
2. *Ibid.*, p. 24.
3. *Ibid.*, p. 24.
4. *Ibid.*, p. 27.
5. *Ibid* , p. 28.
6. *Ibid.*, pp. 28-29.
7. *Ibid.*, p. 66.
8. Jean Paul Sartre's Prefacc to Fanon's *Wretched of the Earth* (London, Macgibban and Kee, 1965) pp. 14-15.
9. Adrian Roscoe, *Uhuru's fire—African Literature East to South* (Camb. Univ. Press, 1977).
10. *Ibid.*, p. 233.
11. Alex La Guma, *A Walk in the Night* (Ibadan, Mbari Publications, 1962) p. 28.

12. *Ibid.*, pp. 25-26.

13. Samuel Ose Asein *Revolutionary Vision in Alex La Guma's Novels*—revised text of a paper presented at the African Literature Seminar held under the auspices of the Deptt. of English, Univ. of Ibadan, Nigeria, on February. 27, 1974.

14. Alex La Guma, *A Walk in the Night* (Ibadan, Mbari Publications, 1962).

15. *Ibid.*, p. 12.

16. *Ibid*, p. 21.

17. *Ibid.*, p. 72.

18. Jean Paul Sartre. Preface to Fanon's *Wretched of the Earth* (London Macgibban and Kee, 1965) p. 14.

19. Alex La Guma, '*A Walk in the Night*' (Indian, Mbari Publications, 1962) p. 92.

20. Richard Rive, *African Song: District Six* (Berlin, Seven Seas Publishers, 1963).

21. *Ibid.*, p. 45.

22. *Ibid.*, p. 49.

23. Wilfred Cartey—*Whispers from a Continent: The Literature of Contemporary Black Africa* (London, Heinemann 1969), p. 116.

24. Alex La Guma, *A Walk in the Night*' (Ibadan, Mbari Publications, 1962). p. 72.

25. *Ibid.*, p. 12.

26. *Ibid.*, p. 39.

27. Kenneth Parker ed., *The South African Novel in English* (Macmillan Press, 1978), p. 188.

28. Alex La Guma, *A Walk in the Night* (Ibadon, Mbari Publications) 1962 p. 93.

29. Rowland Smith ed. *Exile and Tradition—studies in African and Caribbean Literature* (London, Longman *1976*)

30. Alex La Guma, *A Walk in the Night* (Ibadon Mbari Publications, 1962), p. 44.

31. *Ibid.*, p. 49.

32. Kenneth Parker, ed. '*The South African Novel in English—Essays in Criticism Society* (Macmillan Press, 1978), p. 170.

33. Alex La Guma *A Walk in the Night* (Ibadan, Mbari Publications, 1962), p. 9.

34. Adrian Roscoe, *Uhuru's fire—African Literature East of South* (Camb. University Press, 1977) p. 238.
35. Alex La Guma, *A Walk in the Night* (Ibadan, Mbari Publications, 1962) p. 10.
36. *Ibid.*, p. 69.
37. *Ibid.*, p. 64.
38. *Ibid.*, p. 75.
39. Kenneth Parker ed., *The South African Novel in English* (Macmillan, 1978) p. 186.
40. Alex La Guma, *A Walk in the Night* (Ibadan, Mbari Publications, 1962) p. 21.
41. *Ibid.*, p. 33.
42. *Ibid.*, p. 23.
43. *Ibid.*, p. 36.
44. *Ibid.*, p. 63.
45. Alex La Guma, *A Walk in the Night and other Stories* (Ibadan, Mbari Publications, 1962), p. 114.
46. *Ibid.*, p. 40.
47. Ellis Komey and Ezekiel Mphahlele ed., *Modern African Stories* (Lodon, Faber and Faber 1964), p. 85.
48. Alex La Cuma, *A Walk in the Nighn* (Ibadan, Mbari Publications, 1962, p. 63.
49. *Ibid.*, p. 41.
50. *Ibid.*, p. 9.
51. *Ibid.*, p. 95.
52. *Ibid.*, p. 4.
53. *Ibid.*, p. 48.
54. *Ibid.*, p. 13.
55. Frantz Fanon. *Wretched of the Earth* (London, Macgibban and Kee, 1965), p. 40.
56. Alex La Guma, *A Walk in the Night* (Ibadan, Mbari Publications, 1962) p. 14.
57. *Ibid.*, p. 96.
58. Adrian Roscoe, *Uhuru's fire—African Literature East to South* (Cambridge University Press, 1977) p. 239.

59. Alan Paton. *Cry the Beloved Country* (1948; p. 24).

60. Alex La Guma ed., *Apartheid: A collection of writings on South African racism by South Africans.* (Berlin, seven Seas Books, 1971), p. 11.

61. Alex La Guma *And a Threefold Cord* (Berlin, Seven Seas Books, 1964), p. 167.

62. *Ibid.*, p. 152.

63. *Ibid.*, p. 41.

64. *Ibid.*, p. 89.

65. Adrian Roscoe., *Uhuru's Fire—African Literature East to South* (Cambridge University Press, 1977), p. 248.

66. Alex La Guma, *And a Threefold Cord* (Berlin Seven Seas Books, 1964), p. 84.

67. *Ibid.*, p. 83.

68. *Ibid.*, p. 83.

69. *Ibid.*, p. 67.

70. *Ibid.*, p. 67.

71. *Ibid.*, p. 72.

72. *Ibid.*, p. 128.

73. *Ibid.*, p. 133.

74. *Ibid.*, p. 133.

75. *Ibid.*, p. 139.

76. *Ibid.*, p. 103.

77. Adrian Roscoe., *Uhuru's Fire-frican Literature East to South* (Cambridge University Press, 1977), p. 248.

78. Alex La Guma, *And a Threefold Cord* (Berlin: Seven Seas Books, 1964)., p. 83.

79. *Ibid.*, p. 83.

80. *Ibid.*, p. 168.

81. *Ibid.*, p. 39.

82. *Ibid.*, p. 48.

83. *Ibid.*, p. 129.

84. *Ibid.*, p. 154.

85. John Reed and Clive Wake, ed. *A New Book of African Verse* (London, Heinemann, 1964) 'When Light go out' p. 95.

86. Alex La Guma, *The Stone Country* (London, Heinemann, 1967) p. 17.
87. *Ibid.*, p. 17.
88. *Ibid.* p. 19.
89. *Ibid.*, p. 12.
90. *Ibid.*, p. 12.
91. *Ibid.*, p. 81.
92. O.R. Dathorne, *The Black Mind—A History of African Literature* (London, Heinemann, 1974) p. 235.
93. Alex La Guma, *The Stone Country* (London, Heinemann, 1967) p. 12.
94. *Ibid.*, p. 14.
95. *Ibid.*, pp. 14-15.
96. *Ibid.*,p. 25.
97. Alan Paton, *Cry the Beloved Country* (1948), p. 68.
98. Alex La Guma, *The Stone Country* (London, Heinemann, 1967) p. 37.
99. *Ibid.*, p. 35.
100. *Ibid.*, p. 35.
101. *Ibid.*, p. 129.
102. *Ibid.*, p. 129.
103. *Ibid.*, p. 139.
104. Frantz Fanon, *The Wretched of the Earth* (London, Macgibban and kee, 1965) p. 112.
105. Alex La Guma, *The Stone Country* (London, Heinemann, 1967) p. 155.
106. *Ibid.*, p. 118.
107. *Ibid.*, pp. 118-19.
108. *Ibid.*, p. 168.
109. *Ibid.*, p. 74.
110. *Ibid.*, p. 21.
111. *Ibid.*, p. 20.
112. *Ibid.*, p. 50.
113. *Ibid.*, p. 29.
114. *Ibid.*, p. 107.

115. Frantz Fanon, *The Wretched of the Earth*: Sartre's Preface., (London, Macgibban and kee, 1965) pp. 15-16

116. Alex La Guma, *The Stone Country* (London, Heinemann, 1967).

117. Frantz Fanon, *The Wretched of the Earth*, (London, Macgibban and kee, 1965) p. 40.

118. Alex La Guma, *The Stone Country* (London, Heinemann, 1967) pp. 30-31.

119. *Ibid.*, p. 54.

120. *Ibid.*, p. 38.

121. *Ibid.*, p. 38.

122. *Ibid.*, p. 51.

123. *Ibid.*, p. 74.

124. *Ibid.*, p. 12.

125. *Ibid.*, p. 70.

126. Anthony, H. Richmond. *The Colour Problem* (penguin, 1955).

127. Alex La Guma, *The Stone Country*, (London, Heinemann, 1967) p. 70.

128. Frantz Fanon, *Wretched of the Earth*, (London, Macgibban and kee, 1965) p. 41.

129. Alex La Guma, *The Stone Country*, (London, Heinemann, 1967) p. 52.

130. *Ibid.*, p. 61.

131. *Ibid.*, p. 106.

132. *Ibid.*, p. 68.

133. Ezekiel Mphahlele, *The African Image*, (Faber, 1962) p. 226.

134. Alex La Guma, *The Stone Country*, (London, Heinemann, p. 99.

135. Frantz Fanon, *Wretched of the Earth*: Preface by Sartre; (London, Macgibban and kee, 1965) p. 16.

136. Alex La Guma, *The Stone Country*, (London, Heinemann, 1967) p. 12.

137. *Ibid.*, p. 16.

138. *Ibid.*, p. 31.

139. *Ibid.*, p. 22.

140. *Ibid.*, p. 25.

141. *Ibid.*, p. 146.
142. *Ibid.*, p. 150
143. *Ibid.*, p. 162.
144. *Ibid.*, pp. 126-127.
145. *Ibid.*, pp. 127-128.
146. Frantz Fanon, *The Wretched of the Earth.*, Preface by Sartre, (London, Macgibban and kee, 1965) p. 41.
147. Alex La Guma, *The Stone Country*, (London, Heinemann, 1967) p. 119.
148. Arthur Nortje, *Mind Your Colour*—The coloured stereotype in South African Literature—*V.A. February (Deiden, 1981)*
149. Alex La Guma, *The Stone Country*, (London, Heinemann, 1967), p. 46.
150. *Ibid.*, p. 116.
151. *Ibid.*, p. 127.
152. Bernth Lindfors, 'Alex La Guma, *Contemporary Novelists.*
153. Howard Fast, *Literatare and Reality* (International Publishers, 1950) p. 20.
154. Frantz Fanon, *The Wretched of the Earth*, London, Macgibban and kee, 1965)
155. Ernst Fischer, *The Necessity of Art—A Marxist Approach* (Pelican, 1963), p. 110.

CHAPTER IV

SCANNING THE HORIZON: THE SECOND PHASE

AN ANALYSIS OF LA GUMA'S LAST TWO NOVELS—'IN THE FOG OF THE SEASONS' END' AND 'TIME OF THE BUTCHERBIRD'

I

Defiance against Force

> "A writer responds with his total personality to a social environment which changes all the time. Being a kind of sensitive needle, he registers with varying degrees of accuracy and success, the conflicts and tensions in his changing society. Thus, the same writer will produce different types of work, sometimes contradictory in mood, sentiment, degree of optimism and even world view, for the writer himself lives in and is shaped by history."[1]

> "Step by step our people must acquire both the techniques of war and the means for fighting such a war. It is not only the advanced ones but the entire people that must be prepared convinced."[2]

In the African-Scandinavian-Writers' Conference held in Hassleby, Stockholm in February '87, La Guma enforced his stance—"I, as a South African Writer, am prepared to run guns and hold up radio stations because in South Africa that is what we are faced with, whether we are writers or whether we are common labourers."[3]

Having gone to exile in London in 1966, La Guma used this opportunity to publicly announce his commitment to the struggle for freedom in South Africa. In the progress, he firmly disclaimed the possibility of divorcing literature from the life and environment of the writer. In his opinion, it was unavoidable for the writer to respond to the compulsive force of the historical moment. Dennis Brutus in his article '*Prntest against apartheid*,[4] holds emphatically that a writer is a man who lives in a particular society and consequently derives his images and ideas from that society. It is imperative that he must not come to terms with the ugly aspects of the society and pretend that they do not exist as in doing so, he would deny himself the ability to enter into the experience of the community and sympathize with them. As a result of this apathy, the work of the writer suffers.

No where is Shelley's belief that the writer is the legislator of mankind more applicable than in the case of the black South African Society. It is the writer who must tell his fellow oppressed that the unjust laws which bind him and his people are devised to obstruct man from developing his full potential. There has to be someone to articulate the longings of the people. It would horrify an oppressor to know that his victim has the same longings, feelings and sensitivities as he has.

The dynamism of the developing revolutionary situation in South Africa has always inspired artists, writers, poets, black and white. As this struggle develops, the people's art will reflect the struggle; culture is closely linked with the social, historical, political reality.

> "The reality of today is unique, a continuity joins it with the reality of yesterday, just as in itself it becomes a part of this continuity which will join it with tomorrow; but it is nevertheless a separate thing from tomorrow or yesterday.

What was true a hundred years ago or twenty years ago is not necessarily true today."[5]

And as the reality changes, the author's approach must change. It is in the historical sense that the truth must be seen. No individual can remain remote from the large over-all reality and no writer can portray the individual without some sense of that larger reality.

In tune with the mood of defiance and revolution which had emanated from the uprisings in Soweto and elsewhere, South black African writing underwent a transition in so much as it became less of a cataloguing of the horrible injustices which are prepetrated on the blacks and more concerned with the practical problem of how to destroy the racist regime. When thousands of black children were miamed and killed by the racist police in 1976, the slogan repeated by the oppressed everywhere was 'Don't Mourn, Mobilize'. Something was beginning to stir among the blacks in South Africa; just a crack in the oppressive structure but it mattered because time is the critical dimension. Change will come, the question is whether or not it awaits an explosive disaster.

The decisive transition which has been made in the writing of '*In the Fog of the Seasons' End*' is the move from a concern to illuminate the moral character of a society through a delineation of its effects upon its members to an illustration of the specific actions taken by those who represent the society and those who oppose it. In this novel the characters are no longer merely acted upon by events but are themselves acting, exhibiting a clear determination to struggle their way through to a more positive future. La Guma is angry about apartheid as he is in his earlier works but here the anger is carefully subdued and the self pity that his characters indulged in '*A Walk in the Night*' and to a great extent in '*The Stone Country*' is absent. In *A Walk in the Night*', the oppressed were capable only of turning their anger inward—destroying themselves. Michael Adonis' form of rebellion was to kill a defenceless white man who had been exiled into the coloured community. The people were inexorably sinking further into their 'futureless existence.' In '*A Fog of the Seasons' End*' La Guma builds up that theme of revolt which is his main concern in '*The Stone Country*' and there is a gradual formulation of a revolutionary strategy. Violent confrontation as a means of safeguarding the essence and identity of the blacks as against the arbitrary force of the secret police and establishment, is laid emphasis on.

> "The perevasive note, thus, is not of despair and flight into a world of political negativism but that of hope in the eventual overthrow of the oppressive regime in South Africa"[6]

'*In the Fog of the Seasons' End*' (1972), dedicated to men who died in 1967 in the early stages of Rhodesia's guerilla war, is the story of people who risk their lives in the underground movement against apartheid. It is the story of Beukes—lonely, determined, working for an organisation declared illegal by the authorities; Elias Tekwane, captured by the South African police and tortured to death and Isaac, politically conscious and highly motivated.

At the very outset the scene shifts about round Cape Town, with the principal character, Beukes, out of jail and distributing anti-government pamphlets. He has already appeared before in the guise of George Adams in '*The Stone Country*.' Quiet, determined, undistinguished in appearance, he is a moderate thinker but, like Adams, a man who, from his own rough estimate has decided that enough is enough, a man who has reached the end of his tether. In the beginning of the novel, Beukes is seen walking around the municipal park, biding time for an important appointment with his accomplice Isaac, who was supposed to meet him at the museum at a specified time. Here he meets Beatie Adams, a domestic servant, quite accidentally. A regular visitor to the park for two years now, she was familiar with every corner, every part of it. For her, this was the only opportunity of interacting with the outside world; her world was 'a room in the servants' quarters off the backyard of a big, pink and white house near the park. It was comfortable enough: a single bed with a candlewick cover, some store furniture discarded when missus had purchased a new suite; a picture of her mother in a cheap frame and another of a country scene; bottles of lotion on the dresser and a motley collection of paraphernalia which all went into making life liveable."[7]

On the face of it, Beatie Adams seems irrelevant to the novel. But perhaps, it is more useful to look at her not so much as a woman but as one of the thousands of house servants on whom the regime thrives. It seems tragic that those who are most exploited should be the least politically aware. Having very few rights, Beatie Adam is reluctant to part with the ones she has. Beukes attempts, through his conversation, to make her politically aware and impress upon her the need to assert oneself against the tyranny of the regime, but finds it increasingly difficult in the face of Beatie's stubborn acceptance of the world around; her obsessive desire to keep out of trouble.

> "There are things people can do', his voice was not sleepy. 'I'm not saying a person can change it tomorrow or next year. But even if you don't get what you want today, soon, its a matter of pride, dignity. You follow me?'
>
> 'It's so hopeless', she said, 'You only get into trouble."[8]

She has long forgotten that ugliness exists in this world and it is no coincidence that she goes regularly to the park with its carefully tended flowers, to imbibe that aura of dignity and beauty in an undignified and cruel human landscape. She has accepted her fate passively and is no longer uncomfortable with it. She does not care to be involved in the political realities of the country and comes across vividly as a person who has accepted life in its own terms and is trying hard, within its constraining limits, to live as honestly as possible.

> "We all good enough to be servants. Because we're black they think we good enough just to change their nappies'.
>
> She said hesistantly, wondering whether it would be the right answer, 'that's life, is n't it? It was n't, she could

feel, because he said, "Life, why should it be our life? We're as good or bad as they are'.

'Yes, I reckon so. But what can us people do?"[9]

The tragedy is conceived in social and not individual terms. What emerges is the picture of a crushed humanity and pitiful human beings who will be seldom in conflict with others. These people are reduced to mere pawns—ineffective and assailable in the events that shape their lives. The author is suggesting that it is only when people like Beatie Adams are involved in the struggle that real change can come. Their revolt would be far more paralysing and frightening to their white countrymen, in immediate terms, than the guerillas who go up north for training.

In his earlier novels, La Guma's characters are completely subordinated to his physical descriptions and their terror and agony is portrayed through the minutely described setting which overpowers and corrodes them. In this novel, there is a tendency towards reflecting the political situation of apartheid by relying more on the social setting than the physical details. His characters are used to reflect the iniquity of the South African society. What happens to them is, by implication, a political comment on this society. Whatever we get to know about his primary political characters, in the novel '*In the fog of the Seasons' End*' as human beings, by way of flashbacks, shows us how they came to be involved in politics. We are given little insight into the individual and private struggles of the characters. Alex La Guma does not pay much attention to exploring Beukes' psyche. He is defined by his actions—a man of great integrity and courage, if little imagination. He organises his cadre in the only activity possible in police state countries—distributing pamphlets and helping to topple the government by force.

"Beukes remembered the electrode burns on the hands of prisoners. Behind the picture of normality the cobwebs and grime of a spider reality lay hidden. Men and women

> disappeared from sight, snatched into the barred cells of the security police, into the square rooms with the public Works Department teacups and the thin-lipped, red faced men with mocking eyes and brutal minds, into the world of clubbed fists and electric instruments of torture, the days and nights of sleeplessness, the screams."[10]

The bitter realisation of a harsh reality enables him to perceive more fully its moral dynamics. For a character, the capacity to understand the situation enables him better to resist it.

Although at the end of his earlier novel '*The Stone Country*, there is the promise of a new dawn, we are well aware that the Casbah Kid will not live to witness it and that George Adams himself may not partake of the dream which he lives for. In order to win ultimate victory, La Guma seems to say, the revolutionary must demonstrate a complete dedication to the cause and a clear understanding of what the consequences entail. Elias, in '*The Fog of the Seasons' End*', is aware of the full implications of his subversive acts and is anxious to ensure that the cause is in no way compromised. The scene at the police station, after his arrest, provides a good example of his steadfastness in the face of physical terror.

> "Now we know that you are in change of a section in this party. You are in touch with others, like that fellow who got away. But we will soon have him too. I want you to tell me who that other one is, his name, where he lives, etcetera, etcetera. Everything, I want you to tell us the names of all who work with you, where you meet and so on . . . If you speak now, you will be okay, you will save yourself a lot of trouble. If you don't talk now, you will later on, but then all the trouble you go through and the damage will have been for nothing. You know we need not bring you to court, we can hold you indefinitely merely on suspicion . . . . 'The prisoner ignored him and said to the Major', you want me to cooperate. You have shot my people when they have protested against unjust treatment;

> you have torn people from their homes, imprisoned them, not for stealing or murder, but for not having your permission to live. Our children live in rags and die of hunger. And you want me to cooperate with you? It is impossible."[11]

"Here is a bold confrontation with authority and Elias' protest against the excesses of the South African police stuns his erstwhile liberal conscience."[12] It is a clear, direct attack on the authority. There follows a traumatic experience of pain, a pain more severely rendered for the simple reason that he could look the law straight in the face, unflinching.

> "There was a dryness in his throat and he was surprised at himself for being able to say these words so directly to the man behind the desk. His cheek burned where the skin had been scraped off; he felt harassed, lonely, hunted, but he carried within him a sense of great injustice and a desperate pride."[13]

We are immediately remained of George Adams after his arrest-there is not the slightest indication of remorse. "He did not have any regrets about his arrest. You did what you decided was the right thing and then accepted the consequences. He had gone to meetings and had listened to speeches, had read a little and had come to the conclusion that what had been said was right..."[14] Elias shows the same resolve to assume full responsibility for his actions. In spite of being painfully aware of the terrible ordeal that awaits him in the prison cell, he does not succumb to remorse or despair. His past experiences with the police had reinforced his anguished determination and dedication to the cause.

> "He had been anticipating a test of endurance for a long time, but now he realized that he did not really know that was going to happen to him. Behind the ugly mask of the regime was an even uglier face which he had not yet looked on. You went through the police charges in the squares, the flailing clubs, the arrogant rejection of all please and

petitions, blood dried on the street like spilled paint where a shot-body had lain, but here, behind the polished windows, the gratings and the Government paint work was another dimension to terror."[45]

We are struck by the writer's uncompromising presentation of violence and pain. Prison is no longer a place where black people might be able to sort out their own lives and grope towards a realization of their identity because the presence of their white tormentors has become to threatiningly permanent and the torture so predictable that it has started to effect the innermost recesses of the black mind. Reacting to the militant resistance and black revolt against the racist system, white South Africa has lashed out to crush any opposition and does not even shrink from torturing its black opponents to death. In the end of the novel, the two revolutionaries, Elias and Beukes, are taken unawares by the Secret Police in a midnight raid on Elias' house. Beukes manages to escape with a gunshot wound on his shoulder; Elias is arrested and led away to the prison where he is tortured to death. The gruesome story of Elias' annihilation is skilfully articulated to present the close interrelationship of life and death, resistance and reprisal, in a most realistic manner.

"Life may be destroyed but those who persist in hatred and humiliation must prepare. Let them prepare hard and fast-they do not have long to wait."[16]

Hope is neither of an idealistic nor of an abstract nature but results from the painful experience of hatred and humiliation, of violence and death, an experience conveyed through Elias' fate. Throughout the Prologue, La Guma refers to an anonymous prisoner whose identity is revealed only much later. In the prologue, La Guma apprehends the nature of the legalized institution—the police—that perpetuates a basically unjust, illegal system that by its very nature creates the element against which all laws are promulgated—violence. By a converse application of justice, violence is acceptable in South Africa and all the institutions of that country sanction this violence. It is not surprising, therefore, that the blacks reject this institution, regarding it as a support to a basically perverse social system.

La Guma is less concerned with the individual man than the black South African in general. Emphasis is laid on the description of the situation the prisoner finds himself in: the drive to the police station, the exterior of the prison cell and the interrogation room.

> "Thinking of the story you are going to tell us? He uttered a short bark, which was meant to be a laugh. 'You are going to tell us some kind of a story,' he grinned. "But we are not going to believe it. Do you think we are fools, you baboon?'
>
> In front, the young one laughed heartily, 'he won't be in any mood for fairy tales when we are through within' 'we will ask for a lawyer,' the young one laughed, watching the road ahead, 'suddenly these things have acquired lawyers—who ever heard of it?

The one in the sports clothes jabbed the prisoner, with an elbow "Too bad, meneer'. He said mockingly. "No more lawyers.

> "Those time are past. We don't give a bogger for them, we even keep the magistrate away now.'
>
> 'We'll make you shit,' the driver said viciously."[17]

The callous remarks of the detectives and the major's attempt at making the prisoner talk reek of a hard hearted system, bare of any emotional involvement. Elias desperately holds his ground, clinging to his pride and the 'sense of injustice' as his only weapon against this concerted move to outstrip him. He was afraid and aware of his fate but having made his final decision, he tried not to reflect on the pain ahead. La Guma portrays him as a sensitive and a politically conscious person, reflecting, while under arrest, on the events and circumstances which had led him to the present situation concluding that he would have done 'everything over again, given the opportunity.'[18]

Having had the experience of a harsh prison cell before, Elias indulges in introspection. He recalls the camp vividly. In his minds' eye, the bleak rows of improvised huts, crowded with people who were 'superflous' in the apartheid regime, those who were unemployed or had been removed from their jobs for some inexplicable reason, ex-convicts who had been refused permission to work for their living in the towns, families of those labourers who had decided to join their husbands, rather than live separately; all blended together to form an image that was brutal in its entirety. Starved and hunted down, the prisoners strove to make both ends meet. They worked on the road to earn a few shillings for subsistence. The old and the emaciated were unable to get work and just lasted out on crumbs, valueless, useless appendages on the society that had dumped them there like 'broken and useless machinery."[19] Guma piognantly refers to the death of one of these prisoners, an old man Tsatsu who had 'worked himself to death in order to stay alive."[20] The foreman's callous querry, 'what's the matter with that old blicksem? This is no time to sleep,'[21] comes across to us as a harsh reminder of the insignificance of human life in a set up that thrives on the sweat and blood of millions such discarded individuals, men who may receive more kindness after this life than they may meet with in this world.

Elias' sadistic tormentors leave him no time for introspection. There is only the experience of pain which he tries to shut out from his mind by thinking of something pleasant; love, for instance. But the pain was so agonising that the memories of the past, his childhood, people whose death he bemoaned, his life with and his struggle for his community, are the only memories that would give him the strength to endure.

> "Pain was like a devil which had usurped his body. It was wrenching in his wrists and hands and the sockets of his shoulders as he dangled with the weight on the handcuffs

> that shackled him to the staple in the wall...There was a taste of pain in his mouth where the blood had replaced saliva. His whole body was held together on a framework of pain and he was thirsty.. He tried to stand up straight, but his legs were pierced by nails and he strained again on the manacles."[22]

His body is being battered to death; other images, visions pertaining to collective experiences of his community merge and obliterate the memories of the outside world and of his past. His resolve was undaunted—it was like a force that replaced all other feelings—'the amalgam of pain and brutality atomized slowly into the gathering ghosts of his many ancestors which seemed to insulate him from pain.[23]

> "To retreat into self imposed ghetto may be the only psychological defence against the unbearable pain of the abrasions of hostile social contacts"[24]

Elias had anticipated violence but not the horrible torture that seems so much a part of the regime's pressure tactics. To them, he is just another native who thinks he is 'too smart' and whom it is their duty to put in place. To a regime flailing under the insecurity of its continuity in a country where a mass resistance was slowly but surely mounting, Elias' pain and humiliation meant almost nothing.

> "We are at war and your life really means nothing to us" the glossy haired one said. "If you die, we can always say you committed suicide. After talking".[25]

He had brief visions of his home and mother—the first time he parted with her when he left for the city—visions that lasted for a flickering moment and then were gone One cannot help but recall Willieboy's similar relapse into a dream vision of his mother as he lay dying in the back of the police van, racked by unbearable pain.

Inhumanity has triumphed once more over the boy of man but is being defeated by his will to hold up in the face of this abyss—clinging on to his courage, his pride, his belief in love.

"Far, far his ancestors gathered on the misty horizon, their spears sparkling like diamonds in the exploding sun".[26]

He has become one with his ancestors and together with them La Guma seems to say, he will give help to the living in their crusade against the oppressors of South Africa. In his confrontation with the South African reality, and more subtly in his confrontation with himself, Tekwane emerges triumphant. This is a state of mind which Adonis wishes to attain but cannot after the murder of the Irishman, Doughty, because it takes a clear perception of events in their proper political context to arrive at the position of a George Adams in '*The Stone Country*' or Beukes and Elias in '*In the Fog of the Seasons' End*'. A revolutionary has to reach to the masses to seek group cooperation for ultimate liberation. He has to make his message register in the minds of the people, he has to promise hope and seek it.

"He read the handbill. 'We bring a message . . . . . you will wonder that men and women would risk long terms of imprisonment to bring you this message. What kind of people do these things? The answer is simple. They are ordinary people who want freedom in this country. . . . . . from underground we launched the new fighting crops . . . . sent youth abroad to train as people's soldiers, technicians, administrators, ... we will fight back . . . . . to men who are oppressed freedom means many things . . . . . Give us back our country to rule for ourselves as we choose . . . . . Many ways to fight for freedom."[27]

Even after the crackdown by the Secret Police, Elias remains undaunted. He is convinced that there is a presssing need to alter their strategy and to attack with a greater tact.

"Well, we have started', Elias said, We are beginning to recover from earlier setbacks. Step by step our people must acquire both the techniques of war and means for fighting such a war. It is not only the advanced ones, but the entire people that must be prepared, convinced."[28]

Setbacks furnish as a spur to the underlying combative spirit of these people who have taken upon themselves the mantle of saviours. Elias functions as a sort of refrain when he mouths those words which furnish as a slogan of the movement.

> 'It is a good thing that we are now working for armed struggle. It gives people confidence to think that soon they might combine mass activity with military force. One does not like facing the fascist guns like sheep.[29]

Beukes, like George Adams, is quiet, determined, unheroic unselfish, never scormful of those less committed than himself. He goes around distributing anti-government pamphlets, getting help where he can, giving confidence to those who waver and showing a dim confidence that victory would come one day. The black population Beukes moves through, is represented, in fair proportions, as amused, threatened or inspired by him and his cause. Personal friendship among these oppressed people means much more than political commitment.

Through Tommy, both affectionately and vividly drawn, La Guma reveals a sympathetic understanding of the plight of the common people. Tommy, always buttoned up in his black dinner suit and 'forever practising his ballroom steps, white teeth grinning like an advertisement for toothpaste', is a men who lives in the make—believe world of 'sugary Saxophones and sighing strings'. But even he cannot entirely escape politics. Used as a courier by Beukes to despatch handbills, he unconsciously participates in a movement which he wants to avoid because of the risk of arrest and physical violence he senses in that kind of work.

> "On Buke, I don't for you now and then, but I don't want to get into no trouble, hey. I mean likely I do it because you an old pal of mine, not for politics and stuff".[30]

We acknowledge Tommy's loyalty to Beukes which makes an element of trust possible between them. However, in terms of the struggle which demands much seriousness. Tommy's friendship with Beukes takes on an ironical tone. In a world where pain and suffering permeate every facet of life, this kind of awareness implies a painful effort and for a person like Tommy, whose sole energies are concentrated on escaping that reality, the experience is a particularly traumatic one.

> "For Tommy, reality, life, could be shut out by the blare of dancebands and the voice of crooners. From this cocoon he emerged only to find the meads of subsistence, food and drink. Politics meant nothing to him. He found it easier to live under the regime than to oppose it."[31]

He lives only for his music and his ballroom dancing. His conversations are always mixed with snatches from popular songs. "How about some tea for two, for me, for you" he asks Beukes. And sitting down to supper he hums 'Blue Heaven". This world of radiograms and dance records constituted his world. "His was gay. He was forever happy, nothing bothered him. . . . the other world was coincidental."[32] Nothing should interfere with his hedonistic pursuits. Whatever he does for Beukes is for the sake of friendship, he had known Beukes for many years now and had 'a sort of unconscious respect for what he considered was a crazy bloke who worried about governments and speeches instead of enjoying life".[33] Faced with the horrors of life, Tommy, like La Guma's Joe, builds his own little world in which he can survive without looking too closely at the reality and the misery around him.

Arthur Bennett is another character who does not care to be involved in the struggle. As we meet him in the novel, he had just been to the segregated beach where he had, by his own account, a 'helluva time'. A spineless middle class man, he is completely dominated by his wife who had a peculiar contempt for anything political. When Beukes had asked him to give out his place to him over the weekend, he had sneaked off to the beach, probably scared of the consequences of harbouring a militant activist in his house. "Nelly was afraid of trouble",[34] he manages to say as Beukes confronts him. He genuinely wants to be of some help to the movement but his very indecisiveness is brought about by the fact that he deeply worries about how his wife feels. He is incapable of taking a firm stand or of doing what his mind dictates. If he fails to recognise his rights in his own house, he is unlikely to recognise them in the society at large. He suffers from too great a sense of self preservation and he would quite likely betray to save his skin. We cannot trust a man like Bennett.

Exploring the psychology of Blacks who give in constantly at every step, Mphahlele pertinently hits upon alternative reasons that could account for this negative attitude—

> 'Is it the fear of the white man's power?' he says, 'the element of traditional humanism that fails to cope with white power, the Christian teachings of humility and the importance of the individual personality which cannot cope with violent group attitudes? Is there perhaps a feeling witnin ghetto life like 'I have a better house than my parents lived in ...... I have a home to come to after a tough day's labour...away from those white bastards.... There are few who are better off than the majority in the ghetto...The police raids have always been with us like death......If my pass is in order, I can be saved a lot more misery than my life already is......I have no savings but the sun rises for everyone...? It must be a bit of each of these sentiments"[35].

The minor characters in the novel who are involved with Beukes, are either semi-literate, urban types like Tommy, who vaguely knew that Beukes' business involved 'handing out printed papers during the nights, calling on people to strike, even being arrested,"[36] or they are middle class teachers like Flotman, who openly concedes—"I am sacred. I don't want to go to jail and eat pap and lose my stupid job and get bashed up by the law".[37] He feels strongly about the system, yet all he aims to do is 'ease his conscience' by getting to help in some small way. He does not seem to grasp the psychology of men like Beukes who carry on in the face of heavy odds.

> 'Ichah. But I admire the way you boggers go ahead. Nothing seems to stop, you. What drives you?'
>
> 'Drives? Nothing drives us' Beukes replied. 'We understand our work so we enjoy it. It is rarely that one is happy in one's work.'
>
> 'You go to jail, get beaten up by the fascist police. Alright, right, no lecture is required. But Jesus Christ, don't you baskets ever get fed up?"[38]

He articulates the feelings of million others, voiceless, oppressed beings who wonder how men like Beukes go on the way they do in a political state where the chances of success are rare. They are aware of the complexities of revolutionary commitment, but their limited horizon of ideas does not enable them to take a long view of things. In instinctive self-defence, the form of their struggle is the retention of their residual dignity.

'Befogging the mind' is how Beukes refers to the Boer system of education, imposed on the hopless non-whites in the South African set up. Through Flotman, a teacher, La Guma points out to the indoctrination that the teachers have to submit to, the studied judgements and responses which they have to dole out to the students.

> "Oh No, if you know what we have to teach these days, you wouldn't worry if nobody absorbed the stuff. Do you know that we are told to teach that everything that happens is ordained by God and that it's no use, even sinful, trying to change the order of things. The Boer war was a sort of Holy Crusade, evolution is heresy and nobody existed in this country before Jan Van Riebeeck arrived. In our segregated, so-called universities, modern psychology is a cardinal sin."[39]

It is a frustrating experience for the teachers to communicate information which they do not really believe in and to participate in the information of conceptions and myths in the untutored minds of the students.

And then, there is the doctor, towards the end of the novel, who despite all the risks involved, treats Beukes' wound and justifies his action pontifically.

> 'If the community is given the opportunity of participating in making the law then they have a moral obligation to obey it,' he said, 'But if the law is made for them without their consent or participation, then its' a different matter."[40]

Within the crevices of this cruel world, love, charity, affection and humanity still bloom. In La Guma's world, exploited people can find human sustenance in very unlikely places.

"This book is written with an exile's loving care for remembered life, for effects of summer light, for snatches of talk in the streets, for urban landscapes, mouldy yet familiar. But as detail after detail build up a very vivid background, simile after simile suggests the ceaseless violence of apartheid. There are passages where anger boils beyond the control of style but these make the book's general restraint more impressive. Its imagery builds up a picture of man, almost, but not quite, destroyed by himself ....."[41]

> "One afternoon Elias' mother returned from the post office and he heard that 'the Pension' was finished. The mine had awarded her forty pounds compensation, to be paid at two pounds a month and that day she had been told that she had drawn the last of it the previous month. Of course, the mine had neglected to tell her, among other things, that the widows of white miners killed alongside her husband had been awarded fifteen pounds a month for the rest of their lives."[42]

It is a brief paragraph and like much else in this book, a mere fragment from the mosaic of remembered life. Its starkly tragic qualities make it a more eloquent commentary on the nature of life in an apartheid society than a shelf of learned treatises, government reports or sociological evidences. Poverty and unemployment, racial stratification, looming despair—all are

Elias chose to live and work in the city and consequently had to register himself for a pass because 'in order to leave one's home one had to have the permission of the white authorities'. At the pass office, he was harassed and mercilessly questioned about the legality of his status, about his permit to work, about the permission to live in such and such location and whether he had obtained it, the need to seek permission for his family to live with him, about the necessity to seek permission to leave one job and look for another and at the face of it a grim warning if he flaunted or violated any of these commands.

> "If these things are not followed with care, then into the prison with you or all permits cancelled so that you cease to exist. You will be nothing, nobody, in fact you will be decreated. You will not be able to go anywhere on the face of this earth, no man will be able to give you work, nowhere will you be recognized. You will not eat or drink, you will be nothing, perhaps even less than nothing."[50]

Through flash-backs, we are given an insight into the repressive social scene outside the cells. One is struck by the distressing reality of the perpetual exposure of the South African blacks to the harshness of South African life. The confrontative nature of the black experience in South Africa is brought out vividly through the pass laws. One does not exist in the world, La Guma says, unless one has been 'confirmed' through the pass into the 'blood rites of servitude.' Here a man sees all his hopes destroyed and his fears realized. Without a pass, the black man does not exist and having the power to determine the existence of a person provides the white officer with absolute control.

The situation in South Africa is acutely provincial. With the growth of the opulent white suburbs, there coincided a growth of the hopeless black slums and heartless mining compounds. The affluent English speaking whites inhabit an apparently sophisticated world and yet they are surrounded by both the teeming black slums and the harsh countryside of dust and khaki weed and farms worked by convict or squatter labour.

One of the memorable scenes of the novel occurs when Beukes, wounded and fleeing from the police, finds himself near the ground of a smart villa where a party is going on. Unintentionally, he eavesdrops, sitting silently in the dark, listening to the banter and the clink of glasses. "It is a piece of rich symbolism as the whites pursue their hedonism within the fort and the black majority lie bleeding and hunted without."[51] The floodlights were on, feets tapping to the harsh rhythm of the music. Swimming pool teeming with life, fire crackling in the barbecue pit where sausages and skewered mutton chops spluttered and sizzled. Snatches of conversation pierce through the bustle to Beukes sitting nearby and his 'blood and pain mix curiously with it all as South Africa's two lifestyles are brought close together."[52]

> "Beyond the hedge, footsteps crunched on a gravel pathway, other steps approached irregularly. A man's voice cried: Here she is chaps. Hey, Vi, did you run off?'
>
> Beukes was carefully drawing off his coat with his good hand.
>
> The left sleeve was black with blood.
>
> 'It's that Davey,' a girl's voice complained, 'Can't keep his awful hands to himself.'
>
> Don't blame him', a man laughed. 'Come on, forget it and let's go and get another drinks, there's gallons of champagne.'
>
> 'Who wants champagne? Just because his father's got lots of cash to buy the stuff doesn't mean he can do what he likes. I'am particular who handles me'..."Don't act up so, man, Vi, forget it. Davey was just showing off a bit. After all it is his party, hey.'
>
> 'Well that don't give him no right to behave like a bloody kaffir."[53]

La Guma succeeds in catching the flavour of the white society's use of money as a measure of dignity and their indifference towards those not so fortunate. It is a purely symbolic scene; La Guma seems to say that their inherited British Customs—having lots of money and drinking champagne—seem inappropriate to this world. Besides, the irony, lies in the fact that their affluent millieu—which on the surface seems most British—depends for its existence and sustenance on a particularly un-British, brutal, monolithic regime which has the unique distinction of dissociating itself from the very same sordid surroundings which it engenders. An escape into their metropolitan world by pretending to be ignorant about the reality of the situation is one of the grim ironies of life in South Africa. Anthony Channels, defending this attitude of the whites in the literary review '*Mambo* (*Nov. 1974*)'[54] feels that La Guma shows no compassion for the whites whom privilege has made brutal or superficial. According to him, there is absolutely no justification in simply seeing them as evil or culpably indifferent. However, this scene is a part of Guma's literary device to impress upon the readers the wrongness of the system they are forced to cover down to. Contrary to Chennels' assertion, he does sympathize with the whites as is so clear from Isaac's reflection as he sits in the hot, steamy kitchen.

> "The silly bastards, he thought, they had been stupefied into supporting a system which had to bust one day and take them all down with it. Instead of permanent security and justice, they had chosen to preserve a tyranny that could only feed them temporarily on the crumbs of power and privilege. Now that the writing had started to appear on the wall, they either scrambled to shore it up with blood and bullets and the electric torture apparatus or hid their heads in the sand and pretended that nothing was happening. They would have to pay for stupidity the hard way. Isaac felt almost sorry for these people who believed themselves to be the Master Race...."[55]

Isaac, an accomplice of Beukes and an activist of the movement, works as a dogsbody for overpaid white women with scarcely half his ability In the petroleum company where he works, the telephonist seems to derive a perverse pleasure out of making the coloured 'boys' run around for her errands.

She has the tactical advantage of being a white woman and there were few 'boys' who managed to escape her. The boys were only noticeable when an order had to be given or when a favour was required. Otherwise they were part of the furniture, 'like the grey typewriter covers, coat racks, the tiny bottles of liquid eraser, copies of memo."[56] La Guma expresses the spiritual impoverishment of the whites and schematically their ultimate dependence on the blacks. Blacks were required to do the menial work so that the whites could enjoy the luxuries. Isaac and his fellow blacks suffer rejection as an unavoidable way of life. They have no choice in the matter and the system guarantees that they will be trapped. It is an act of private rebellion when Isaac ignores the typist who wants yet another errand to be completed.

> "Boys, boys, boys, he thought, you could grow to a hundred and they would still call you a boy because you were a black, he angrily mutters to himself."[57]

In this world of 'nylon clad legs, lacquered hair—dos and bright mouths' Isaac feels a misfit. The whites held the blacks in utter contempt, more marked in the case of Isaac since he refused to take anything lying down. More than once, he ignored the summons and passed remarks no equality and higher wages. The White man has many perceptions about blacks and because of his inbred inability to react naturally to a new situation, he jeopardises his chances of ingratiating himself with the blacks. "After all, he thought they will probably pinch half the canapes and smoked salmon sandwiches, they are not used to such luxuries."[58] The chief clerk's assessment of the blacks, though misplaced, articulates that of the majority of the whites in whose perception, the black has morally a very low resistance level, The caricatures and myths set up about the Blacks, for the sake of their own pride and power, is the very bane of the white civilization In South Africa. "Isaac felt almost sorry for these people who believed themselves to be the Master Race, to have the monopoly of brains, yet who were vindictive, selfish and cruel."[59] Unlike the other subservient blacks in the organisation, Isaac's own world is still too valuable, too strong for him. The world of his department is less valid and his conscious life has kept primacy. His identity is more solid, more intact than Sam's 'who has been asked to deliver a heap of letters all over the town on foot, while his feet are paining. He silently protests against the injustice of it all but he will do the job nevertheless, reluctantly, sullenly, hating it. He cannot condemn life—he can only flow with it, be with it. But with Isaac, the alienation process is complete.

> "He was considered to 'have brains' because he understood many things others in his circle did not; he also had nerve because he challenged every little incident of unfairness or injustice."[60]

The police is hot on Isaac's trail; somehow they had got wind of his activities. Issac, forwarned, manages to run away to safety, cleverly evading the law. Unnerved by the suddenness of it all, he tries to force down a feeling of nervousness and get away. When safely out of their reach, he breathes more easily, his relation at having sidestepped an impending, inevitable disaster complete. "He had burned his boats and now there was a feeling of elation inside him that made his step springle."[61] He had no regrets about his involvement in the movement and he proves to be of a steadfast purpose and determination as we see him being smuggled out of the country for guerilla training at the end of the novel.

There is the omnipresent shadow of the South African secret police, the gruesome accounts of strikes and demonstrations which are broken up with brutal ruthlessness by the police. The police is like a haunting spectre, on the trail of the blacks, hounding them at every step.

> "Life had become mysterious rides, messages left in obscure places, veiled telephone conversations. The torture chambers and the third degree had been transferred from celluloid strips in segregated cinemas to the real world which still hung on to its outward visible signs of peace; the shoppers innocently crowding the sidewalks, the racing results, the Saturday night parties, the act of love."[62]

The presence of the police is ubiquitous, providing a structural link in the book. We follow Beukes through the book, partaking of his clandestine anti-government activities through nocturnal meetings and distribution of handbills and pamphlets to call for a strike. He has to proceed with incredible caution and make himself as nondescript as possible to avoid suspicion. Having met Issac secretly in the Museum, Beukes cautiously heads for Tommy's place, betting his wager on a 'safe taxi driver' as he could not afford to risk just anybody. "You learned to be on the look out. Unless you were absolutely under cover, a fox in its hole, a lizard under a rock; but even then you were unsure. They might be near, they might be nowhere or everywhere. You never really could tell".[63] One is struck by the distressing reality of the dwindling force and perpetual exposure of the freedom fighters to the harshness of the South African Life.

The brutality of the police state, where blows always fall in one direction; separate days at the museum, separate restaurants and garden chairs for the whites, arbitrary dismissal from work to make way for white employees, a legal system which defends injustice, prosecutes and persecutes those who fight injustice; routine checks to find out if the blacks had necessary permits to live in the area; all aimed at depicting La Guma's sadly worn experience into a unique and better perception. The thin line between innocence and criminality was steadily getting eroded in a regime where to be born Black was a crime. "There were a hundred and and one crimes one might have committed without knowledge. Palpitations of the heart had become a national disease."[64]

The role of the police in enforcing apartheid laws is degrading and bears the marks of tyranny. They arrest thousands of Africans every day; each crime has a political significance. It is not lawlessness in the abstract but specifically a resistance to servitude. A call is given by Beukes' organisation to surrender and destroy the passes, which were subsequently to be taken to the white man's police station and dumped there. Some people went on to work as usual. Others took part. Soon a large crowd had gathered at the police station: men from all walks of life, old men as well as children, all those who wanted, to show that they were "tired of regimentation and chattels, of bullying police and arrogant foremen, of fines and taxes and having too little money with which to buy food."[65] The crowd was moving about restlessly, shouting for their rights, shouting for their right to be heard. The police was on one side; the populace on the other. Inherently, the South African police regards every breach of apartheid law as a revolt of the havenots against the haves—a rebellion which, if not vigorously put down by a massive police action, would boil over and singe them. Whenever the black man succeeds in organising himself, they intervene and disperse him, wherever he publicly demonstrates, however peacefully. Instead of listening to the complaints of the strikers, a convoy of cars and trucks, loaded with police reinforcements, broke in on the crowd. Shots were fired rapidly and indiscriminately. The crowds retreated under this onslaught, not before many were struck dead in this brutal attack.

> "With the end of the volley, came a silence of finality. Even the dogs of the towship did not bark. In the open field, in the dusty alley ways where they had tried to flee, the dead and the dying now lay like driftwood."[66]

Complete ruthlessness and an utter disregard for every kind of civil liberty characterised this police action—they would stop at nothing to gain their end. A parallel to the Sharpeville massacre could be drawn here—a similar use of indiscriminate force, which left thousands dead or dying. This accounts for the complete caution exercised by the members of the movement in commuting around. The police has a network of African informers; they resort to imprisonment and prolonged questioning of suspects and the use of a measure of mental and physical torture, as did happen, in the case of Elias, to secure their end. To uncover the conspiracies of the movement, they leave no stone unturned—each man in the movement feels hounded, insecure.

"In spite of fatigue he moved with the caution of someone grown used to hiding, to evading open spaces; the caution of someone who knew that a man alone in a street was an conspicous as a pyramid, but that in a crowd one could become anonymous, a voice in a massed choir."[67]

The strike let loose a state police force, on the look out for the organisers of the movement. The newspapers screamed out the headlines—"Explosions scatter pamphlets ...leaflet bombs hit the city....underground movement still active and the minister of police and the observation that the leaflet explosions were on indication that undermining elements were still active. The public must not think that the dangers are a thing of the past...."[68] Misinformation, exploitation of the mass-media, all the devices aimed at keeping the people ignorant of the wider reality and make the movement suspect in their eyes. "If we have people from all sections of the population, we should make this campaign a success,"[69] is Elias' hope and it is the state's effort to crush and beleaguer this hope which can wipe them off altogether, if things work out as originally planned.

"The movement writhed under the terror, bleeding. It had not been defeated, but it had been beaten down. It crouched like a slugged boxer, shaking his spinning head to clear it, while he took the count, waiting to rise before the final ten. Life still throbbed in its aching arms and fingers; wholesale arrests had battered it. The leaders and the cadres filled the prisons or retreated into exile. Behind them, all over the country, the groups and individuals who had escaped the net still moved like moles underground, trying to link up in the darkness of lost communications and broken contacts.... They trusted each other because without trust they were useless. They burrowed underground, changing their nests and their lairs frequently......Little by little the raw nerve fibres and tired muscles of the movement established shaky communication with centres abroad."[70]

The country, caught in the yoke of oppression, breeds mumified inhabitants; their individual thinking is compartmentalised. The apathy so universally noted among colonized people is but a logical consequence of the government's apartheid policy. Their desire to live, to continue, becomes more and more indecisive, more and more phantom-like. It is in such a society, such a situation that men like Elias, Beukes and Isaac are needed to raise and strengthen the cadres, to take initiative, to encourage militancy when need be. "There is no point in talking violence if you can't put it into effect,"[71] Beukes said, and meant it. His conviction that with the use of arms, the regime could be cornered, grew in the midst of increasing worry.

"Who says I'm not worried ? I got a wife who's in the family way for the first time. We got a strike coming off in a few weeks. Just now the cops will start farting around. You reckon I am not worried ? ...But what's the use of worrying ? Nothing will get done that way."[72] His optimistic resilience and pragmatism in the face of mounted assault on their cadres was what led him on. "We'll win"—Beukes' confidence echoes George Adams' hope and belief that things would look up for them—the only difference being that while the latter's vision was that of an idealist, the former believed whole-heartedly in the necessity of action completely replacing compromise.

"At the same time you got to try and find people in your district to have meetings in their homes".
'we'll scout around'.

"And about", Beukes had grinned again. 'May be one of you three'.

'I'll talk to them'

'That's for a start. The same thing's happening other places. We'll spread out from there'.

Issac had said, 'I hope so. You reckon this thing will come off ?' 'Am I a fortune teller ? Beukes had asked—'It depends on the tempo we can keep up and the initial interest we can work on. We mustn't slacken."[73]

How strange it is, this combination of vulnerability and strength.

Abdullah, a cutter in a garment factory, is, like Flotsman, a sympathiser of the movement, a man who prefers to work for it discreetly. He has seen enough indignities around him to feel anguished at the thought of it. "There is a hiatus, a discrepancy between intellectual development, technical appropriation, highly differentiated modes of thinking and of logic on the one hand and of simple, pure emotional basis on the other."[74]

Humble folk, with little or no political formation : the old woman sitting on the road with her belongings—with her 'ancient liquid eyes' and her 'impregnable dignity;' the old man dead by the roadside; Elias' mother; Beatie Adams, the nanny —all are representatives of the common men, whom La Guma has involved in his story to project the bitter effects of apartheid on all. "A profound sense of how little has been achieved and the enormity of the problem prevents La Guma's drawing political superman and of the activities, only Elias comes even near being invested with an aura of heroism."[75]

Ugly disintegration and poverty is the texture of La Guma's world. He cannot escape it. Violence and squalor, in the midst of police brutalities and apartheid laws, is endemic. A noticeable change is however apparent as one progresses from *A Walk in the Night* to *In the Fog of the Seasons' End*, projecting man's ability to survive and translate his frustrations into viable action to restore his credibility. Here the noxious environment, though not rendered in such unsparing detail, as in *A Walk in the Night*, does figure in occassionally as part of La Guma's naturalistic world view of equating man with his environment.

> "On the dim staircase, the air was heavy with old odours of broken lavatories and dust bins, all mingled to form a fetor not unassociated with exhumed graves. Night had not cooled the atmosphere inside the grimy building and Beukes climbed into the gloom and the smell like a grave—robber

who had just broken into a tomb. Behind the anonymous doors, poverty had retreated into unpeaceful sleep and the hallway to Tommy's was deserted except for a dried trail of tea-leaves and curling scarps of paper."[76]

La Guma's vision of society is demonstrated through his imagery; he masterfully depicts the environment as a living statement of man's alienation and decay.

"A slum hung on the edge of the city suburbs like dirty, plaster cracking and crumbling, yet unwilling to fall apart. There were ruined and broken lines of gimcrack cottages where the main suburb ended and then winding and broken lines of dwellings with rusting walls and sagging roofs held down with stones or baling wire. In the late-summer night the darkness slowly edged away the dry sand—lots, the rutted lanes that passed for streets, the sagging fences that surrounded arid patches which were hopefully used as gardens and left only the dim lights like smudged gold tinsel scattered haphazardly against a shabby cloth of smoky purple."[77]

The vivid description of a slum area, the frontier between the coloured zones and the white proclaimed city, conjures up the horror of South African life. But while *A Walk in the Night* had the sole purpose of documenting the social conditions of the urban South Africa, in *In the Fog of the Seasons' End*, La Guma moves ahead in time to record sensitively the peculiar dilemma of a society which has to fight to preserve itself. The novel is permeated with a sense of a new era; a post-critical phase in which men have consciously chosen to act, men who have seen beyond the fog, into other possibilities. What La Guma is doing is to reinforce a basic historical truth; that in the end the oppressed inevitably fight back at some point in time, no matter how foggy the possibility of success. La Guma's awareness of the progress in the revolutionary commitment, in the historical background, makes this novel relevant and a major achievement.

The end of the novel shows Beukes, at the end of another long trek, watching a handful of men drive off to receive guerilla training abroad. Beukes comes in the manner of an epilogue to make the final pronouncement of the continuing fight of the resistance movement as another advance party of liberationists gears up to launch a counter-attack against apartheid.

> "Beukes stood by the side of the street in early morning and thought they have gone to war in the name of a suffering people. What the enemy himself has created, these will become battle grounds and what we see now is only the tip of an iceberg of resentment against an ignoble regime, the tortured victims of hatred and himiliation. And those who persist in hatred and humiliation must prepare. Let them prepare hard and fast—and they do not have long to wait."[78]

II

The Butcherbird Sweeps

> "When the government trucks had gone, the dust they had left behind hung over the plain and smudged the blistering afternoon sun so that it appeared as a daub of white-hot metal through the moving haze. The dust hung in the sky for some time before setting down on the white plain. The plain was flat and featureless, except for two roads bull-dozed from the ground, bisecting each other to lie like scars of a branded cross on the pocked and powdered skin of the earth......a hand experimently dug up some sand and let it trickle away again through horny fingers, dropping between patched and squatting trees, return to the earth. This was no land for ploughing and sowing, was not even good enough to be buried in."[79]

A part of the country; barren, sand blown, unfertile, thirsty dreadfully bare, a camel-coloured wasteland—here in this land lies the heart of the problem.

The rural black Africans of a village in the South African karoo, whose trials and tribulations and encounters with their white oppressors are the primary preoccupation of the novel, have been uprooted from their ancestral land and moved to a Bantustan for the benefit of mining interests. The short novel *Time of the Butcherbird* published in 1979, shows, in a series of flashblacks, an artist's control of a complex situation. True to his technique, La Guma introduces individuals, their lives apparently unrelated to that of one another—till the denouement, where they collide. It is from this novel that we get his most impressively articulated appraisal of the South African situation.

Chief Hlangeni's village is an under-developed village; a world inhuman in its poverty. Confronting this world, the European world sprawls, ostentatiously opulent. What remains in this fated village is a tangle of broken traditions and a mist of new ideas. Out of this tangle and mist, an African consciousness begins to form itself—a consciousness that calls to question the white man's authority to move them out of the 'Land of their ancestors'. While the black man wanted to continue as before, the whites wanted him to grope for a new life, as part of the Bantustanization Campaign—the move to compartmentalise the African life and remove them completely from the white mainstream. What was intended, undoubtedly, was a radical partition of the whole Republic to enable a gradual, perhaps never complete, but politically acceptable disengagement of the white and black races. The very first confrontation between two representatives of this village and the Bantu Commissioner is a poignant instance of the contempt and utter lack of dignity heaped upon the black; unfair, unjust-treatment meted out to them. The two men had dressed up for the occasion; they were poor and an attempt to appear dignified in the face of deprivation seems natural.

> "The two men were both middle aged and poorly dressed and carried walking sticks cut from branches and they had put on old, frayed neckties for the occasion, as well as fastened all the remaining buttons of their jackets...One had to show that one was as dignified as they were."[80]

The simple earnestness of their effort can be contrasted sharply with the Commissioner's reluctance to come anywhere near them—'he had looked out at the two shabby men as if expecting that they should have tried better than to appear before him in such clothes as they were."[81] The visitors' perspicacity was fully exercised on the white plane in which they found themselves, for they had to pick their way through a bewildering racial and social reaction; the clerk at the reception 'could smell them, the smell of sweat and dust and he put it down to the usual kaffir smell. It did not occur to him that they had come a long way in the heat: to the clerk all kaffirs smelled. He had intended to make them wait until he felt himself ready, that was the way one had to deal with these people.'[82] They are denied respect due to them as human beings and are spoken to as 'recalcitrant children', as men who do not know what they are asking for. What kindness they receive is the kindness shown to animals.

> 'Letter? 'the clerk had asked frowning,
> 'Can you read?'
> 'I can read', the man had replied,
> smiling gravely'[83]

The word 'black' has acquired a pejorative maning all over the country. Its connotation is an evil, uneducated, uncivilised man. The term 'native' has however been officially replaced by Bantu, as pertinently pointed out by Kasper Steen, the prospective brother-in-law of Hannes Meulen, the parliamentary candidate for the elections to the Volksraad, in the novel.

> "We call them Bantu now, boy", Steen said and smiled again 'Things have changed'[84]

The introduction of this term has been partly to placate foreign sentiment, but chiefly 'separate development' to be credible at all, needs some precision of terminology. The Bantu Commissioner, invariably an Afrikaaner, betrayed a touch of suspicion as he checked the credentials of the two villagers. He severely reprimanded them for substituting Hlangeni in approaching him. Probably he had detected a chink in Hlangeni's armour in his previous meetings with him and conjectured that it would be easier to deal with him instead of these two individuals who did not seem to conform like sheep. It would be wrong to accuse the commissioner of insensitivity—he has not been able to create a secure social identity, like other whites and his social routine is a protective mechanism. By asserting himself he could keep the blacks suppressed and cowering, that was his belief. "They were all children but one had to remind these people who one was, authority, the law, that one ruled here."[85]

These native administrators, with their professional attitude to the system, enforce it, in all its hideous multiplicity. They have a difficult job to do and they do it conscientously. Their professionalism does not exclude a certain idealism in a changing world! In the white man's land, they have accepted the task of dealing with the 'serpent'; the community has shifted onto their shoulders the most essential responsibility of all; they discharge it faithfully and with complete disregard to the dictates of humanity. Acting as a spokesman of the government, the Commissioner firmly refused the appeal filed by the villagers to cancel the evacuation plan as the land they were being shifted from had always been theirs. "It is written here that I should tell you finally that removal of your people will go on as decided long ago. That is all."[86] The finality of the decision rang through the office. It was a crushing piece of news, conceived as an inpermeable, immovable judgement, all pointing to an apocalyptic future. Kobe, one of the villagers articulated the sentiments of his community when he retorted—

> "we have been told that we must go from our land, from the land of our ancestors. But it is very difficult thing to uproot an old oak of many years. The roots of such a tree are very...Certainly one can take an axe and cut down such a tree, that is easy, but the roots remain and are very hard to dry up. So you see, the tree really remains, the tree goes on."[87]

The controlled aggressiveness implied in his tone seems prophetic. This seems scarcely consistent with the suppressed image of the blacks.

> "The white man determines where you shall be born, where you shall earn your livelihood and where you shall marry, die and be buried. At one stage you become amazed that he can be so obtuse as to think that as a white custodian of God's kingdom he can even prepare you for some kingdom of after life where you won't have a ghetto. At a later stage you realize he's not obtuse. He is methodically working for his own security of tenure in the business of governing."[88]

Ezekiel Mphahlele's psychological insight into the motives that govern the attitude of the South African whites seems to be logically placed. The crackdown on the village is yet another attempt to reinforce the credibility which it is steadily losing. The village is not only a geographical landscape. It is in fact a view of South Africa perceived from a particular position. The village is a symbolic entity in a situation that is primarily South African. According to the system of apartheid Black Africans must leave the South African cities: this is supposed to lead to a more perfect separation of racial groups. La Guma shows, through the predicament of the villagers, the Black Africans desperately clinging to their roots, to the life which they have become accustomed to.

Upcountry in South Africa, the salesman Edgar Stopes is obliged to spend two nights in a bloody one-house town, while waiting for his van to be repaired. The garage will be closed the next day, like every other business, because the Dominee is to hold a special service to pray for an end to the drought. Here La Guma presents a clash of two monolithic societies, with predictable patterns of behaviour, the Boers and the Britons. Edgar Stopes, like all other Englishmen, regards the British society of the Afrikaaners contemptously. He fails to understand as to why he should speak the language of the Dutch to transact in their area, instead of his own. The innate superiority of the British surfaces through the priggishness of Edgar Stopes, who attributes a certain colonial roughness to these 'bloody Dutchmen'.

> "Here in the countryside, he was like a foreigner and he had learnt that he would make no headway with these Dutchmen unless he submitted to their narrow arrogance."[82]

The English, though they have accepted the Republic as a convenient expression of statehood, are conscious that it is not really theirs. On the other hand, the Afrikaaner is forced, by his spiritual isolation, to foster this country as his own and to live at the centre of this world, the only world he knows. English liberalism is strange to him; his roots go deep and he takes apartheid in his stride. The outlook of the conservative Afrikaaners is not unique but only in South Africa is it found in the ruling class of a large powerful nation.

> "The problem of South Africa is that a seemingly anachronistic world view is a fact determining all contemporary life."[90]

Hannes Meulen, an Afrikaaner, remembers his father who believed his land to be a heritage gained 'through the sacred blood of ancestors and the prophetic work of god. . . . It had come to their fathers through the Musket aud the Bible; that had come into the land like the followers of Joshua. Any other conception was anathema.'[91]

Hannes had been reared in an environment which encouraged the people to believe that the Afrikaaners were the 'chosen people of God' and as such invincible. "We shall prevail," shouted his father at the meetings and proceedings held regularly in their countryside and the feelings were echoed and reechoed unanimously. When Hannes was fifteen his father died and the farm went over to the care of Hannes' grandfather, who, however, seemed utterly disinterested in its upkeep. Given to daydreams and nostalgic reminiscences of the age gone by rather than the current problems which beset the estate, he proved entirely incapable of carrying on. Hannes, nearly forty at that time, took over and also joined the National Party which was closest to his father's faith. He told himself that it was his turn now to hold the land that God had given. The irony lies in the fact that 90 per cent of the Dutch seriously believe that apartheid is ordained by Providence and is completely justified in context. It is an odd premise, they see nothing intrinsically wrong with the institution of slavery. Nationalism, for them, is an expression of faith; race is a manifestation of divine will. There is no need to apologise or explain away. The Afrikaaners regard themselves as a people of destiny, of imperishable identity, the archetypal Trekkers whose pilgrimages are recorded in the Holy Scripture itself.

The Dominee sees the drought as a warning. His sermon at the heart of the novel explains that their country is being punished by God for widespread corruption in the cities. In their society, the Dominee is considered the representative of God and as such is held in the deepest veneration, 'the god speaking through him was undisputed.'[92] He eulogised his community as God's 'chosen race'; and went on to express his displeasure over the corruption rampant in the 'cities.'[93]; there are exhibitions of lewd paintings. Serious charges of decadence, drug taking and suicide among the youth are jumbled with old fashioned puritanism. What seems to have scandalized and shocked the Dominee perticularly is a story of a woman dancing near-naked in a night club with a snake, 'the symbol of evil'. Miscegenation, he goes on to say, is the surest spolier of civilization. 'Sin came with the mixing of blood as sure as Adam ate of the forbidden apple.'[94] The Dominee talks of the blood pollution and the consequent lowering of the racial level as the only cause for the disappearance of civilisations and cites the instance of the Portuguese civilisation in the north which has suffered a similar fate.

> "In the purity of our blood also lies the guarantee of our honourable mission"[95]

The congregation is impressed. The Dominee, who feels himself caught between African barbarism and Western decadence, expresses views which help to support the rulers in South Africa.

> "Just as our forefathers had to do battle against the heathen for their lives and for the soil on which we live today, so also now and in the future, life will not grant to our people new soil as a favour, but only as it is won through the power of the victorious word of God."[96]

The people hung on to every word he said—gullible, basically simple people, they had no reason to regard his views as any other than the Gospel Truth. They are applying the principles of religion to the political circumstances in which they find themselves. This is their only claim to true integration, the only way whereby individual Dutch can follow their conscience and justify it.

> "The heathen beats his spears against our door. The philistines are returning once more with their awful Gods and terrible sacrifices. They are breaking into our civilisation. . . It is our ignorance of this that has caused God to send drought as a reminder that he lives, that He has been forgotten. . . . ."[97]

The Dominee goes on to say and the congregation gets increasingly emotion-charged. Edgar Stopes looks down on Afrikaaner fanaticism but he and his circle consider themselves the guardians of civilisation and would agree with Meulen's perspective father-in-law who asks, 'what can be done with a people who a century ago had not discovered the wheel?'[98] Basically, Edgar and Humes Meulen share a present—they both are presecutors, even though Edgar Stopes would hate to identify himself with 'a lot of bloody backward Dutchmen as dumb as the sheep they raise.'[99] The Stopeses represent a drab version of Dominee's 'decadence'; his wife, Maisie, is dreaming at home about how to be rid of him. She had married him out of a primary need to get out of the morass that her life was in before she had met him. Brought up in a strictly segregated environment, her antipathy towards the 'niggers' was inevitable. Staying in a predominantly black locality, Mrs. Barrends, Maisie's mother, was painfully conscious of the fact that her daughter should not mix with a 'lot of coons.' When the time came for Maisie to go to school, she was escorted to a distant white school, 'travelling on segregated tramcars.' Struck by the glamour and the brash sophistication of the distant world, Maise ached to be a part of the priviliged group, 'to be in the bright lights, the flashing neon sign of the city centre.' When her mother chastised her for her preoccupation with a world and a concept so alien, Maisie always retorted:

> "What's so wonderful about this", talking about their business in the area, "serving a lot of nigger".[100]

When Edgar Stopes made an appearance, Maisie latched on to him as her passport to the outside world. He had a promising career and he seemed to be reasonably taken up with her. However, marriage for Maisie did not turn out as she had hoped it would. Edgar did not get any promotions and life continued—static as before. Stopes' reminiscences at the inn where he is putting up, clearly tell us of a relationship that has soured:

> "She had started out as a good sort, but now she was a nagging thorn in the side, always going on about something or other when she had a couple of drinks."[101]

A parellel can be drawn with Constable Raalt in *A walk in the night*, who seems equally disturbed about his disoriented relationship. His wife does not understand him and that seems to be Stopes' predicament too. Every sensitive South African finds himself in a dilemma. If he accepts apartheid, he is drawn into the underworld of sedition and violence. He must surrender some part of his integrity; this affects his inner life. He lives in fear; a diffused, unfocussed fear, the fear that their racist philosophy is untenable in the modern world. It is not a surface anxiety—it is a fact difficult to live with !

Hannes Meulen, the Parliamentary Candidate, is also staying in the town where Stopes is. Shilling Murile has arrived, after eight years in prison, intending to kill Meulen in vengeance for his dead brother. He is a Black, who was once working as an apprentice at Meulen's household. One fateful might, in a fit of drunken stupor, he and his brother Timi had released the sheep from the pen. Entirely oblivious of the danger of doing such a thing, they walked away 'giggling and swaying, slapping each other's backs, singing santches of song.'[103] Hannes Meulen and his crony Oppermann, the manager of the estate, spotted these two and on learning that they had set the sheep free, tied them up to a post, to be taken away to the prison next morning.

> "Oppermann stared at the two black men, his face suffused with rage because he had to actually touch, handle these kafflrs"[103]

In his disgust, he tied them up with brutal efficiency, with the result that Timi died in his bonds. Shilling, in a fit of agony, assaulted Opperman with a bottle and was jailed to ten years of hard labour, while Meulen was let off with a 'severe reprimand and a stiff fine'.

Time passed and Shilling was released from jail. But he did not forget the injusticeme ted out to him by Meulen; in fact he lived for the day he could extract revenge from him.

> 'Eight years had brought changes, he told himself. It was as if rage had always been there, like the scarred knees of childhood, the horniness of feet from years barefoot in the gritty soil. But his rage was a personal thing. . . '.[104]

Coming back to his village, the village where Hlangeni was the chief, he attempts to reacquaint himself with its contours, its forms. It had been a prosperous land once; as a child he had played there and spent most of his youth there too. It was amazing how vividly the memory of it was etched in his mind.

"It is strange the way you never foreget a place, he told himself, never forget."[105]

And he had not forgotten the white man's cruelty too. He has to struggle to avenge in order to gain an authentic sense of self. Ten years in the prison had hardened his resolve. His isolation, his inability to form a human relationship any more, his desperate clinging to an extinguished past and a possible present, is sharply contrasted to the living warmth of Madonele, the aged shepherd. As a representative of the forbears of the Blacks of the village, he speaks with the voice of the tribe, "Since your brother is gone, does that mean there is no home, no family, people? We are all your brothers..."[106], and later "your remember certain things, yet you have forgotten that fatherless children belong to everybody."[107]

'The hammering heat of the sun', 'the dry stream bed', 'the dust in the parched land'—this effective creation of a physical setting is one of La Guma's characteristic technical strengths. Its purpose is not to create the totality of objects through which the protagonist must struggle in order to gain his self; the environment has a force and a function of its own, it is the most direct expression of the quality of life. La Guma always turns back to the geography with which his people must cope. People interacting with the bare, harsh landscape, the poverty of its inhabitants matching the *infertility of the land*;—'parched fields', 'rusty barbed wire', 'brittle surface of the arid soil', 'long dry, broken dusty stretches of reddish yellow land', 'withered thorn treas', 'waterless stream', 'crumbling ledge of bank', 'withered water plants', 'Sparse vegetation;' all vividly generate an atmosphere of decay, debilitation, squalor. There is an unconscious sense of the identification of the people with the landscape. We can recall the harsh, rural setting of La Guma's short story *Coffee for the Road.*[108] An Asian lady is driving with two tired, fractious children the length of the country to meet her husband in Cape Town. Their plight, especially the hopelessness and frustration of driving through the night because there is nowhere to stop (the hotels are for whites only) is reflected at every point in the landscape the car passes through. Images of dust and 'dryness of scrub and thorn', 'stunted trees', 'parched gullies', 'tumbledown mud houses' and inhospitable terrain punctuate the narrative. This is a semi-desert country, 'red-brown, yellow-red, pink red, all studded with sparse bushes and broken bourders.'[109] Olive Schreiner's harsh veldt, set as a backdrop to the dry, wasted years of the men who people it, in her masterpiece, *The Story of an African Farm,* is another instance where event, scene and moral aim blend perfectly.

> "The plain was a weary flat of loose red sand sparsely convered by dry Karroo bushes that cracked beneath the tread like tinder, and showed the red earth everywhere. Here and there a milk-bush lifted its pale coloured rods and in every direction the ants and beetles ran about in the blazing sand."[110]

Land is the background of the lives of the characters in both La Guma and Schreiner and the touchstone of the reader's awareness.

The physical setting in this little village could be interpreted as an illustration of the basic dislocation within the story and within South Africa itself—the contrast between the decayed physical environment and the magnificence of a man rejuvenated. Shilling has come back toughened by the vicissitudes of life—the land is defeated, the man is not.

> "The white man leaves out of account the human memory and the ineffaceable marks left upon it and then above all there is something which perhaps he has never known: We only become what we are by the radical and deep seated refusal of that which others have made of us."[111]

Shilling was accused and remanded as a criminal; all the memories merge inperceptibly into each other and Meulen is part of each image.

"White men", he said softly, "I am finished with white people."[112] Personal experience strengthens one's resolve; you do not strive to gain till you lose something. The taxi-driver of Guma's *In the fog of Seasons' End* piognantly brings about the bitterness and reality of a personal tragedy and its effect on the psyche;

> "My goose, she work already in this faktry twelve years, now she tell me she must give up her place as supervisor of the conveyer belt to some white bitch to take over... When it happen to you personal or to somebody close, well it make mos a bogger sit up and think."[113]

Murile and the taxi-driver share a reality, strong and insistent.

Madonele, on the other hand, is a part of that community that is suffering; a nameless, faceless part. He has never come face to face with the inconceivable brutality of the white society. As a result, he harbours a very casual, tolerant, vincible point of view.

> "They are strong", the shepherd said.
> 'There were people in that place who had been put there by the white men and who said that we should fight on. I used to listen to them talking'.
> "The shepherd asked, 'will you fight the white men? There is another who has come among us to talk of fighting."[114]

Murile is reluctant to talk of the past as it holds bitter memories for him and Madonele understands his agony. He doee not prod him to delve into the past with him. As they walk back to the village, Madonele asks Shilling about the city life.

> "I have heard that many bad things are done to people in that place where you have been'.
>
> 'Bad things,' the other said and his eyes were bleak. 'But one learns to wait, to remember', the old rage nagged at his guts. 'It is better to remember and to wait, rather than to

talk. In that place one got into big trouble through talking too much, so one just waited."[115]

The private situation of the individual runs parallel to the political. The public and the private, with their respective moralities, intertwine, producing a statement not only of political emergency but also of a personal crisis.

Chief Hlangeni's people, meanwhile, are stirred by a resolution as old as the Dominee's but more likely to be realised today. They will not be moved from the land of their ancestors. Their ability to adapt in order to succeed is firmly denoted by the fact that they agree to be led by a woman, while the chief feels diminished by the white authority, as though clasping 'at the cloak of old dignity that was wearing thin'. In his speech he admits to the evil emanating from the white man's rule and laws.

> "The white man took our young men from us to work for them and we watched it being done knowing that the law was the white man's law. Our fields and our cattle could not be tended because our men were needed for those of the whites, that their harvests might grow abundant and their cattle grow fat. That is according to their law, not ours".[116]

Awareness of the reality is there but the moral indignation that must accompany this awareness is absent. His impotence in the face of crisis is sharply criticised by Mma Tau, a 'she lion', who was willing to cross the rubicon. Her speeches affirming that 'the land is ours' carry an authority which cannot be slighted.

> "Must we obey everything, as sheep obey the shears or a cow the milker's hands?"[117]

The same populace which had just silently heard out Hlangeni, tacitly supports Mma Tau in her impassioned outburst. The simple instinct to survive engenders a less rigid, more mobile attitude. The South African masses are an inspired lot, La Guma seems to say, all they need is a spark; a dedicated leadership.

> "Listen, it is said that the white man's law and his weapons and his money make his heart bad, that for these things he has exchanged brotherhood, that with these things he can destory manhood. But it is his own manhood, his own brotherhood which he has killed. So be it, but he has not killed ours. We are still a people...This inability to see mystifies him, baffles him...and he is defeated because in him there is no heart, no dignity and so against the evils of the bad one there is a defence and a remedy, the people's will and dignity and it is possible for the heart to remain whole, the times to be good, the years to be fat".[118]

Winnie Mandela's revolutionary leadership in the 1970's after Nelson was jailed; her single handed attempt to take on the whites in a spirited confrontation, probably impressed upon La Guma the need for showing a woman as an initiator.

In South Africa, women, consciously or unconsciously, have gradually chosen to fight for the freedom of their people. They have proved to be valuable in the execution of the struggle. In spite of the crushing disabilities they have suffered, they have kept families together against heavy odds and nurtured children under condition that negated life. This experience in the preservation of life could stand the movement in good stead. Winnie Mandela, as does Mma Tau, embodies the role played by women to carry on the struggle. The identification is not coincidental. Clearly, the political climate of the country and the emerging strength of the women influenced La Guma in introducing Mma Tau as a strength of the movement. We can contrast Mma Tau with Guma's other female characters—Beatie Adams in *The Fog of the Seasons End*, for instance, who takes things lying down and could not compromise her life for her principles. Arthur Bennett's wife for whom 'there's no time for politics' can share a level of identification with Maisie in *Time of the Butcherbird* who has time only for the good things in life. White customs and white ways hold an attraction for her she can scarcely resist. Eliza in Abraham's *Mine boy*, like Maisie, is a character modelled on the African women who clamours to step out of the restrictions imposed upon her by the colour of her skin, not by defying the regulations but by emulating the whites. There is practically no portrayal of women in his first two novels, *A Walk in the Night* and *The Stone Country*. Herein lies Guma's historical perspective. Slowly and surely the women in South Africa was evolving and Guma, from the anonymity of *The Walk in the Night* to the forceful image in *Time of the Butcherbird* has projected her as gradually changing; a leader in her own right.

"It is not right, it is not proper, Hlangeni said, A Woman?"[119]

But the people are above such narrow considerations, they are afire. This change is not the result of force but of dedication, of moral persuation.

> "My brother Hlangeni says we must obey the law and the weapons, the evil. Can a people be obedient to evil? Bah, there is no dignity in that."[120]

For her, the whites are not invincible as Hilangeni so erroneously thinks or prefers to think. She is bent upon organising opposition among the people who are due to be transported to a Bantustan to clear the way for a mine. Her logic is simple--'if we go forward, we may die, if we go back we may die; better go forward."[121]

The indomitable Mma Tau regards her land as a trust passed down by their ancestors and thus a tangible link with the past. In South African history, land disputes have caused the beating of war drums, often. It could still bring to life many who, for years have lain silent. Chief Hlangeni, suckled on the rough resolves of the gold seekers, has lost his awareness. "Other folk obey the white man, why not you? .. Hear me my people, it is foolishness to defy the white man. In a day we must go from here......What can we do against the whites? Think on what I have said, it is better to obey."[122]

Mma Tau spars, in conversation, with her brother Hlangeni, who is very sullen with her decision. La Guma has recorded, with extreme delicacy, the tragic disharmony that lies beneath the unpolished surface of poor lives. The sad division among the various non-white groups which is subtly fostered by the white community, is often reflected, together with a plea for the kind of solidarity needed to unite all the oppressed groups against a common enemy.

> "A whole people is starting to think of collecting a collective debt...one learns the power of numbers."[123]

This need for a sense of community brings Mma Tau to Shilling Murile, in whom she recognises a man of substance. With an acute insight into man's motive and purpose, she reads into Shilling's reluctance to join their cause a 'sweetness of revenge'. She tries to convince him to merge his individual resentment into the collective resentment of the community.

> "You can be of use to us. You have hatred, strong hatred the desire to find justice. But do not be satisfied with your personal achievement of justice, if you find it. It is a small thing when compared with the people's need for justice. As I have said, a man with your desire for vengeance belongs with the people."[124]

Personal hatred and resentment, she says, cannot sustain a war of liberation. This lightning flash of consciousness which calls for the blood of the other, should be extended to serve the needs of the whole country—"we are all in prison, the whole country is in prison."[125] She remembers her bitter days in the city, how the whites were instrumental in getting her thrown out of her job as a nurse, because they found her 'too dangerous'. With her characteristic spirit she had called for reforms in the city, as she was now in the countryside and had proved to be a thorn in the side of the regime. Now she had decided to work to get the people of the countryside in close contact with those of the city so that they could organise the proposed battle together.

> "It is a trap they find themselves in each time and one day the trap will snap shut, eh?."[126]

She was ashamed of her brother's cowardice and utter degeneration. "Why, when the Bantu commissioner came here with his paper with the name of all to be moved and a man with a can of paint, was it not my brother, Hlangeni who took them around pointing out houses where each on the list lived? The man with the paint put a mark on the door while Hlangeni watched......"[127]

Shilling does not wish to get involved in their cause; what motivates him is the brutal murder of Timi and his vision fails to encompass the realities beyond his singular objective. He hates Meulen—the feeling is inescapable; he does not let Mma Tau's appeal obtrudes itself on his consciousness.

> "I will do this something, he thought and rolled the bitterness in his mouth as if it was something to relish. Hatred sat behind the bleak eyes and watched through the obscuring brown panes. Hatred was a friend to be given shelter, nurtured and petted as the old-time diviners petted the avenging rhingals; hatred crouched like patient leopard, waiting, but alive with the coursing blood of bitter memory ...Death lay at his feet and waited to be aroused."[128]

For him it is a strange world now—sunlit, yet full of menacing shadows. We may identify him with the proverbial butcherbird, 'a hunter and smeller out of sorcerers because he impales insects'. His feelings are a powerful moral and political force, a fierce reality.

Mma Tau is summoned to help a women in labour and acquaints us with a hard hitting reality when she says, "With great consideration the law allows a woman to go without permission into the white city for seventy two hours, in order to conceive."[129] The regulations of apartheid permeate every aspect of life. Another child is born, another inheritor of our fear."[130] A parallel can be drawn with the situation in the end of the novella *A Walk in the Night*, when Franky Lorenzo's wife is lying awake in the night waiting for the dawn and feeling the knot of life within her—another human to add to the ranks of the victims of apartheid.

Most whites of South Africa enjoy an exceedingly high standard of living and most non-whites suffer from an exceedingly low one. The tragedy is that the black man's tribe has been broken and no effort has been made to make it cohesive again. The man that falls apart when his house is broken, takes to crime for sustenance. That is why children break the law and old, white people are beaten up and robbed in broad daylight.

> "The old tribal system was, for all its violence and savagery, for all its superstitions and witchcraft, a moral system. Our natives today produce criminals and prostitutes and drunkards, not because it is their nature to do so but because their simple system of order and tradition and convention has been destroyed. It was destroyed by the impact of our own civilisation."[131]

This simple statement by Harvis in Paton's *Cry the Beloved Country*, the man who was murdered by the natives, could perhaps account for what Mma Tau refers to as 'the tiredness' of 'everlasting penny pinching, the perpetual raids for licences to live.' In the city, where she lived for a short while, Africans were segregated in teeming locations and shanty towns. Overcroweded, insanitary, without electricty or tarred roads, in these urban slums poverty was exacerbated by incessant police raids under the pass and liquor laws. Sporadic riots were sparked off, family life distintegrated and crime was on the increase. "A hungry man walked into a delicatesseen in the city in broad day light and grabbed the chicken, walked out and devoured it on the sidewalk, in full view of the gaping customers and the counter man."[132] They were getting tired of hunger and poverty —their political education had begun. Whether it is Michael Adonis' murder of Doughty, an Irishman, in *A Walk in the Night*, or that of Harvis by the black priest's son in *Cry the Beloved Country*, or the Pilfering of chicken by an African from a local shop—all point to the same reality. The point is that ultimately the common man will rise against the authority and assert his humanity, his identity. Through Adams' defiant nobility, Gus and Morgan's courage in their abortive mid-night escape bid, Elias' indomitable zeal to go on even in the face of the inhuman torture perpetrated on him by the secret police, as much as Shilling Murile's murder of the Afrikaaner, Meulen, La Guma succeeds in gradually building up self assurance and a self assertive image in his characters.

It is tempting to speculate what would have happened to the country today had it been allowed to retain its pastoral simplicity. Step by step, with the extraction of gold and diamonds the white landowners have deflowered the soil. Older disputes over the land are introduced in recollection. Hannes Meulen's grandfather, Oupa Meulen, relives the scene at Spioonkop when the Boers fought the British and his friend Karel was killed. Karel and Oupa had fought together through most of the com-paigns against the British till Karel met his end. He recalls, too, the killing of a Bushmen hunting party, during his boyhood, and one dead body in particular, 'the little sightless eyes, a necklace made from pieces of ostrich shells about the limp neck.'[133] These images are fused in his memory so that it is Karel he sees wearing the necklace. The symbolic significance of this scene can not be the lost out on the reader. Everywhere outside there is camaraderie, but it is without a common focus. The old man is divorced from the celebration—lost in a haze of memories, symbolizing a dying civilisation, salvaging the glories of the past. He remembers the victorious moments when the Bushmen were violently hunted down: that experience had shaken him then. Years later, Oupa dreams of Karel wearing that same necklace—symbolising a reversal of images and reality. 'The sightless eyes' belong to a white man now, to his friend Karel.

"The crisis consists precisely in the fact that the old is dying and the new cannot be born; in this interregnum a great variety of morbid symptoms appears."

Nadine Godimer has used these words of Gramsci as an epigarh to her novel *July's people* and they seem extremely relevant in this context.

Next day Hannes Meulen is killed and La Guma's horrifying description of the shattered head recalls the earlier scenes. With the memories of Oupa Meulen is associated the death of the old order, corroborated by the final pages of the work contemplating land geologically; in time the earth moves and changes. The precariousness of the old order is appropriately brought to mind.

Shilling moves steadily and surely towards his aim. In South Africa, a youth who feels called upon to break out of the apartheid mould must become a complete rebel; forswear all social contacts. His future is uncertain, full of conflicting imponderables, but not psychologically invisible. He will be hounded and eliminated if he succeeds in his aim but this aspect of the situation does not matter to a man like Shilling who lives only for his revenge.

"I am finished with Bantu Commissioners now and with white people. I will do this one thing, and then I shall be finished with all people, the man thought."[134]

The movement of an ant, steady and purposeful, towards the ant hole, gives him a sense of identification. The ant was like him, knowing what to do, where to go.

The day the Dominee holds a special Church service to pray for the rain, Shilling shoots down Hannes with his own weapon and incidentally kills Edgar Stopes too. The horrifying nature of the description of the murder reflects the intensity of the feeling with which it was carried out—"his head was blown off and the whitewash of the passage wall was suddenly decorated with a blossom petalled with blood ond brains and pieces of bone and fragments of teeth like pomegranate pips."[135]

> "Fannon shows clearly that this irrespressible violence is neither sound nor fury, nor a resurrection of savage instincts, nor even the effect of resentment; it is man recreating himself. I think we understood the truth at one time but we have forgotten it—that no gentleness can efface the marks of violence, only violence itself can destroy them."[136]

The brutual society conditions the oppressed into crime. For those without political awareness, violence is self-destructive or mistakenly aimed at others who are oppressed instead of being used to destroy the injustice of society. This novel brings us to the wall that separates white and black, white and white and to the threshold at which momentary change is imminent.

> "Every native who takes arms is part of the nation which from henceforward will spring to life."[137]

Meulen's awareness of this political reality is apparent when he tells Stopes in a chance encounter with him in the inn—"we live in dangerous times if you read what is going on. . . ."[138] Ironically, the 'bloody Dutchmen' the English look down upon, realize the efficacy of concerted effort together to meet the challenge posed by the blacks.

> "I am really talking of contact between the English speaking people and the Afrikaans. In these times, it is necessary that we stand together"[139]

Edgar Stopes, with his characteristic British arrogance, mentally writes off Meulen's hope; for him the larger reality seems submerged in his narrow world. He cannot look beyond his constrained vision, his inherent prejudice.

"He looked again to where Hannes Meulen, was watching the contest, laughing with the other men and thought a bit of a prompous ass, if you ask me. English and Afrikaans people unite—but did he brother to speak a bit of English."[140] The built-in paradoxes in the relationship between the Boers and Britons seem real enough. The two streams will not marge—they seem to be flowing in two different worlds.

White South Africa is becoming dehumanized, it is afraid to live and feed as human beings do because it has agreed to live by a set of rules which are themselves inhuman. He laughs at the Africans struggling for their rights and applauds the white world that his distorted shape fits into.

> "Look at those stupid natives refusing to ride their bloody buses—begging your pardon, Edgar said. They got their own buses and then they go and boycott them because of fares. We all got to pay fares. So what do they get as a result ? Sore feet."[141]

It suits the white man to think of the black man as a fool and a caricature—he does not want to know the black man, to climb inside him, to analyse his motives. He turns his back on real men, real existence, real blackness.

> "Poor, then's no need to be poor. Are you poor, am I poor ? No, because we got initiative, hey, we got brains. Look after number one, that's what I say. If it wasn't for people like us, why the country would never be civilised. Who wants sore feet?"[142]

Edgar seems to have a difficulty at hand—that of disentangling myths from facts. The myth is that white is 'angelic', pure, beautiful; and black, by its very nature, dark, ugly and 'evil.' Christian symbolism has always venerated whiteness; consequently it has been used as an emotive weapon to enslave and degrade the black man. William Blake's poem *Song of Innocence*, for instace, projects this dilemma. It is a symptom of the insidiousness of the white man's symbolism, built as it is on the goodness of the white and the negativism of black, the dignity of white and the degradation of black. The black mother urges her son, who feels 'isolated' and 'alienated', to accept his life and the slave status perforce. The Church has been very effective in the vanguard of colonialism. Christinity, essentially and historically a white man's religion, has always vindicated white symbols. The Afrikaaner myth is primarily based on that, since they are a God-fearing people.

"What's the good of denying that God made the Black man different" says a character in Basil Fuller's *South Africa, Not Gulity,* "they're underdeveloped children and must be treated as such. The English are fond of quoting 'spare the rod and spoil the child, that saying goes for the natives too." The old lady in the gun club where Maisie was learning the art of self-defence, could be said to echo Fuller's character's sentiments when she says—"One never knows when some terrible kaffir will run amok."[143] This characteristic attitude towards the blacks, evident in all La Guma's earlier novels, takes on a more precise form in *Time of the Butcherbird.* Primarily it is the reaction of men who are bayed, they know the black masses are surging upward and that their power is not invincible. The reality is hard hitting and their increasing arrogance is attributable to a fast fading credibility.

Living in an environment, harsh and hostile, where problems are related to the land, where survival matters more than abstract principles, the poor man seeks a religion that is immediate; a God who lives round the corner and not in Heaven. Mma Tau's men fight to retain their land; barricades are erected to resist the Sergeant and his convoy and the sheep are sent to the hills. "It is better to retain dignity in hell than to be humiliated in their heaven."[144]

Mma Tau asserts as Hlangeni warns her off this hazardous venture. The sergeant and his Convoy arrive on the scheduled day, with the lorries, to conduct the transfer. But they had not reckoned such a determined opposition: the barricade of 'felled bluegum trees thrown across the sunken tract', was the first hurdle. The men, congregated together, were singing; this irked the sergeant.

"He did not care for Blacks singing. When blacks started singing there was almost' always trouble."[145]

The air was heavy with the song. The deep, resonant voices of the Africans will be heard, La Guma seems to say. Expectant, tense, the atmosphere seemed to be loaded with an unbridled virility which remained curiously untouched by the impatience of the Segeant and his men.

"The lorries are useless' the woman said across the space between them, 'we are not going to move."[146]

Here, in the untamed exuberance of the villagers, one can sense the gulf between the races. In desperation, the Sergeant unbuttoned his pistol-holster and there was immediately an outcry. Stones were hurled from all directions on the convoy, on its hastily retreating numbers. The Sergeant clambered onto the safety of his iorry, realising that he could not handle the situation alone. 'Who would have thought that these bloody kaffirs would start something like this? He had been defeated by a lot of baboons in jumble sale clothing. What was everything coming to; he murmured to himself as he turned back'. The Blacks had won the first battle.

A momentary victory, but a victory all the same. In the city the people are marching: they too sense the time of the butcherbird.

La Guma surveys the background through memories and reminscenses and sets the present violence against the history of war in South Africa. His sympathy is with the black community but he observes the urban English and the rural Afrikaaners with more pity and curiosity than anger. Hopelessness permeates the life of these disparate, mean-spirited whites who are hardly ever conscious of the 'kaffirs' they abuse.

"We should be willing to see things in a new light but noting should be done at the expense of our kultuur, our honour. In the cities the blacks are stirring, they complain about money, wages and rights. We are doing our best to give them rights."[148]

Meulen uses the world 'kultuur' here in the special sense in which it is always used by ethnic groups who feel that their identity is insufficiently expressed in political or economic terms. The whites seem more fit for pity than censure.

Jaap Oppermann, who had been instrumental in killing Timi, meets a providential end in a 'Kloof', a ravine which was assumed to be a 'holy ground for the blacks'. It was rumoured that a big chief had been buried up there in olden times and now his ghost lived there. Oppermann, however, saw no reason in believing such 'devilish phenomena' and decided to go there. A snake bit him the instant he reached the ravine—he died instantly. Justice had struck sure and swift. He met his end in a 'kloof' which was rumoured to be inhabited by the ghost of a black man—a vindication of the principle that the day of reckoning is not far.

The whites, who mock the rituals and witch doctors that the Blacks conform to, strangely enough 'pay tribute' to the same divining bones when in trouble. Oppremann's mother, Tant Philips, for instance, paid regular visits to the witch doctors. Besides magic spells, rain making ceremonies are often cited as evidence of primitivism in tribal custom. The irony is not lost on Mma Tau; "it is strange", she said frowning, "them praying for rain...I remember when they used to mock us when we sang the rain songs."[149]

The Africans are accused of uneducated, tribal ideas and traditions; ironically the Dutch are holding a prayer service for the rain instead of coming up with a logical remedy for the drought, as Shilling Murile suggests to Madonela. "Why not dig a water hole? Murile asked. 'There is water inside this dried up bed. If you go down far enough the water will escape upwards."[150]

La Guma offers a determined version of things to come. The angry young man shoots the Afrikaaner and then joins his people in the hills. He asserts a present reality against an illusion of fading viability. There is a strong sense, as in many other South African novels, that there is an operative code that binds a community and achieves a certain measure of solidarity.

The novelist leaves the reader in no doubt as to his political stance; the struggle will increasing become an armed one. The killing of Meulen is a token of La Guma's attitude. What may follow the time of the Butcherbird is not La Guma's concern, understandably. The Afrikaaners' outlook towards the country is misplaced as they refuse to admit that their society is multi-racial and not a God given veldt to be defended from imperialism of the British and the patriotism of the Bushman. The Dominee is perceived, objectively, with a measure of pity as a man trapped in a culture whose own vision has worn out.

> "Hopelessness hung on the stained walls of hotel rooms, with the prints of aloes in bloom, the calender girls, the wardrobes that had to be propped closed. Hopelessness hung on the stained walls of hotel rooms, with the prints of aloes in bloom, the calender girls, the wardrobes that had to be propped closed. Helplessness and failure were double images peering at one from cracked mirrors over dusty dressing tables, tickled at sweaty skin in the beds made up with sheets frayed by bitterness and darned with despair."[151]

Their culture is slowly dying. The population of blacks that continues to attach a dynamic meaning to white institutions is an anonymous population.

> "The jacarandas lining the streets did not relieve the atmosphere of embattlement which metal guards—ornate in places but still protective—gave the district. Bungalows where nervous ladies viewed the black houseboys and

> kitchenmaids as potential outriders to hordes of rampaging barbarains. Apprehension scuttled like mice behind the decorative curtains and each creak of a floorboard, the crack of loose parquet, was a peal of alarm bells summoning the paranoia of perpetual seige. North, beyond the border, the lily-livered Portuguese had given in to the howling mobs: fear began to nag like an itch in the groin of the continent."[152]

The villagers led by Mma Tau are moved to a new area—to a 'flat and featureless plain area', not even good enough to be buried in'. Their resistance has been overcome. but their defeat contains within itself the affirmation of victory. In a graphic narrative, La Guma brings about the harsh, living rhythm of the land and its people, scorched hearts at one with scorched land; the sun merciless in its gaze! The people start singing—the song draws upon the very spirit of the bare, harsh, parched veldt and makes it, not the backdrop of scenery, but the participating environment that drives the characters who must work out their hard destineies in the infertile semi-desert. The interaction will be between man and land, Man's resistance to the land's harsh and threatening environment. Through a pitched battle for survival, they will rise once again and defeat white mechinations. It is a continuing dual that demands consistent strength from man as the sun batters and burns.

> "Steeling onself to face the day
> girding one's self for the wrap of clothes
> bracing oneself for the thrust of the world
> one buckles to buttons and zips and belts:
> With the gritted reluctance and indifference to pain
> with which one enters an unsought fight
> one accepts the challenge the bullying day thrusts down."[153]

NOTES AND REFERENCES

1. Ngugi Wa Thiong 'O)' *Homecoming*: 'The Writer in a changing society'. (London, Heinemann, 1972) p. 47.
2. Alex La Guma, *In the Fog of Seasons' End* (London, Heinemann 1972) p. 143-144.
3. Peter Watsberg ed. The Writer in Modern Africa, *Uppsala, The Scandinivian Institute of African Studies* 1968, p. 123.
4. Cosmo Pieterse and Donald Munro, ed., *Protest and Conflict in African Literature* ((London, Heinmann, 1969) b. 100.
5. Howard Fast, *Literature and Reality*, (International Publishers Co., New York, 1952), p. 23.
6. Samuel Oso Asein, 'Revolutionary Vision in Alex La Guma's novels' *PHYLON*, Vol. 39, I (1978) p. 86.
7. Alex La Guma. *In the Fog of the Seasons' End* (London Heinemann, 1972) p. 10.
8. *Ibid.*, p. 11.
9. *Ibid.*, p. 11.
10. *Ibid.*, p. 25.
11. *Ibid.*, p. 56.
12. Samuel Oso Asian. 'The Revolutionary Vision in Alex La Guma's Novels', *PHYLON*, Vol. 39, I, (1978); p. 84.
13. Alex La Guma, *In the Fog of Seasons' End* (London, Heinemann, 1972) p. 6.
14. Alex La Guma. *The Stone Country*, (*Berlin, Seven Seas Books, 1967*) p. 74.
15. Alex La Guma. *In the Fog of Seasons' End* (London, Heinemann, p. 3.
16. *Ibid.*, pp. 180-181.
18. *Ibid.*, p. 156.
19. *Ibid.*, p. 155.
20. *Ibid.*, p. 155.
21. *Ibid.*, p. 155.
22. *Ibid.*, p. 169.
23. *Ibid.*, p. 172.
24. Leonard Bloom. *The Social Psychology of Race Relations*, (1971), p. 148.

25. Alex La Guma. *In the Fog of Seasons' End* (London Heinemann, 1972). p. 174.
26. *Ibid.*, p. 175.
27. *Ibid.*, p. 58.
28. *Ibid.*, pp. 143-144.
29. *Ibid.*, p. 143.
30. *Ibid.*, p. 55.
31. *Ibid.*, p. 53.
32. *Ibid.*, p. 30.
33. *Ibid.*, p. 32.
34. *Ibid.*, p. 22.
35. Ezekiel Mphahlele. *The African Image* (London, Faber, 1962) p. 195.
36. Alex La Guma. *In the Fog of Seasons' End* p. 31.
37. *Ibid.*, p. 87.
38. *Ibid.*, p. 87.
39. *Ibid.*, p. 86.
40. *Ibid*, p. 161.
41. Angus Calder, '*Living objects*'—*New Statesman* (The Statesman and nation publishing Co. Ltd., Vol. 84, 1972) p. 646.
42. Alex La Guma. *In the Fog of the Seasons' End* p. 74.
43. *Ibid.*, p. 73.
44. *Ibid.*, p. 73.
45. *Ibid.*, p. 73.
46. *Ibid.*, p. 77.
47. *Ibid.*, p. 79.
48. *Ibid.*, p. 79.
49. *Ibid.*, p. 80.
50. *Ibid.*, p. 82.
51. Adrian Roscoe., *Uhuru's fire—African Literature—East to South* (Cambridge University Press, 1977) p. 255.
52. *Ibid.*, p. 255.
53. Alex La Guma. *In the Fog of Seasons' End* p. 149.

54. Adrian Roscoe. *Uhuru's fire—Afrtcan Literature East to South* (Cambridge University Press, 1977) p. 255.

55. Alex La Guma. *In the Fog of the Seasons' End* pp. 144-115.

56. *Ibid.*, p. 111.

57. *Ibid.*, p. 111.

58. *Ibid.*, p. 111.

59. *Ibid.*, p. 115.

60. *Ibid.*, p. 114.

61. *Ibid.*, p. 318.

62. *Ibid.*, p. 25.

63. *Ibid.*, p. 25.

64. *Ibid.*, p. 63.

65. *Ibid.*, p. 102.

66. *Ibid.*, p. 104.

67. *Ibid.*, p. 107.

68. *Ibid.*, p. 139.

69. *Ibid.*, p. 139.

70. *Ibid.*, pp. 48-49.

71. *Ibid.*, p. 15.

73. *Ibid.*, p. 16.

75. Adrian Roscoe. *Uhuru's fire* (Cambridge University Press, 1977) p. 257.

76. Alex La Guma. *In the Fog of Seasons' End* p. 134.

77. *Ibid.*, p. 141.

78. *Ibid.*, pp. 180-181.

79. Alex La Guma. *Time of the Butcherbird* (London, Heinemann, 1979) p. 1.

80. *Ibid.*, p. 10.

81. *Ibid.*, p. 11.

82. *Ibid.*, p. 11.

83. *Ibid.*, p. 11.

84. *Ibid.*, p. 61.

85. *Ibid.*, p. 12.

86. *Ibid.*, p. 12.
87. *Ibid.*, p. 12.
88. Ezekiel Mphahalele, *The African Image*: 'Blackness on my mind' (London, Faber, 1962), p. 28.
89. Alex La Guma, *Time of the Butcherbird*, (London, Heinemann, 1979) p. 4.
90. Neil Mcewan, *Africa and the Novel* (Macmillan Press, 1983) p. 125.
91. Alex La Guma, *Time of the Butcherbird.* (London, Heinemann, 1979) p. 58.
92. *Ibid.*, p. 106.
93. *Ibid.*, p. 106.
94. *Ibid.*, p. 106.
95. *Ibid.*, p. 106.
96. *Ibid.*, p. 106.
97. *Ibid.*, p. 107.
98. *Ibid.*, p. 63.
99. *Ibid.*, p. 24.
100. *Ibid.*, p. 33.
101. *Ibid.*, p. 25.
102. *Ibid.*, p. 72.
103. *Ibid.*, p. 74.
104. *Ibid.*, p. 41.
105. *Ibid.*, p. 14.
106. *Ibid.*, p. 19.
107. *Ibid.*, p. 20.
108. Alex La Guma. Coffee for the Road—*Modern African Stories.* ed. Komey & Mphahlele, (London, Faber, 1964) p. 85.
109. *Ibid.*, p. 86.
110. Olive Schreiner, *The Story of an African Farm*, (1883).
111. Frantz Fanon, *Wretched of the Earth*—Preface by Jean Paul Satre. p. 14.
112. Alex La Guma, *Time of the Butcherbird* (London, Heinemann, 1979) p. 17.
113. Alex La Guma, *In the Fog of the Seasons' End* (London, Heinemann, 1972) p. 24.

114. Alex La Guma. *Time of the Butcherbird* (London, Heinemann, 1979) p. 19.
115. *Ibid.*, p. 20.
116. *Ibid.*, pp. 44 & 45.
117. *Ibid.*, p. 46.
118. *Ibid.*, p. 46.
120. *Ibid.*, p. 47.
121. *Ibid.*, p. 48.
122. *Ibid.*, p. 48.
123. *Ibid.*, pp. 80-81.
124. *Ibid.*, p. 80.
125. *Ibid.*, p. 80.
126. *Ibid.*, p. 81.
127. *Ibid* , pp. 82-83.
128. *Ibid.*, p. 66.
129. *Ibid.*, p. 83.
130. Alan Paton, *Cry the Beloved Country* (1948) p. 68.
131. *Ibid.*, p. 126.
132. Alex La Guma. *Time of the Butcherbird* (London, Heinemann, 1979) p. 88.
133. *Ibid.*, p. 92.
134. *Ibid.*, p. 16.
135. *Ibid.*, p. 110.
136. Sartre, Jean Paul. Preface to *Wretched of the Earth*, Frantz Fanon, p. 16.
137. *Ibid.*, p. 88.
138. Alex La Guma. *Time of the Butcherbird* (London, Heinemann, 1979) p. 28.
139. *Ibid.*, p. 28.
140. *Ibid.*, p. 29.
141. *Ibid.*, p. 36.
142. *Ibid.*, p. 36.
143. *Ibid.*, p. 50.
144. *Ibid.*, p. 86.

145. *Ibid.*, p. 111.

146. *Ibid.*, p. 111.

147. *Ibid.*, p. 112.

148. *Ibid.*, p. 63.

149. *Ibid.*, p. 89.

150. *Ibid.*, p. 21.

151. *Ibid.*, p. 108.

152. *Ibid.*, p. 49.

153. Dennis Brutus, 'It was a Sherded World I entered', *A New Book of African Verse* ed. John Reed and Clive Wake (1984) p. 12.

CONCLUSION

"No man can quite emancipate himself from his age and country or produce a model in which the education, the religion, the politics, usages and arts, of his times shall have no share. Though he were never so original, never so wilful and fantastic, he cannot wipe off his work every trace of the thoughts amidst which it grew...he is necessitated, by the air he breathes, and the ideas on which he and his contemporaries live and toil, to share the manner of his time..."[1]

Everything in society results from human activity, interaction and interests. This applies as much to the creation of literary art as it does to mobilising workers to go on a strike or to pick up arms against their oppressors and exploiters. In clarifying the relationship between literature and life, La Guma, himself a cultural activist and a leading symbol of the movement says,

"When I write in the book that somewhere in South Africa poor people who have no water must buy it by the bucketful from some local exploiter, then I also entertain the secret hope that when somebody reads it, he will be moved to do something about those robbers who have turned my country into a material and cultural wasteland for the majority of the inhabitants"[2]

In other words, literature is functional; it must serve the interests of the people in their struggle against a cultural which robs them. Southern Africa today is rapidly developing a revolutionary situation which can turn the tide and reality is the criterion through which the artist's literary observation is evaluated.

'Detailed investigation of the reality of today must be followed by a glance at the development of tomorrow; Zola's belief in anticipating the future was not necessarily preceded by the conviction that the present is changeable and that in its inherent changeability lies its evolution. In the objective portrayal of appalling social conditions and in their refusal to describe them as changeable, lay the inherent weakness of the naturalists. La Guma broke through to inculcate a *prophetic component* in this world—the world of socialist realism:

> "Socialist art cannot content itself with blurred visions. Its task is rather to depict the birth of tomorrow out of today with all the attendant problems"[3]

For La Guma, reality was never static; it was not enough to be convinced of its presence, it was necessary to present it in the form of a transition—of change in all its concreteness.

> "The conquest of the earth, which mostly means the taking it away from those who have a different complexion or slightly flatter noses than ourselves is not a pretty thing when you look into it too much."[4]

Joseph Conrad's deft statement is interwoven in the heart of the problem that is universally called 'apartheid'. The spectacle of thousands of innocent people being uprooted from what is rightfully theirs, being stripped of their identity, deprived of rights, of their own values, subject to unnecessary privations—for the sole reason that they are born with a dark skin colour—is a situation, the gravity of which is inescapable. The over-riding concern of a writer in an environment such as that of South Africa is necessarily that of a virulent, direct assault on 'apartheid'. La Guma responds to this primary need.

"The black writer in South Africa writes from the inside about the experience of the black masses, because the colour bar keeps him steeped in its circumstances, confined to a black township and carrying a pass that regulates his movements from the day he is born to the status of a 'picanin' to the day he is buried in a segregated cemetery."[5]

La Guma, due to his early involvement in politics, was a committed opponent of the South African system of government and his writings reflect his political stance. At the same time, he belies the allegation levelled by Lewis Nkosi at South African writing, of it being 'journalistic fact parading outrageously as imaginative literature.' Nkosi considers that the black South African writers have failed to satisfy the requirement of literature as 'a maker of values'. He derides the obsessional preoccupation with the racial question which makes South African writing monotonous and limited and suggests that the creative writing be suspended till the political problem is solved. La Guma, however, consistently avoids the pitfalls of 'journalistic fact'. Though he relies heavily on details, physical and individual, to offset the atmosphere of his novels, yet his books carry a message for the perceptive eye; it strikes powerfully, the more so far being unstated Lewis Nkosi's argument is unfounded in so much as one can argue that all the processes which embrace the spectrum of a human being's existence in South Africa are tightly woven into the fabric of apartheid. As such, works of fiction need not rely upon highly imaginative processes, for the outward features of South African reality seem in themselves to be fiction. It is a reality that breeds impotence, of which La Guma writes about in his first and most representative work, *A Walk in the Night*, a system which brings about fear, degradation, disgust, anger, emotional upheaval—the combination of which produces a deep sense a alienation. *A Walk in the Night* deals exclusively with crime—not politics. As a humanist, La Guma could hardly deal with the society or civilisation without relating it to its effects on the human personality. His characters are men who are not only excluded from the material comforts of civilisation but are denied the basic freedom on which it is nourished. With every successive novel, La Guma reminds us that South Africa is not merely an 'issue', some abstract fixture, but a complicated country full of living people, struggling to retain their residual dignity in the face of deprivation and a gradual erosion of their life. In a country that faces an exceptional situation, the writer feels the need to speak to the nation, to become a mouthpiece of a new reality in action.

There is enough evidence of a close relationship between La Guma's experience and its embodiment in fiction. Having been exiled in 1966 for his active involvement in the politics of opposition, La Guma was intimately aware of the pernicious system and the way it functioned. In *A Walk in the Night*, his aim was to enlarge our understanding, not of the characters, but of their situation. Through unsparing details, he paints a picture of filth, squalor and decay; the hapless inhabitants of the district are submerged in this overriding, all pervasive environment. Two murders are committed, one by Michael Adonis and one by the police. Yet these two events are not the heart of the story and their impact is muted. The surface of life, by the effective creation of a physical setting, is the most direct expression of the quality of life. Character is subordinated to the task of portraying the species of the situation while the physical setting describes its material basis. The protagonist, Michael Adonis, is restricted to the simple emotions of anger, turculence and a dogged pride. He seeks to redeem himself and his fundamental humanity by killing a defenceless white man. He seeks to assert his identity in an instinctive impulse generated by the corroding effect of a decaying set up on the mind of one whose mental processes are minimal. In fact all La Guma's characters in this slum area of District Six, live on the level of instinct. La Guma realises that brutalization corrodes the moral faculties of the poor. His novella, set in cheap cafe and backyards presents men and women who don't talk about apartheid, they bear its weals. La Guma demonstrates that it is what happens to the individual and his community that makes racism in South Africa evil.

A gradual but definite development can be traced in La Guma's successive novels. His next novel—*And a Threefold Cord*—moves away from the principal motif of criminality in District six to the motif of community in another shanty town, Set in a ghetto at the periphery of Cape Town, *And A Threefold Cord* depicts the struggle of a family—the Pauls—to survive hostility—by humans as well as the elements—primarily due to their courage to hold together. Through the characters of Charlie, his brothers Ronny and Jorny, his sister Caroline and their parents, Alex La Guma has created an intensely moving story with a message: 'people can't stand up to the world alone, they got to be together'.

If *A Walk in the Night* shows the life of a people to be restricted and distorted by a hostile environment and if *And A Threefold Cord* shows the capacity of a family—a microcosm of the entire non-white people in South Africa, no doubt—to withstand the same hostile atmosphere due to their joining together in the struggle, *The Stone Country* is definitely a further conscious movement in time towards a further that might be realised some day. George Adams is basically a self-assertive, decent character who attempts to exercise a humane influence on the prisoners in the stone and iron world of the prison. The physical setting is rigorously selected and meticulously drawn but its impact on the characters is not all pervasive. Butcherboy, Yussef, the Turk, Casbah, the Kid, are products of a brutal world and survive with an animal instinct—their vision is a violent one. In portraying Adams, La Guma departs from the tradition set in his earlier novel, of completely subordinating character to the physical reality. Adams, the quiet and courageous protagonist of *The Stone Country*, carries a conviction within him; for him just as the sun rises from the east, the day of reckoning would come, the whites would have to reap their whirlwind. His reaction is a direct result of his superior education, his political experience. La Guma acknowledges and distinguishes consistently between those who live in the slums and those whose education has given them a wider conception. Adams perceives the situation and understands its implications. His involvement in politics had resulted in his being imprisoned and his experience in the prison, amidst thousands of victims of the system he wanted to fight against, strengthened his resolve. The symbolic confrontation between the cat and the mouse establishes the relationship between the oppressors and the downtrodden. The point is that ultimately the common man will rise against the authority and assert his humanity. Adams' perceptive comment that 'even a mouse will turn someday' reveals that latent revolutionary impulse in La Guma's leading characters, which can be found in Adams' defiance, Gus and Morgan's courage in their escape attempt, Elias' and Beukes' indefatigible dedication to the cause as much as in Shilling's instinctive, vengeful murder of Meulen in *Time of the Butcherbird.* There are manifestations in La Guma's fiction of the rebelliousness which assails the Black psyche. Violence begets violence and injustice begets the desire for revenge. Underlying the crime is a current of frustration, fear and anger.

In gradually building up a self—assertive urge in his character, La Guma gives voice to his ideological principle which is sustained in his novels. In his third novel *In the Fog of the Seasons*' 'End', a grim account of the South African situation is punctuated by the underground political movements' resistance to the regime. In a society where the police seems to be everywhere at the same time and the spies seem to be omnipresent, La Guma's characters move cautiously and are extremely courageous in bearing the burden of the communal reformist cause. Beukes and Elias organise their cadre, distribute pamphlets secretly and help to smuggle out of the country men prepared to topple the government by force. The vision of the principal character is the vision of the author himself. There were obvious difficulties in attempting to politicise a mass of people under conditions which made it virtually impossible for a black to move around unnoticed. For the white regime, everyone was a potential activist.

The rebellion of the black man moves forward and reaches a new and unprecedented stage. In defiance, the blacks leave their passes home and march to the police station in silent protest. Their tragic end was predictable. The police closed in on the demonstrators with a volley of shots and many lost their lives. A powerful reaction had set in—a decisive transition from passivity to active resistance. The author's concern here is with the quality of the people's response, the actions that flow from the choices they have made. Beukes, Elias, Isaac and Henry April, are men who have consciously chosen to act and through them La Guma reinforces a basic historical truth—the oppressed inevitably fight back at some point, no matter how foggy the future.

La Guma clearly sees the South African situation as being wholly conditioned by its social and political problems. In his final novel *Time of the Butcherbird*, he examines the more fugitive repercussions of South African reality upon the sensibilities of those who are a part of it. In the succession of his leading characters can be traced a development towards a blatant, outright political posture. Thus, while Michael Adonis is shown in moral retreat, from the dignified status of a factory worker to the questionable status of a petty criminal; George Adams in *The Stone Country* in whom the desire for action has taken a precarious hold, Beukes and Elias who plunge into a movement to liberate and rehabilitate their country; and Shilling Murile whom the feeling of revenge is eating up like a cancer—the bitter hatred that motivates him to act, to take to violence as the only redeemable solution to the problem. In this train of development can be perceived the emergence of the author's hardening attitude to the reality which he confronts.

> "Racism is not the whole but the most visible, the most day-to-day, and, not to mince matters, the crudest element of a given structure."[7]

This primary hostility between blacks and whites results in increasingly violent confrontation society disintegrates as violence sets in. The blacks see in it a potential release, the whites a visible and a viable threat.

Fanon's *The Wretched of the Earth*, proposes a psychiatric justification for violence. Only by dramatically, violently bursting out of their immobility can the dominated groups assert themselves and show that they are human beings with their own autonomy and begin to create a meaningful sense of identity. Fanon argues that violence is a cleansing force as it frees the native from his despair and inaction and restores his self respect.

By sharing the general feeling of the revolutionary oppressed and projecting it forcefully through his final novel, La Guma assumes the mantle of the precursor of the revolutionary time ahead. He also belies the plaintive criticism levelled at him by Nadine Gordimer in her article "English Language, Literature and Politics" who wrote,

> "Alex La Guma, in the gentle beautifully written '*In the fog of the Seasons' End* writes, like so many black exiles, as if life in South Africa froze with the trauma of Sharpeville. Since he is a good writer, he cannot create at the newspaper-story level and cannot, from abroad, quite make the projection, at the deeper level, into a black political milieu that has changed so much since he left"[8]

In the light of his last two novels, the criticism seems irrelevant. There is enough evidence that La Guma has entered the situation in South Africa deeply and refined his knowledge in his creative furnace to present to his reader a novel and insightful way of seeing things. To appreciate the intricacy of his writing and in it a gradual formulation of an ideology, it is imperative that the context of his writing, with its vast panorama of imagery and insight, be fully grasped. From Adonis in *A Walk in the Night* who does not know what it is like to have his ambitions aroused, La Guma moves on gradually to Beukes in *In the fog of the Seasons' End* who can see liberation in the immediate horizon. His work has a limited setting but the range and reach of his preoccupation is wide—he covers almost the entire spectrum of apartheid—its manifestations, its ramifications.

"Life must include struggle, from liberation, from all that hinders his development and as we have said that life is the stimulation of artistic endeavour, art cannot be separated from the desire for liberation'.[9]

In La Guma, there is the right kind of literary response to the South African reality. It is not in the nature of man to accept oppression and exploitation and the people of South Africa are no exception to the rule. Gradually the blacks have been aroused. And once a people have become conscious of their rights and are willing to die in hundreds in the struggle to enforce these rights, their progress can at worst be slowed, it cannot be halted.

"The problem racing us today it seems is that we are being beset by one of the most difficult of our times. I mean this striving after so-called liberation from all bonds that discipline people. This liberalistic spirit has taken possession of many people in many countries and is showing signs here,"

bemoans Steene in *Time of the Butcherbird.*

For the first time in the history of South Africa, the ruling class feels threatened and La Guma has brought about this conflict very sensitively. Men are being persecuted for their convictions but they stick to them all the same. The switch is not going to be automatic as La Guma so painstakingly reveals —if the present generation of whites succeed in their policies, the next is sure to be involved in a holocaust which seems inevitable. He seems to feel instinctively that an enormous amount is changing and everything is going to change. Through La Guma's fiction, the reader gets a very comprehensive picture of the reality that is South Africa.

The dynamics of the political process are perceived through La Guma's examination of the oppressed as also those in the camp of the oppressors who are caught up in the network of oppression. Deprevation covers every conceivable base of existence. What is most frustrating and despairing about the apartheid system is, as both La Guma and Richard Rive in *Resurrection* show, that most of the oppressed people begin to consider this enforced and unnatural situation as normal. Furthermore, although they may be fully aware of the injustices inflicted upon them by such a pattern of behaviour, they in turn enforce a similar pattern on those below them. What was true of Abrahams in *A Walk in the Night* is seen on a greater scale in Hlangeni's attitude in *Time of the Butcherbird*—the lack of a concerted effort to consider themselves as anything other than objects of abuse or exploitation. In a world in which the arbitrary concentration of power is so great and its workings so obscure, many people are inclined to think that their personal decision does not matter and they surrender to 'fate'. Such an attitude breeds cowardice and complacency and acts as a deterrent to the 'solidarity' sought by Adams in *The Stone Country* and to a greater extent, by Elias in *In the fog of the Seasons' End*, seek liberation. The story in *In the fog of the Seasons' End*, is based on the premise that under the prevailing state of constant fear, uncertainty and insecurity such as that presented in *A Walk in the Night* black South Africans, as well as coloureds, can only survive the assault of apartheid by sheer force of will and collaborative efforts. The overriding necessity is for a synthesis—of interests, aspirations and convictions. Emotions boiling inside a deferential exterior can burst forth unexpectedly. The fury with which Shilling Murile killed Meulen illuminates his inner feelings. Violence, once aroused is rarely contained and in the increasing militancy of his characters, can be traced the frustration engendered by the pressures of reality. The man who commits a crime may not himself be fully aware of how he has been influenced by this mental atmosphere, but the crime rate is a vivid testimony to the fact that he has. Again and again, he must face the contradiction of being a limited 'I' and at the same time part of a 'whole' structure. La Guma communicates this unique plight through his novels, demonstrating that not only does he share the general feeling of the revolutionary oppressed, but in fact acts as a precursor of the revolutionary times.

"Mr. La Guma knows about the fog of autumn; let us hope he survives to write about the South African spring."[10]

Time of the Butcherbird was his last novel and a likely realisation of his prediction does not seem very improbable in the current situational background; 'the low thunder of the surf upon the rocks can be heard drawing nearer.'

1. Howard Fast, *Literature and Reality* (International Publishers Co., 1950) p. 80.
2. "*Literature and Life*" (Text of an Address delivered at the International Symposium of Writers on 'Literature and the Modern world' held in September 20-25, 1968) in *AFRO-ASIAN WRITINGS I No. 4 (1970)*.
3. Ernst Fischer, *The Necessity of Art*—A Marxist Approach (Pelican, 1963) p. 78.
4. Joseph Conrad, *Heart of Darkness* (New York, Bantam, 1960) p. 6.
5. Nadine Gordimer, 'English Language, Literature and Politics in South Africa'; *Aspects of South African Literature.* ed. C. Heywood (London, Heinemann, 1976) p. 118.
7. Frantz Fanon, *Towards the African Revolution* (New York, Monthly Review Press, 1964), p. 32.
8. Christopher Heywood ed. *Aspects of South African Literature* (London, Heinemann, 1976) p. 118.
9. Alex La Guma, 'Culture and Liberation' *WLWE*, 18, I (1979), p. 27.
10. "Cape Autumn" in the *Times Literary Supplement* (London, 1972), p. 1245.

SELECT BIBLIOGRAPHY

PRIMARY SOURCES

Alex La Guma, *A Walk in the Night*. (Ibadan, Mbari, 1962).

Alex La Guma, And a Threefold Cord, (Berlin, Seas Books, 1964).

Alex La Guma, *In the fog of the Seasons' End* (London, Heinemann 1972).

Alex La Guma, *Time of the Butcherbird* (London, Heinemann, 1979).

SECONDARY SOURCES

I. Books

Cecil Abrahams, The Context of Black South African Literature *World Literature Written in English* (*WLWE*) (Vol. 18, Part I, 1979).

Peter Abrahams, *Mine Boy*. (London, Heinemann, 1946).

Peter Abraham, *A Wreathfor Udomo*. (London, Faber, 1956).

Kwesi Armah, *Africa's Golden Road*, (London, Heinemann, 1965).

Samuel Oso Asein, "*Revolutionary Vision in Alex La Guma's Novels*". Revised text of a paper presented at the African Literature Seminar held under the auspices of the Department of English, University of Ibadan, Nigeria on February 27, 1974.

Kofi Awoonor, *The Breast of the Earth*—a survey of the history, culture and literature of Africa, South of the Sahara, New York, Anchor, 1975.

Mary Benson, *Nelson Mandela*. (London, Panaf, 1980).

Steve Biko, *Steve Biko Speaks for himself*: (News and Letters. November, 1977).

Steve Biko, *I Write what I like* (London, Heinemann 1979).

Leonard Bloom, *The Social Psychology of Race Relations*, 1971.

Douglas Brown, *Against the World*—a study of White South African attitudes. (Collins, London, 1966).

Dennis Brutus, *Sirens, Knuckles. Boots*. (Ibadan, Mbari Publications, 1963).

Fred Burke, *Africa's Quest for Order*.

Joel Carlson, *No Neutral Ground*. (Davis Poynter, 1973).

Wilfred Carthey, *Whispere from a Continent*—the literature of contemporary Black Africa, (New York, Random House, 1969).

John Cohen, *Africa Addio*.

Mercer Cook, ed. *Modern Black Novelists*—a collection of critical essays, (N.J. Englewood Cliffs, 1971).

Mercer Cook, and Stephen, Henderson, *The Militant Black Writer in Africa and the United States*. (Madison, University of Wisconsin Press, 1969).

O.R. Dathorne, *The Black Mind—A history of African Literature* (London, Heinemann, 1974).

T.S. Eliot, *The Secred Wood* (London, Methuen, 1960).

Ayitey Komey Ellis and Ezekiel Mphahlele, ed., *Modern African Stories*, (Faber and Faber, 1964).

Frantz Fanon, *Wretched of the Earth* (Translated from the French by Constance Farrinston) (London, Macgibbon and Kee, 1965).

Howard Fast. *Literature and Reality.* (International Publishers, 1950).

V.A. February. *Mind Your Colour—the Coloured Stereotype in South African Literature.* (Leiden, 1981.)

Ernst Fischer. *The Necessity af Art—a marxist Approach.* (London, Pelican, 1963).

Leslie Fredler and A. Baker Jr. Houston ed., *English Literature —Opening up the Canon.* (London, 1981.)

Marion Friedman. ed. *I will still be moved—Reports from South Africa,* 1963.

Shatto Arthur Gakwandi. *The Novel and Contemporary Experience in Africa.* (London, Heinemann, 1977).

Arun Gandhi, *A Patch of White.*

Nadine Gordimer. 'English Novel in South Africa,' *The Novel and the Nation.* (Cape Town, 1960).

Nadine Gordimer. *The Black Interpreters*: Notes on African Writing. (*Johannesburg, Ravan Press, 1973*).

Nadine Gordimer and Lionel, Abrahams. ed., *South African Writing Today.* (Hammondsworth, Penguin, 1967).

Stephen Gray. *Southern African Literature*: an Introduction. (Cape Town, David Phillip, 1979).

John Hatch. *The Dilema of South Africa,* 1952.

Bessie Head. *Maru.* (London, Heinemann, 1972).

Christopher Heywood. *Aspects of South African Literature* (London, Heinemann, 1976).

Charles Hooper. *Brief Authority,* 1960.

Abiola Irele. *The African Experience in Literature and Ideology* (London, Heinemann, 1981).

Noni Jabavu. *The Ochre People*: Scenes from South African Life. (London, John Murray, 1963).

Eldred D. Jones, ed. *African Literature Today.* (London, Heinemann, 1968).

Helen Joseph, *If This be Treason*, 1963.

F.R. Karl, *The Contemporary English Novel*, (London, 1963).

G.D. Killam, *African Writers on African Writings*. (London, Heinemann, 1972).

Bruce King, '*Varieties of African Literature*'. Powre About Powres-3. ed. H.H. Anniah Gowda, 1978.

Vladimir Klima, et al. *Black Africa—Literature and Language*. (Prague, Academia Publishing House, 1976).

Charles R. Larson, *The Emergence of African Fiction*. (Bloomington. Indiana University Press, 1972).

Edris Makward and Leslie Lacy, ed. *Contemporary African Literature*. (New York, Random House, 1972).

Neil, Mcewan, *Africa and the Novel* (Macmillan Press, 1983).

Naboth Mokgatle, *The Autobiography of an Unknown' South African*, 1971.

Ezekiel Mphahlele, *The African Image*. (London, Faber, 1962).

Ngugi Wa Thiong'O, *Homecoming*—essays on African, Carribean Literature, Culture and Politics. 'The Writer in a Changing Society'. (London, Heinemann, 1972).

Ngugi Wa Thiong'O, *Writers in Politics*. (London, Heinemann, 1981).

Lewis Nkosi, *Tasks and Masks—Themes and Styles of African Literature*. (London, Longman, 1981.)

S.E. Ogude, 'Slavery and the African Imagination—A Critical Perspective'. *World Literature Today*.: Vol. 55, 1981.

Eustace Palmer, *An Introduction to the African Novel*. (London, Heinemann, 1972).

Kenneth Parker, ed. *The South African Novel in English*. (Macmillan Press, 1978).

Alan, Paton. *Cry, the Beloved Country*. 1948.

Cosmo, Pieterse and Donald Munro ed., *Protest and Conflict in African Literature*. (London, Heinemann, 1969).

John Povey, *South Africa.*

John Reed and Clive, Wake ed., *A New Book of African Verse.* (London, Heinemann, 1984).

Anthony Richmond, *The Colour Problem.* (London, Penguin, 1955).

Richard Rive, *African Songs: District Six.* (Berlin, Seven Seas Publishers, 1963)

Richard Rive, *Emergency.* (London, Faber, 1964).

Richard Rive, ed. *Quartet* (London, Heinemann, 1963).

Adrian Roscoe, *Uhuru's Fire—African Literature, East to South* (Cambridge Univ. Press. 1977).

Olive Scheiner, *The Story of an African Farm,* 1883).

Rowland Smith, ed. *Exile and Tradition*—Studies in African and Caribbean Literature. (London, *Longman* and Dalhousie University Press, 1976)

Lou Turner and John Alan, *Frantz Fanon, Soweto and African Black Thought.* (February, 1986).

Peter Watsberg ed., *The Writer in Modern African,* 1968).

Claude Wauthier, *The Literature and Thought of Modern Africa.* (London, Heinemann, 1978).

Peter Wilhelm and James A. Polley ed., *Poetry in South Africa.* (Johannesburg, Ad Douker, 1976).

Edgar Wright, ed. *The Critical Evaluation of African Literature* (London, Heinemann, 1973).

W.B. Yeats, A New Selection. '*The Second Coming*' (Macmillan, 1984).

Hans Zell and Helene Silver ed., *A Reader's Guide to African Literature.* (London, Heinemann, 1983).

D.M. Zwelonke, *Robben Island* (London, Heinemann, 1973.)

2. JOURNALS AND PERIODICALS

Aclals Bulletin, Department of English, University of Queensland, Australia, 1975.

Africa Today, University of Denver, Colorado, U.S.A., 1954.

Black Orpheus, University of Lages Press, Nigeria, 1957.

Ibadan Review, Ibadan, Nigeria, 1977.

Journal of African and Comparative Literature, HEB, 1981.

Journal of Commonwealth Literature, Hans Zell Publishers, England, 1961.

Lotus, Afro-Asian Writings. Cairo, Egypt, 1968.

New Statesman, The Statesman and Nation Publishing Company Ltd., 1965.

Phylon, The Atlanta University Review of Race and Culture, 1978.

Sechaba.—Official organ of the ANC in South Africa, Lusaka, Zambia.

The New Yorker, The New Yorker Magazine, Inc., 1974.

The Times Literary Supplement, Times Newspapers Ltd., London, 1965.

World Literature Today, University of Oklahoma Press, U.S.A., 1927.

World Literature Written in English, Department of English, University of Guelph, Canada, 1971.

INDEX